Ulrike Bliefert

Der Tod des Taschenspielers

Von der Autorin bisher bei *KBV* erschienen:

*Die Samariterin*
*Der Tod der Schlangenfrau*

**Ulrike Bliefert,** geb. 1951, ist Autorin und Film- und TV-Schauspielerin. Ende der 70er-Jahre wurde sie mit der Rolle der Maximiliane in den Literaturverfilmungen *Jauche und Levkojen* und *Nirgendwo ist Poenichen* bekannt. Sie wirkte bis heute in mehr als 40 Hauptrollen in Fernseh- und Kinofilmen, Serien und Reihen mit, u. a. in vier Tatort-Folgen und in den Krimiserien *Der Bulle und das Landei* und *Morden im Norden.* Neben umfangreicher Tätigkeit als Hörspiel- und Featuresprecherin arbeitet sie als Drehbuchautorin (u. a. Tatort *Rückfällig),* Bühnen- und Romanautorin. Sie veröffentlichte 2018 bei KBV den Thriller *Die Samariterin* und mit *Der Tod der Schlangenfrau* 2019 den ersten Band einer Krimireihe um die Fotografin Auguste Fuchs.

www.augustekrimi.de

Ulrike Bliefert

# Der Tod des Taschenspielers

Ein Kriminalroman aus der Kaiserzeit

KBV

MIX
Papier aus verantwortungsvollen Quellen
FSC® C083411

Originalausgabe

www.kbv-verlag.de
E-Mail: info@kbv-verlag.de
Telefon: 0 65 93 - 998 96-0
Umschlaggestaltung: Ralf Kramp
Lektorat: Nicola Härms, Rheinbach
Druck: CPI books, Ebner & Spiegel GmbH, Ulm
Printed in Germany
ISBN 978-3-95441-588-5

Ninne, Ninne, sause
der Tod steckt hinterm Hause
Er hat ein kleines Körbelein
da steckt der die bösen Kinder 'nein
die guten lässt er sitzen
und kauft ihn'n rote Mützen

*Deutsches Kinderlied 1895*

## Berlin, im Herbst 1896

Dem regnerischen Sommer des Jahres folgt ein ebenso unfreundlicher Herbst. Der Automobilverkehr auf den Straßen Berlins nimmt weiterhin zu, ungeachtet dessen, dass es im August in London das erste Todesopfer dieses neuen Fortbewegungsmittels zu beklagen gab, woraufhin der Duke of Beaufort in aller Öffentlichkeit forderte, man solle alle Autofahrer erschießen.

Als sich die Zeit der Großen Gewerbeausstellung im Treptower Park dem Ende zuneigt, wird Friedrich Maharero, dem Sohn des Oberhaupts der Herero – einer im heutigen Namibia ansässigen Ethnie –, die seit Langem erbetene Audienz beim Kaiser gewährt, und Wilhelm II. verspricht ihm und seinem Volk dauerhaften Frieden. Ein Versprechen, das er nicht halten wird.

Die Veranstalter der Gewerbeausstellung sehen sich mit einem gewaltigen Verlustgeschäft konfrontiert, der Bau der ersten Hochbahnstrecke vom Stralauer Tor zum

Potsdamer Platz schreitet zur Begeisterung der technikversessenen Berlinerinnen und Berliner unaufhaltsam voran, die Neufassung des *Bürgerlichen Gesetzbuchs* beschränkt weiterhin – ungeachtet aller Proteste – die Rechte der Frauen, und am 1. Oktober wird da, wo sich früher der Kohlenplatz der Meierei Bolle befand, das neu gebaute Theater des Westens eröffnet.

# Kapitel 1

Im Grand Hôtel Bellevue am Potsdamer Platz servierte man an diesem Abend ein Hors d'œuvre mêlé, gefolgt von Seezunge à la Normande und in Butter gebratenen Krammetsvögeln.

»Ich hoffe, alles ist zu Ihrer Zufriedenheit.« Der Kellner präsentierte mit einer tiefen Verbeugung eine zweite Flasche Château Lafite. Die beiden Herren am Tisch signalisierten mit einem Kopfnicken, dass es keinen Grund zur Beanstandung gab, und widmeten sich weiter den Wacholderdrosseln auf ihren Tellern. Das kleine Mädchen in ihrer Begleitung starrte unverwandt auf die toten Vögel und rührte sein Besteck nicht an.

»Für das junge Fräulein vielleicht stattdessen ein wenig Kalbsrücken?«

»Ach was!« Der ältere der beiden Herren tätschelte dem Mädchen die Hand. »Lang zu, mein Kind. Sie schmecken köstlich! Und siehst du: Man lässt nur den Schnabel und den Magen übrig.« Zur Demonstration schob er beides mit dem Messer zur Seite und brach den zweiten kleinen Vogelkörper auf.

Das Mädchen würgte, presste die Hand vor den Mund, sprang auf und rannte hinaus.

»Kein Grund zur Aufregung, Herr Ober! Mein Kutscher wird sich um sie kümmern«, versicherte der jüngere der beiden Gäste.

Als der Kellner draußen nach der Kleinen Ausschau hielt, stand ein untersetzter Mann in Zylinder und Cutaway auf dem Trottoir und rauchte eine Zigarre. Das Mädchen war verschwunden.

»Verzeihung, haben Sie hier ein Kind rauslaufen sehen?«

»Keine Angst«, der Mann lächelte, »die Kleine sitzt da drin.« Er deutete mit dem Daumen auf einen geschlossenen Landauer. »Kleiner Übelkeitsanfall. Nicht weiter schlimm.«

Es hätte lediglich eines Blicks ins Wageninnere bedurft, um sich zu vergewissern, ob es dem Mädchen gut ging. Aber der Kellner zweifelte nicht an der Aufrichtigkeit des Kutschers und kehrte beruhigt an den Tisch der Herrschaften zurück.

Wenige Tage später ging es im Fotoatelier Fuchs in der Friedrichstraße hoch her: Ein Ehepaar mit vier Kindern hatte sich zu einem der üblichen Familienfotos eingefunden, und der muntere Nachwuchs ließ buchstäblich keinen künstlichen Stein auf dem anderen. Als Auguste unter das Dunkeltuch schlüpfte, um die Kamera auf das riesige, rot geblümte Familiensofa einzurichten, hörte sie es verdächtig knirschen. »Bitte nicht auf die

Balustrade stei…« Zu spät: Das Pappmaché-Geländer, das sich bei Gartenarrangements immer so hübsch im Hintergrund machte, brach unter dem Ansturm zweier Knaben in Matrosenanzügen in sich zusammen, und als Auguste aus ihrem Einstelltuch auftauchte, machten sich die beiden Mädchen gerade über die Truhe mit den Vorhängen her und spielten in entsprechender Verkleidung Sultan und Haremsdame. Die Mutter stand von alldem ungerührt vor dem Spiegel und überprüfte zum wiederholten Mal ihre Frisur, während der Vater seine Bartspitzen zwirbelte.

»Ich wär dann so weit!« Auguste musste brüllen, um den Streit zu übertönen, der bei den Kleinen über die Benutzung des einzig vorhandenen Schaukelpferds entbrannt war. Der Vater versuchte es ein paarmal mit: »Thorwald, Humbert, hierher!«, doch das stieß auf ebenso wenig Echo wie der mütterliche Appell an Klein-Feodora und Klein-Albertinchen, sich aufs Sofa zu begeben. Auguste hätte die Eltern mitsamt ihren vier Ungeheuern am liebsten vor die Tür gesetzt. Der Lärm, den das Niederreiten der letzten Balustradenfragmente mittels Schaukelpferd, flankiert vom Geheul eines empörten Sultan-Haremsdamen-Duos, mit sich brachte, war unbeschreiblich.

»Wir kommen natürlich für den Schaden auf«, erklärte der Vater, zweifellos mächtig stolz auf seinen temperamentvollen Nachwuchs.

»Ihr könnt nachher weiterspielen, wenn das nette Fräulein die Bilder macht, auf denen Papa und ich alleine sind!«, tirilierte die Mutter, als der Sultanspalast erobert war, und scheuchte die Kinder in Positur. Nachdem Albertinchens Zöpfe hübsch parallel auf die Passe ihres Flügelkleidchens drapiert und Thorwalds Scheitel noch eben schnell mit mütterlicher Spucke fixiert worden war, hob Auguste die Blitzpfanne und betätigte den Auslöser. Auf dem Familiensofa sahen die Kinder ungemein manierlich aus.

Als das Elternpaar ohne die Kinder abgelichtet war, glich das Atelier einem Schlachtfeld. Auguste brachte gerade noch die Contenance auf, sich in aller Form von ihrer Kundschaft zu verabschieden, dann ließ sie sich auf das über und über keksbekrümelte Sofa sinken und freute sich auf ein paar ruhige Stunden im Labor.

Doch daraus wurde nichts.

»Jeht sofort weiter!«, verkündete Liftboy Luis, und Hulda Preissing stürmte aus dem Aufzug. »'n Toter, Häseken. Anruf kam gerade rein.«

Auguste schob die Unterlippe vor und stöhnte. Diesmal ausnahmsweise nicht, weil ihre ehemalige Kinderfrau sie trotz ihrer einundzwanzig Jahre immer noch »Häseken« nannte, sondern weil sie ahnte, was auf sie zukam.

»Wo?«

»Draußen in Rixdorf.«

»Puuuh …«

Bisher hatte sie sich um Post-mortem-Fotografien erfolgreich gedrückt, aber diesmal gab es wohl kein Entrinnen. Immerhin: Einen Versuch war es wert. »Kann Papa das nicht machen? Ich hab hier wirklich genug zu tun.« Auguste breitete demonstrativ die Arme aus. Das Durcheinander, das im Atelier herrschte, war bemerkenswert, aber Hulda ließ sich nicht erweichen. »Nee, mach du man die Leiche. Dein Vater soll in Ruhe Mittagsschläfchen halten.« Sie schickte sich bereits an, die ausgestopften Tiere, die Vorhänge, Decken und Deckchen und die in allen Größen vorhandenen Vasen mit Trockenblumen-Arrangements wieder ordentlich in der Requisitenkammer zu verstauen. »Die holen dich in knapp 'ner Viertelstunde ab. Mach hinne, Häseken!« Huldas Ton verriet, dass Widerspruch zwecklos war. Auguste stöhnte zwar noch einmal herzzerreißend auf, aber es nützte nichts; Hulda tat ganz einfach so, als habe sie nichts gehört, und im Grunde gab Auguste ihr recht.

Seitdem ihrem Vater immer öfter kleine Missgeschicke unterliefen, lag fast der gesamte Atelierbetrieb in ihren Händen. Es hatte mit harmlosen Vergesslichkeiten angefangen, doch mittlerweile war es lebensgefährlich, Julius Fuchs im Labor allein zu lassen, und im Laden erkannte er manchmal selbst seine Stammkunden nicht mehr. Augustes Cousin Gustav brannte darauf, als Kompagnon in die Firma aufgenommen zu werden, und er spekulierte nach wie vor – und unbeeindruckt von Augustes deutlicher Zurückweisung – auf eine Heirat: Er ging stur davon aus, dass bei seiner störrischen Cousine früher oder später die Vernunft über den weiblichen Unverstand obsiegen würde. Und infolge einer ewig waltenden göttlichen Ordnung würde er dann umgehend zum Alleininhaber aufsteigen, denn Ehefrauen hatten gemäß göttlichem Gesetz daheim zu bleiben, allzeit hübsch auszusehen und dem Gatten drei bis fünf wohlgeratene Kinder zu schenken. Abgesehen davon, dass Auguste davon überzeugt war, dass man Kinder nicht verschenken sollte, hatte sie nicht einmal während Pfarrer Rebmanns strengem Konfirmandenunterricht irgendeine Bibelstelle gefunden, die diese Thesen stützte. Außerdem hasste sie es, wenn Vetter Gustav ihr bei seinen Besuchen ungefragt den Arm um die Taille legte: Die Mischung aus Bartwichse und kaltem Zigarrenrauch, die ihn umwaberte, löste bei ihr regelmäßig Fluchtinstinkte aus. Und so hatte sie Gustavs schlecht getarntes Angebot, in Atelier, Labor und Laden auszuhelfen, ohne zu zögern abgelehnt. »Daraus wird nichts, selbst wenn Vetter Gustav lecker riechen und an Schönheit, Eleganz und Güte nicht zu übertreffen wäre«, hatte Auguste kategorisch erklärt. Von Huldas Seite gab es keinen Widerspruch, und auch wenn Julius Fuchs manchmal vergaß, was er vor zehn Minuten getan oder gesagt hatte: Dass Auguste bis über beide Ohren in jenen flotten jungen Mann verliebt war, der seit dem Sommer bei ihnen ein und aus ging, schloss selbstverständlich jede Einheirat von Gustavs Seite aus. An guten Tagen konnte Julius Fuchs sich sogar daran erinnern, wie Augustes Verehrer hieß: Jakob Wilhelmi! Und er war der Assistent von einem Kommissar mit Namen …

»Gustchen, wie heißt noch mal der Vorgesetzte von deinem Herzensschatz?«

»Von Barnstedt, Papa. Kommissar Hubert von Barnstedt.«

»Ja, natürlich! Lag mir auf der Zunge!«

Für Hulda und Auguste waren solche Dialoge an der Tagesordnung. Es war klar, dass es immer dringlicher wurde, einen Mitarbeiter oder eine Mitarbeiterin einzustellen. Nur leider blieben die Annoncen im *Photographischen Wochenblatt* bisher ohne das ersehnte Echo.

»War 'n Unfall.« Hulda riss Auguste gnadenlos aus ihren Gedanken und drückte ihr die Tasche mit Schminke, Fischleim und Knetwachs in die Hand. »Solltest zur Sicherheit 'n bisschen Tünche mitnehmen, muss ja schließlich hübsch aussehen, der Dahingeschiedene.«

Augustes Fantasie lief Amok. Bei dem Gedanken, eine Leiche zu schminken, drehte sich ihr schier der Magen um. Sie seufzte pro forma ein drittes Mal, aber natürlich blieb auch diesmal der Erfolg aus: Hulda war nicht zu erweichen. »Einer der Söhne holt dich ab. Emil heißt er.«

»Aha.« Auguste schulterte ihre Ausrüstung, grummelte etwas, das wie »Danke, Hulda« klang, und drückte auf den Fahrstuhlknopf. Ihr fehlte für das, was auf sie zukam, jedes Verständnis: Verstorbene so herzurichten, als seien sie lebendig und säßen friedlich lächelnd im Kreise ihrer Lieben? Eine ekelhafte Gepflogenheit! Einige Hinterbliebene ließen den Toten sogar im Fotolabor offene Augen aufmalen, um damit die Illusion, sie seien bei der Aufnahme noch am Leben gewesen, zu perfektionieren.

»Wo soll's 'n hinjehn?« Wie immer musste Liftboy Luis minutiös über Augustes Vorhaben informiert werden.

»'ne Leiche fotografieren«, brummte Auguste, »und dafür muss ich raus nach Rixdorf.«

»Leuchtet ein«, Luis grinste verständnisinnig. »Wer doot is, kann ja nu mal nich mehr selber in 't Atteljeh komm', wa?«

»Na, bis vor 'n paar Jahren war das noch so.«

»Wat?« Luis riss entsetzt die Augen auf. »Willste mir uff'n Arm nehm'?«

»Nee, im Ernst!« Wider Willen musste Auguste lachen. »Aber natürlich sind die Toten nicht von alleine ins Atelier marschiert! Die wurden von ihren Angehörigen hergebracht, und Papa hat sie dann – also: die Leichen, nicht die Angehörigen – an speziell dafür angefertigten Eisengestellen festgeschnallt. Damit der Kopf oben blieb und die Toten aussahen, als würden sie aufrecht stehen.«

»Ehrenwort?« Der Liftboy starrte sie mit weit aufgerissenen Augen an.

»Ich schwör's!« Augustes Mundwinkel zuckten. »Das ging natürlich nur vor oder nach der Leichenstarre. Aber egal wie: Verwackeln konnten die jedenfalls nichts mehr.« Nicht zum ersten Mal sorgte Luis' durch nichts zu bremsende Neugier dafür, dass Augustes Laune sich schlagartig besserte. »Gab außerdem noch 'n paar raffinierte Kniffs, wenn's darum ging, so zu tun, als wär'n die gar nicht tot«, setzte sie feixend hinzu, »zum Beispiel den mit dem Sessel.«

»Erzähl.« Luis war inzwischen so blass geworden, dass man jede einzelne seiner Sommersprossen hätte zählen können.

»Dazu hat man die Leiche einfach auf'n Sessel gepackt und dann den Sessel mitsamt der Leiche umgekippt.«

»Wat?«

»Na, nicht geschubst! Sondern mit der Lehne nach unten auf'n Boden gelegt. Dann musste man die Toten nicht mehr festbinden, weil: Die bleiben logischerweise brav auf'm Rücken liegen. Nur die Beine und der Kopf mussten fixiert werden.«

»Und dann?«

»Dann hat man später die fertige Fotografie einfach um neunzig Grad gedreht.«

»Hä? Versteh ick nich.«

»Hochkant genommen und fertig.«

»Pfff«, Luis blies die Backen auf und ließ geräuschvoll die Luft entweichen, »na, da hab ick aber Schwein jehabt.«

»Du? Wieso?«

»Na, ick würd doch nie im Leben nich 'ne Leiche in mei'm Fahrstuhl ruff und runter kutschieren!«

»Musst du ja Gott sei Dank auch nicht.« Auguste versetzte Luis einen freundschaftlichen Knuff in die Seite und ging nicht weiter darauf ein. Es war nur zu verständlich, dass die schöne Schlangenfrau aus dem Wintergarten-Varieté für Luis nicht zu den anonymen Toten zählte, deren Transport er offenbar als Zumutung betrachtete. Samirah – oder bürgerlich: Charlotte Paulus – hatte bei ihrer Fahrt hinauf ins Atelier wahrscheinlich herzlich über Luis' vorwitzige Art gelacht. Und als sie dann – exotisch gewandet und wunderschön – mit einer riesigen, gefleckten Schlange vor Augustes Kamera posierte, hatte Luis ihr geradezu weltvergessen zugeschaut. Tatsächlich hatte ihm der Anblick regelrecht die Sprache verschlagen.

Ein trauriges Lächeln huschte über Augustes Gesicht. Wenig später war die schöne Schlangentänzerin sterbend zusammengebrochen.

»Kleener, starr hier keene Löcher in die Luft«, hatte der ältere der beiden Sanitätsgehilfen Luis angeblafft, als sie die Totenbahre in den Aufzug schoben, »det Mädel muss so schnell et jeht in 't Leichenkommissariat.«

Energisch schüttelte Auguste die Gedanken an die Geschehnisse und das, was ihnen gefolgt war, ab. Bevor sie aus dem Haus ging, steckte sie noch einmal sorgfältig ihren Hut fest und nahm den warmen Mantel von der Garderobe. Es war bewölkt. Auch wenn es durchaus noch einige sonnige Oktobertage gab, war es zu kühl, um – wie Hulda zu sagen pflegte – »per Taille« rauszugehen.

Draußen auf der Friedrichstraße herrschte die übliche Betriebsamkeit: elegant gekleidete Damen, müßige Flaneure, blasse Dienstmädchen mit unhandlichen Einkaufskörben und Reisende, die vom oder zum Bahnhof unterwegs waren. Auf der Fahrbahn ein fluchender Radfahrer, Kutschen, Hand- und Pferdewagen, dazwischen eine finster dreinblickende Bürstenmacherin im Hundekarren und vereinzelt Automobile, deren Besitzer eifrig von der Hupe Gebrauch machten. Ein Schutzmann hoch zu Ross überholte den wie immer voll besetzten Pferdeomnibus, begleitet vom Gejohle einer Gruppe angetrunkener Corpsstudenten auf dem Oberdeck.

Auguste hatte eine Droschke erwartet, doch der Junge, der sich ihr mit einem artigen Diener als Emil Krause vorstellte, deutete stattdessen auf einen Einspänner mit überdachter Ladefläche, der vor der Hofeinfahrt wartete. *K. und A. Krause* stand darauf, *Kleintransporte aller Art.*

»Wenn's Ihnen nichts ausmacht, mit unserer Lastkarre zu fahren?« Der Junge drehte unsicher die Mütze in den Händen. Auguste schätzte ihn auf höchstens sechzehn. »Ich … ähm, ich wusst ja nicht, dass 'n feines Fräulein wie Sie die fotografischen Aufnahmen macht«, stammelte er verlegen.

»Keine Angst. Feine Fräuleins können das.«

»Ja … ähm … natürlich!« Emil wurde rot. »So hab ich das nicht gemeint.«

»Ich weiß.« Auguste stellte ihre Ausrüstung ab und schwang sich, ohne Emils hilfreiche Hand zu ergreifen, auf die schmale Holzpritsche, die für den einzigen Mitfahrer vorgesehen war.

»Kann aber holprig werden!« Der Junge zurrte das Stativ und den Kasten mit der Kameraausrüstung auf der Ladefläche fest und stieg zu ihr auf den Kutschbock. »Wolln Se nich vielleicht doch lieber 'ne Droschke nehmen?«

»Nö. Normalerweise wär ich mit dem Fahrrad gekommen. Das ist noch holpriger, das können Sie mir glauben.«

»Mit dem Fahrrad?« Emil warf Auguste einen ungläubigen Seitenblick zu; anscheinend passten Rad fahrende Frauen genauso wenig in sein Weltbild wie fotografierende feine Fräuleins. Doch wie es aussah, wollte ihn das feine Fräulein nicht zum Narren halten. Er murmelte ein anerkennendes »Schappoh«, tippte an den Rand seiner Mütze und griff nach den Zügeln. »Hüh, Gravelotte!«

Das Pferd setzte sich in Bewegung und reihte sich gemächlich in den Strom der anderen Verkehrsteilnehmer ein.

Die Richardstraße, in der die Krauses lebten, wirkte geradezu ländlich. Während im Rixdorfer Ortskern ein bürgerliches Mietshaus nach dem anderen entstand, hatte man hier das Gefühl, aus der Zeit gefallen zu sein: An das Backsteinhaus, in dem Emils Familie wohnte, grenzte eine Remise, in der die Fahrzeuge untergebracht waren, dahinter befanden sich die Pferdeställe und eine große hölzerne Scheune. Im Vorgarten blühten Sonnenhut und Herbstastern, und den Geräuschen zufolge musste sich in unmittelbarer Nähe eine Schmiede befinden. Wie praktisch, dachte Auguste.

»Brrr, Gravelotte!« Während Emil den Wagen anhielt und Augustes Ausrüstung ablud, öffnete eine rundliche kleine Frau die Haustür. Sie trug Schwarz und hatte verweinte Augen. Bei Augustes Anblick schien sie zunächst genauso irritiert zu sein wie ihr Sohn.

»Das ist das Fräulein Fuchs, Mama, die Fotografin«, beeilte sich Emil zu erklären.

»Oh! Verzeihung ... Natürlich. Magda Krause.« Emils Mutter streckte Auguste zur Begrüßung beide Hände entgegen. »Schön, dass Sie da sind. Bitte, kommen Sie doch rein.«

Drinnen in der guten Stube war ein Kaffeetisch gedeckt, und es duftete nach frisch gebackenem Apfelkuchen.

»Wenn Sie hier Platz nehmen wollen?« Ein hagerer Mann mit großen Händen und verwittertem Gesicht schob Auguste einen Stuhl am Kopfende zurecht, und Magda Krause stellte ihr einen nach dem anderen die ganze Familie vor: »Mein Schwager Konrad und meine beiden jüngeren Söhne Achim und Theodor, meine Schwägerin Helene und ihre Tochter Emma, und auf dem Schoß von meinem Neffen Paul, das ist Karline, unser Nesthäkchen.«

Auguste hatte angesichts des leinenen Tischtuchs und des Sonntagsgeschirrs, das die Krauses zu ihrer Begrüßung hervorgeholt hatten, einen regelrechten Kloß im Hals. Sie schämte sich im Nachhinein für ihr vorschnelles Urteil. Die Menschen hier hatten einen lieben Angehörigen verloren, und die jüngsten Kinder würden sich ohne eine Fotografie später nicht einmal mehr an sein Gesicht erinnern können.

»Danke«, murmelte sie, als Magda Krause ihr ein Stück Apfelkuchen auf den Teller legte.

Wenig später erwiesen sich alle ihre Befürchtungen als ungerechtfertigt: Arnold Krause war bereits aufgebahrt. Der offene Sarg stand im rückwärtigen Teil des Hauses in einem Anbau, den man offenbar erst kürzlich hinzugefügt hatte. Die Familie scharte sich um den Katafalk, und zu Augustes grenzenloser Erleichterung musste nicht einmal die mitgebrachte Schminke zum Einsatz kommen, denn Gesicht und Hände des Toten waren unversehrt.

Auguste fotografierte. Wie sie aus dem Wenigen, das dabei gesprochen wurde, heraushören konnte, war Arnold Krauses Kutsche bei dem Unfall schwer beschädigt worden. Die Instandsetzung würde Wochen dauern, und das bedeutete erheblichen Verdienstausfall. Auguste beschloss, beim Honorar für ihre Arbeit diskret mit dem Preis ein wenig herunterzugehen. Als sie mit den Aufnahmen fertig war, schloss Emil gemeinsam mit seinem Onkel den Sargdeckel. »Dann würd ich Ihnen jetzt 'ne Droschke für den Rückweg bestellen, wenn's recht ist.«

»Wir können aber auch gern wieder mit Ihrem Transportwagen fahren.«

»Ehrlich?« Emil Krauses Augen leuchteten auf. »Das ist ja großartig! Ich muss nämlich ganz bei Ihnen in die Nähe. Zum Apollo-Theater.«

Auguste schmunzelte. »In der Nähe« war übertrieben; das Apollo-Theater lag genau am entgegengesetzten Ende der Friedrichstraße, auf dem Weg zum Halleschen Tor.

»Von da aus ist es aber noch 'n ganzes Stück bis zu mir nach Hause.«

»Och, so 'n kleiner Umweg macht doch nichts. Und anschließend ist noch genügend Zeit bis zur Abendvorstellung.«

»Aha ...?«

Emil musste unwillkürlich grinsen. »Nee, nich, was Sie denken! Ich steh da nicht *auf*, sondern *hinter* der Bühne.«

»Kulissenschieber isser«, mischte sich sein Onkel ein, »ganz und gar aus der Art geschlagen, der Bengel!« Er versetzte seinem Neffen einen scherzhaften Nasenstüber. »Aber aus der kleenen Fuchskreete wird bestimmt mal wat janz Besonderet.« Konrad Krause war unverkennbar mächtig stolz auf seinen Neffen. »Regissör will er werden! Unter dem macht er 't nich!«

Eine erstaunliche Familie, dachte Auguste. Normalerweise würde so ein Berufswunsch als Hirngespinst abgetan, denn der älteste Sohn hätte selbstverständlich in die Fußstapfen seines Vaters zu treten. Hier hingegen schien man Emils Ambitionen sogar zu unterstützen. »Regisseur also ...«

Emil nickte und strahlte übers ganze Gesicht, und Auguste überlegte, was ein Regisseur eigentlich genau zu tun hatte. So richtig vorstellen konnte sie sich das nicht, aber der Junge gefiel ihr. Das Licht war günstig, und bevor sie ihre Ausrüstung zusammenpackte, fragte sie Emil, ob sie vielleicht ein paar Aufnahmen von ihm machen dürfte. »Wissen Sie, ich mag die üblichen steifen Atelierbilder nicht sonderlich. Da drauf gucken doch die meisten Menschen, als hätten sie was Schlechtes gegessen.«

»Stimmt!« Emil stellte sich bereitwillig in Positur.

»Aber wenn ich den Leuten vorschlage, sich doch lieber draußen in der Natur ablichten zu lassen, empfinden das die meisten als Zumutung.«

»Vielleicht, weil bei Ihnen im Atelier kein Wind weht.«

»Was?« Das war ein sonderbarer Gedanke. Auguste kam kurz unter dem Einstelltuch hervor: »Wieso?«

»Na, da kann es keinem die Frisur verstrubbeln, der Hut bleibt auf'm Kopf, und es gibt keine fliegenden Plagegeister, die die vornehme Pose stören könnten.« Emil schlug demonstrativ nach einer kampflustigen Wespe.

»Hm. Da ist was dran.« Auguste kroch nachdenklich wieder unter ihr Dunkeltuch. Ihr war es ein bisschen peinlich, dass sie nicht selbst auf eine derart einleuchtende Begründung gekommen war.

Bevor Auguste wenig später neben Emil auf dem Kutschbock Platz nahm, steckte ihr seine Mutter zwei große Stücke ihres köstlichen Apfelkuchens zu.

»Herzlichen Dank, Frau Krause! Die Bilder kann Emil dann morgen Mittag abholen.«

Als die brave Gravelotte sich ins Zuggeschirr legte und der Wagen über das Kopfsteinpflaster in Richtung Berlin zockelte, schaute Auguste sich noch einmal um und winkte. Die ganze Familie hatte sich zum Abschied vor dem Haus aufgereiht: Magda mit der kleinen Karline auf dem Arm, flankiert von den Zwillingen Achim und Theodor, daneben Konrad und Helene Krause mit ihrer Tochter Emma und dem kleinen Paul. Der Herbstwind blies die Blätter einer riesigen Kastanie über den

Platz vor der Remise, und nur das rhythmische Schlagen des Schmiedehammers durchbrach die Stille. Im Nachhinein stellte Auguste fest, dass sich ihr dieser Anblick für immer ins Gedächtnis gebrannt hatte: ein Bild des Friedens. Nur Emil Krause fehlte.

# Kapitel 2

Nu stell'n Se sich man nich so an, Wilhelmi!« Kommissar von Barnstedt drückte seinem Untergebenen einen Karton mit kleinen, weißen Pappkärtchen in die Hand und hielt das gläserne Tintenfass gegen das Licht, um dessen Füllmenge zu prüfen. »Sie kennen sich doch bis in alle Einzelheiten mit dem Schlangenfrau-Fall aus. Also wer sonst könnte die entsprechenden Exponate bestmöglich katalogisieren und beschriften?«

»Aber …«

Jakob Wilhelmi starrte ungläubig auf den Inhalt eines Wäschekorbs, den der neue Polizeisekretär vor wenigen Minuten ins Büro gebracht hatte: wild durcheinandergewürfelte Gegenstände, Notizzettel und Zeitungsartikel. »Kann das nicht Mielke machen?«

Von Barnstedt quittierte Jakobs mangelnde Begeisterung mit einem Achselzucken. »Polizeisekretär Mielke muss sich erst noch einarbeiten. Außerdem haben Sie die schönere Schrift.«

»Das mag ja sein. Nur ...«

»Im Moment gibt's sowieso nichts zu tun. Und Sie sind doch sonst für alles Moderne.«

»Was hat denn das *damit* zu tun?«

»'n hausinternes Kriminalmuseum hat in Deutschland schließlich niemand außer uns hier in Berlin!«

»Schön und gut, aber ...«

»So was Fortschrittliches hat nicht mal Scotland Yard!«

»Aber ich bin Kriminalassistent und kein Archivar!«

»Na, wenn Sie das hier sehen, überlegen Sie sich Ihre Berufswahl vielleicht noch mal.« Von Barnstedt nahm mit einem triumphierenden »Taddah!« einen Gegenstand aus seiner Gladstone-Tasche.

»Aha?« Jakob zuckte mit den Achseln: Dem schweren, schwarzen Eisending war keinerlei sinnvolle Bestimmung anzusehen.

»Einer von Graf Teubnitz' Neffen hat mir das geschenkt. Zum Ausprobieren, sozusagen.« Dass ihn jemand aus den hehren Kreisen seines Herrenclubs eines Geschenks für würdig erachtet hatte, kam für von Barnstedt offenbar einem Ritterschlag gleich. Das Ding sah allerdings nicht gerade kostbar aus.

»Und was soll das sein?«

»Ein Handperforator!«

»Ach?« Jakob grinste. Mittlerweile fand er das aufgeregte Federnspreizen seines Chefs amüsant. »Und wozu sollte jemand freiwillig seine Hand perforieren?«

»Nu stell'n Se sich man nich dümmer, als Sie sind, Wilhelmi! Gucken Sie mal!« Von Barnstedt griff nach einem Blatt Papier, schob es in einen Schlitz im unteren

Teil der Eisenkonstruktion und drückte auf den darüberliegenden Hebel. »Voilà!«

Das Blatt wies nach dieser Aktion am Rand – ein wenig eingerückt – zwei Löcher auf.

»Und nu?«

»Und nu? Nu kann man alles, was zwei so 'ne Löcher hat, in einer patentierten Sammelmappe aufbewahren.« Von Barnstedt zauberte eine Papphülle aus seiner Tasche. In deren Rücken waren zwei Metallbügel angebracht, die sich mit einem Hebel öffnen ließen und deren Größe und Abstand genau zu dem gelochten Briefbogen passten. Von Barnstedt ließ das Blatt über die beiden Metallspieße gleiten und die Bügel wieder zuschnappen. »Na?« Er strahlte Jakob erwartungsvoll an.

»Ein Bibliorhapt«, stellte Jakob achselzuckend fest, »nur größer und leichter.«

»Eben!« Dass es etwas Ähnliches bereits seit vielen Jahren in Frankreich gab – und dass es von der Firma Zeiss in Deutschland wenig erfolgreich kopiert wurde –, tat von Barnstedts Euphorie keinen Abbruch. »Das hier ist ja erst mal nur ein Muster! Aber der Neffe von Graf Teubnitz sagt, sie arbeiten bei Leitz in Stuttgart daran, dass so ein tragbarer Löcherstanzer irgendwann in jeder Behörde und jedem Büro zur Grundausstattung gehört. Und die passenden Sammelmappen natürlich auch.«

»Na jaaa …«, Jakob musste zugeben, dass von Barnstedts kleine Demonstration durchaus überzeugend war, »so richtig schlecht wär das vermutlich nicht.«

»Sag ich doch! Wenn Dokumente nachträglich eingefügt oder wieder rausgenommen werden können, erspart uns das jede Menge Kritzeleien! Ich sage Ihnen: Das ist das Ende unserer unhandlichen Folianten!«

»Und Sie wollen die Methode jetzt versuchshalber in unserem Kriminalmuseum einführen, ja?«

»Nee«, von Barnstedt fuhr sich seufzend durch den Bart, »ich hab's versucht, aber die bleiben lieber beim Alten. Die wollen alles wie gehabt durchnummeriert in Jahresbücher eingetragen haben. Also machen Se man.« Er legte Jakob einen der Bände, in denen interessante Fälle für die interne Weiterbildung dokumentiert wurden, auf den Schreibtisch. »Und für sämtliche Museums-Exponate füllen Sie eins von diesen Kärtchen hier aus, mit 'ner kurzen Beschreibung, Fallnummer und Datum.«

Jakob war gerade im Begriff, die Fotografie aus dem Waschkorb zu fischen, die Auguste damals zufällig in dem Moment aufgenommen hatte, als der tödliche Anschlag auf die Schlangenfrau stattfand, da schrillte der Telefonapparat.

»Aha. Ja, ich höre.« Von Barnstedt lauschte, nickte und machte sich Notizen. »Selbstverständlich. Friedrichstraße wo? 218 …?«

»218? Ist da nicht das Apollo-Theater?«, warf Jakob ein, doch von Barnstedt winkte ungehalten ab. »Was?!«, bellte er in den Hörer. »Sagen Sie das noch mal! Ein Taubenkäfig?«

Während Jakob nach Hut und Regenmantel griff, um seinem Vorgesetzten nach draußen zu folgen, verließ der Krause'sche Transportwagen den Belle-Alliance-Platz und bog in die Friedrichstraße ein.

»Wann und wie sind Sie eigentlich auf die Idee gekommen, Regisseur werden zu wollen?« Auguste hatte Emil zwar bereits über alles, was ein Regisseur zu tun hatte, ausgefragt, doch bevor die Fahrt endete, wollte sie unbedingt erfahren, wie es zu seinem ungewöhnlichen Berufswunsch gekommen war.

»Fräulein Wittenberg ist schuld. Meine Lehrerin.« Emil zog eine Grimasse, die auf eine äußerst strenge alte Dame schließen ließ. »'n ziemlicher Besen, das sag ich Ihnen. Aber ich fand sie toff!«

Aha, dachte Auguste, das erklärt Emils so gut wie lupenreines Hochdeutsch.

»Und Fräulein Wittenberg hat die ganze Abschlussklasse letztes Jahr in 'ne Theatervorstellung geschleppt«, fuhr Emil fort. »*Die Weber*, von diesem Gerhart Hauptmann.«

»Oje!« Auguste erinnerte sich lebhaft an den handfesten Skandal, den das Stück bei seiner Uraufführung ausgelöst hatte. »Da hat's ja mächtig Wirbel drum gegeben! Ich hab gehört, der Kaiser hat vor Wut über das Stück sogar seine Loge im Deutschen Theater gekündigt.«

»Na klar war der fuchtig! Und wie! Allein schon, weil da keine feinen Herrschaften auf der Bühne waren! Ich mein: Natürlich sind das alles Schauspieler, aber in dem Stück geht's eben nich um irgendwelche Könige oder Prinzessinnen oder sonst irgendwelche feinen Pinkels. Da geht's um arme Leute!«

»Und da hast du beschlossen – pardon: Darf ich du sagen?«

»Klar!«

»Und da hast du beschlossen, Regisseur zu werden?«

»Genau. Ich mein': Die Leute im Parkett und in den Logen lesen garantiert nicht den *Vorwärts* oder *Die Gleichheit*. Die denken doch, die Sozialisten wollen weiter nichts wie an ihr Portemonnaie!«

»Da magst du recht haben ...« Auguste schmunzelte. Ihr Vater hätte seine helle Freude an dem Jungen.

»Na ja, und deshalb muss man denen eben Stücke wie *Die Weber* zeigen! Damit die mal was mitkriegen von wegen wie es in der Welt draußen so zugeht.«

»Und nach der Schule bist du dann sofort ...«

»Ich weiß, ich weiß.« Emil wurde rot bis über beide Ohren. »Im Apollo geht's nur um Musike, Amüsement und schöne Frauen und nicht die Bohne um Gerechtigkeit und arme Leute. Aber ich finde, lernen kann man überall!« Er straffte sich und reckte stolz das Kinn. »Und wenn einer sich mittlerweile mit Licht und allen möglichen Theatertricks auskennt, dann bin ich das! Von so was muss 'n Regisseur ja nu verdammt viel Ahnung haben, weil ...« Er stockte. Es waren nur noch wenige Meter bis zum Eingang des Apollo-Theaters. Normalerweise blieben dort tagsüber lediglich dann und wann Passanten vor den Schaukästen stehen, die den Durchgang zum Hofgarten flankierten. Doch jetzt hatte sich dort ein kleiner Menschenauflauf gebildet, und ein paar Mädchen vom Ballett standen bibbernd auf dem Trottoir. Im Näherkommen gesellten sich immer mehr Passanten und Ensemblemitglieder hinzu. Emil wusste offenbar nicht recht, was er tun sollte, immerhin schien an seinem Arbeitsplatz irgendwas passiert zu sein. Andererseits hatte er nun mal versprochen, Auguste nach Hause zu fahren. Zu seiner Erleichterung kam sie seiner unausgesprochenen Frage zuvor. »Halt ruhig an und guck, was da los ist. Ich warte so lange.«

»Danke!« Erleichtert lenkte Emil den Wagen an den Bordstein, stieg ab und kämpfte sich durch die Umstehenden hindurch zu den Kolleginnen und Kollegen vor. Im Nu war er in eine erregte Debatte verwickelt. Zu ihrem Leidwesen konnte Auguste aus der Distanz kein Wort verstehen.

Kurz darauf hielt eine Droschke unmittelbar neben dem Theatereingang. Von den beiden Männern, die ausstiegen, war der eine um die fünfzig und untersetzt, der andere erheblich jünger und deutlich agiler. Der Ältere trug einen gravitätisch wirkenden Ulster Mantel und eine Melone, der Jüngere einen flotten Macintosh und einen dunkelbraunen Homburg. Der selbst gestrickte Wollschal um den Hals des Jüngeren war unverkennbar eins von Hulda Preissings Werken. »Jakob?« Auguste sprang vom Kutschbock und ersparte sich zum Ärger anderer Verkehrsteilnehmer den Weg durch den Menschenauflauf, indem sie ausgesprochen undamenhaft kreuz und quer über die Fahrbahn sprintete. »Jakob, was machst du denn hier?«

»Hoppla!« Jakob schrak zusammen, als Auguste ihm die Hand auf den Arm legte. »Ähm … Ich weiß noch nicht, was das hier werden soll. Und was treibt dich hierher?«

»Ich bin mit Emil Krause auf dem Weg nach Hause.«

»Abgesehen davon, dass sich das sehr hübsch reimt, sagt mir das gar nichts.«

»Korinthenkacker!« Auguste knuffte Jakob in die Seite. »Ich war in Rixdorf, 'nen Toten fotografieren, und warte darauf, dass mein netter junger Kutscher ...« Weiter kam sie nicht. »Wilhelmi, wo bleiben Sie denn?!«, brüllte von Barnstedt über die Köpfe der Schaulustigen hinweg. Er stand inmitten eines Pulks aufgeregt auf ihn einredender Ensemblemitglieder und entdeckte Auguste erst auf den zweiten Blick. »Fräulein Fuchs? Na, das ist ja mal 'ne Überraschung! Jetzt sind die Fotografen schon schneller am Ort des Geschehens als unsereins?«

»Ich bin rein zufällig hier!«, brüllte Auguste zurück.

»Mit oder ohne Ihre sieben Backebeeren?«

»Wie meint er denn das?«, flüsterte Auguste Jakob zu. Ihr war die Aufmerksamkeit, die das Hin-und-Her-Gebrülle mit sich brachte, ein bisschen unangenehm.

»Ich glaube, er meint mit Backebeeren deine Kameraausrüstung.«

»Ich weiß, was Backebeeren heißt! Aber warum will er das wissen?« Auguste überlegte kurz. Dass sie mit einer ihrer Fotografien maßgeblich dazu beigetragen hatte, dass der Schlangenfrau-Fall gelöst wurde, hieß noch lange nicht, dass Kommissar von Barnstedt ihre Arbeit wirklich schätzte. Und vor Gericht als Beweismittel zugelassen waren fotografische Aufnahmen von Mordopfern und Tatorten erst recht nicht. Andererseits war sie schlicht und ergreifend furchtbar neugierig. »Also ... ähm ... ja, rein zufällig hab ich meine Ausrüstung dabei. Wieso?«

Statt einer Antwort winkte von Barnstedt sie zu sich. Den Umstehenden war inzwischen klar, dass es sich bei dem jungen Paar um wichtige Personen handeln musste, und sie traten bereitwillig zur Seite, um Jakob und Auguste durchzulassen.

»Worum geht's denn?«, fragte Auguste atemlos, als sie bei von Barnstedt ankam.

Der druckste ein wenig herum, bevor er mit der Sprache herausrückte. »Die Theaterleute wollen natürlich, dass trotz des … ähm«, er suchte angesichts der sensationslüsternen Gaffer ringsumher nach einem passenden Ausdruck, »dass trotz des Zwischenfalls hier alles abläuft wie gewohnt. Das heißt: Wo Sie nun schon mal da sind, wär's vielleicht gar nicht schlecht, wenn Sie 'n paar Aufnahmen von dem … ähm …«, er verfiel in ein verschwörerisches Wispern, »von dem Toten und dem Drumherum machen würden, bevor die Bühne für die Abendvorstellung hergerichtet wird.«

Ein Toter am Tag reicht mir eigentlich, dachte Auguste und zögerte. »Damit ich mir anschließend wieder sagen lassen muss, ich hätte die Bilder womöglich manipuliert?«

»Ach, nu sein Se man nicht so nachtragend, Fräulein Fuchs.« Von Barnstedt tätschelte Auguste jovial die Wange, und Jakob biss sich auf die Lippen, um nicht laut herauszuprusten. Wenn jemand irgendwas von seiner Liebsten wollte, dann waren Gesten, mit denen man gemeinhin Kleinkinder beruhigte, der Sache nicht gerade förderlich. Doch Auguste schien ausnahmsweise milde gestimmt zu sein. »Na gut«, sagte sie, »aber nicht ohne mein übliches Honorar.«

»Ich bitte Sie! Das versteht sich doch von selbst!«, beeilte sich von Barnstedt zu versichern, obwohl ihm der Gedanke an Bezahlung bisher nicht gekommen war. Wie er die Ausgaben für eine Fotografin der polizeiinternen Kostenstelle gegenüber rechtfertigen sollte, war ihm zwar noch nicht klar, aber nachdem der Schlangenfrau-Fall ohne Auguste Fuchs' Momentaufnahme womöglich nie gelöst worden wäre, wurde ihre Mitarbeit vielleicht auch höheren Orts gewürdigt. Es leuchtete ihm ohnehin nicht ein, wieso es immer noch nicht üblich war, den Ort und den Auffindungszustand eines Mordopfers in Bildern festzuhalten. Auch wenn Fotografien bisher keinerlei Beweiskraft hatten: Für die Ermittlungen und nicht zuletzt auch für das hauseigene Kriminalmuseum waren sie von unschätzbarem Wert.

»Emil? Bitte, kannst du wohl eben meine Sachen aus dem Wagen holen?« Keine Antwort. Irritiert schaute Auguste sich um. Noch vor ein paar Sekunden hatte Emil Krause zwischen den Theaterleuten gestanden. Jetzt war er verschwunden.

Gott sei Dank war die Ladefläche des Krause'schen Transportwagens nicht verschlossen, und Jakob half Auguste, den Kamerakasten und das Stativ durch den Hofgarten des Theaters hindurch ins Haus zu tragen.

»Gestatten: Jacques Glück.« Ein distinguierter Herr mit Kneifer und Halbglatze stellte sich ihnen als Direktor des Etablissements vor. Glücks imposanter Zwirbelbart verlieh ihm zwar die seiner Aufgabe entsprechende Würde, doch sein untadeliges Äußeres täuschte nicht über seine Nervosität hinweg. Seine Hände zitterten. »Gut, dass Sie so schnell kommen konnten. Hier entlang, bitte.«

Das Foyer des Theaters lag um diese Tageszeit noch im Halbdunkel. Trotzdem war der Anblick atemberaubend: Riesige Spiegel ließen den Raum noch größer wirken, als er ohnehin schon war, und die pastellfarbenen

Wandbilder erzeugten gemeinsam mit den Marmortischchen und den zierlichen weißen Stühlen eine heitere, frühlingshaft-beschwingte und dabei ausgesprochen elegante Atmosphäre.

»Wenn Sie mir bitte zum Bühnenraum folgen wollen?« Glück dirigierte Auguste, Jakob und von Barnstedt zu einer Seitentür, die in einen schmalen, düsteren Gang führte. Irgendwo in der Ferne trällerte eine Sopranistin, die entweder noch nichts von dem dramatischen Vorfall im Haus gehört hatte oder sich nichts daraus machte.

»Was ist denn überhaupt passiert?«, wisperte Auguste Jakob zu.

Der zuckte mit den Achseln. »Vielleicht war's ja doch nur 'ne technische Fehlfunktion. Der Direktor behauptet allerdings, dass es unter gar keinen Umständen 'n Unfall gewesen sein kann.«

Wie aufs Stichwort meldete sich Jacques Glück zu Wort. »Hier geht es zu den Garderoben und dem Schminkraum«, erklärte er zu Auguste gewandt. »Wenn Sie dort so lange Platz nehmen wollen?«

»Ich? Wozu 'n das?«

»Tja, ähm …« Hilfe suchend wandte sich Glück an von Barnstedt. »Herr Kommissar, ich fürchte, der Anblick ist nichts für das junge Frolleinchen. Wie war noch mal der Name?«

»Fuchs«, fauchte Auguste, »Auguste Fuchs! Und abgesehen davon, dass Anblicke aller Art zu meinem Beruf gehören: Ich bin nicht schwerhörig und steh direkt vor Ihnen!«

»Schon gut, schon gut!« Jacques Glück hob abwehrend die Hände. »Ich sag ja man nur.«

Da Auguste keine Anstalten machte, seinem Vorschlag Folge zu leisten, öffnete er die Tür am Ende des Ganges, legte einen eisernen Hebel um, und das Rampenlicht flammte auf. Mitten auf der Bühne, begraben unter einem riesigen Käfig, lag ein Mann, blutüberströmt und mit zerschmetterten Gliedmaßen. Einzig der Kopf war unversehrt geblieben. Auguste kämpfte mit aller Macht gegen die aufsteigende Übelkeit an und leistete dem fürsorglichen Jacques Glück gegenüber im Stillen Abbitte. Nach ein paar tiefen Atemzügen zwang sie sich, genauer hinzusehen. Sie schätzte den Toten auf Mitte fünfzig. Er trug einen eleganten Viktor-Emanuel-Bart und starrte die Ankömmlinge aus kalten, leblosen Augen an.

Ein seltsames Geräusch erfüllte den Raum. Zunächst konnte Auguste das Sirren und dumpfe Klatschen nicht mit der Szenerie auf der Bühne in Verbindung bringen. Dann wurde offensichtlich, was geschehen war: Einige Käfigstangen hatten sich beim Aufprall verbogen, und im Zuschauerraum flatterte ein gutes Dutzend weißer Tauben umher. An ihren Federn klebte das Blut des Toten.

# Kapitel 3

Kommissar von Barnstedt war zwar das, was man gemeinhin einen alten Hagestolz nannte, und er hatte – wie Auguste fand – mitunter recht seltsame Ansichten, aber sie musste zugeben, dass er die Situation souverän im Griff hatte.

»Herr Glück, bitte sorgen Sie dafür, dass niemand das Haus verlässt und dass die Angestellten für eine Aufnahme der Personalien zur Verfügung stehen, ja?«

»Du lieber Himmel! Das kann ja ewig dauern!«

»Ja, kann es«, knurrte von Barnstedt, »aber wir tun selbstverständlich unser Bestes.«

»Auf jeden Fall müssen die Reinemachfrauen so schnell wie möglich hier rein, damit die Abendvorstellung stattfinden kann.« Jacques Glücks Gesichtsausdruck zufolge war das seine größte Sorge. »Ich überlege gerade: Vielleicht war das Ganze ja trotz allem nur ein Unfall.«

»Hätten Sie uns gerufen, wenn das denkbar wäre?«

Glück schüttelte bekümmert den Kopf und wandte sich zum Gehen, doch Jakob hielt ihn zurück. Er zog seine ledergebundene Kladde aus der Manteltasche und zückte den Kopierstift. »Das Opfer heißt Adolf Klingbeil, sagten Sie?«

»Ja. Stammt, soviel ich weiß, aus Stettin. Mit Künstlernamen heißt er Adolphe le Magicien«, Glück stockte und korrigierte sich, »*hieß*, mein ich natürlich.«

Jakob notierte beide Namen in seinem Merkheft.

»Wissen Sie«, fuhr Glück fort und verfiel übergangslos in einen kumpelhaften Plauderton, »das mit dem französischen Namen ist ja nur zu verständlich. ›Adolf den Zauberkünstler‹ will keiner sehen, aber Adolphe le Magicien? Das klingt nach Paris und Moulin Rouge! Überhaupt steht zurzeit alles Französische beim Publikum hoch im Kurs. Zum Beispiel …«

»Herr Glück, ich brauchte dann als Erstes die Adresse des Verstorbenen, und …« Jakob versuchte vergeblich, den Redeschwall des Theaterdirektors zu unterbrechen, doch Glück fabulierte einfach weiter. »Das muss man sich mal auf der Zunge zergehen lassen: La Belle Otéro! Mistinguett! Ich sage Ihnen, das sind so klangvolle Namen, dass die Kasse gleich vor Freude mitklingelt! Aber unter uns: Selbst die berühmte La Goulue heißt bürgerlich ganz einfach Louise Weber.« Er kicherte verschmitzt. »Wir haben übrigens schon unsere Fühler ausgestreckt, um Yvette Guilbert an unser Haus zu holen!« Er kicherte erneut. »Und ich nehm an, die heißt sogar tatsächlich so!«

»Großartig«, bemerkte Jakob trocken und schrieb: *Keinerlei Anzeichen von Trauer* in sein Merkbüchlein. Es kam zwar öfter vor, dass Menschen in Momenten höchster

Anspannung redeten, als gälte es ihr Leben, aber dass der Direktor angesichts der grässlich zugerichteten Leiche seines Zauberkünstlers nicht mal die kleinste Spur von Betroffenheit zeigte, war bemerkenswert.

»Sie müssen unbedingt in eine der nächsten Vorstellungen kommen«, plapperte Glück weiter, »gerne in zarter Begleitung. Die Karten kriegen Sie selbstredend von mir geschenkt! Mir schwebt als Ersatz für Adolf Klingbeils Nummer nämlich schon was ganz Besonderes vor! Kennen Sie sich mit Spiritismus aus? Oder mit Hellsehen und Gedankenlesen?«

»Nee«, Jakob verkniff sich ein Grinsen, »aber für 'nen Kriminalermittler wäre Letzteres natürlich eine sehr begrüßenswerte Fähigkeit.«

Das Einleuchtende dieser Feststellung entging Glück vollkommen, er war in seiner Euphorie durch nichts und niemanden zu bremsen. »Ich meine: Ob Sie so was irgendwann schon mal erlebt haben?«

»Nee, leider nicht. Aber wir können gern nach Abschluss der Ermittlungen …«

»Faszinierend, sag ich Ihnen!« Glück ließ sich nicht beirren und rieb sich voller Vorfreude die Hände. »Werd sehen, ob ich Mandragor für ein paar Wochen engagieren kann! Tritt nur ganz selten mal öffentlich auf! Aber ein Phänomen, der Mann! Sie werden sehen!«

Er war schon beinahe durch die Tür, als Jakob ihn am Ärmel festhielt. »Moment! Erst brauch ich die Adresse des Verstorbenen, und dann benachrichtigen Sie bitte das Leichenkommissariat.«

Glück riss entsetzt die Augen auf, und Jakob korrigierte sich umgehend. »Ich meine das Rechtsmedizinische Institut in der Charité. Die sollen doch bitte 'ne Sanitätskutsche herschicken. Professor Strassmann und seine Leute müssen ja zuallererst mal überprüfen, ob Klingbeil nicht vielleicht schon tot war, als der Käfig runterfiel. »Außerdem«, hastig kam Jakob einer weiteren Suada des Direktors zuvor, »außerdem müssen wir genau wissen, wie der Bühnentrick mit den Tauben funktioniert und wer sich daran etwa ungesehen zu schaffen machen konnte.«

»Natürlich, natürlich«, murmelte Glück, »verzeihen Sie: Ich bin mit meinem Kopf schon bei den nächsten Vorstellungen. Am besten schick ich Ihnen meinen Schnürmeister vorbei.«

»Und bitte ganz schnell jemanden, der die Tauben einfängt, bevor die hier alles vollkack… ähm … schmutzig machen!«, rief Auguste ihm hinterher. Ihren Kamerakasten zierte ein schleimiger, grauweißer Klecks. Seufzend reichte Jakob ihr sein Taschentuch.

»Danke!« Sie kämpfte mit aufsteigendem Brechreiz, aber es half nichts: Der ekelhaft lauwarme Taubenkot musste nun mal weg. »Jakob, hast du 'ne Ahnung, was 'n Schnürmeister ist?«

»Vielleicht jemand, der seine Herzdame besonders zartfühlend in ihr Korsett schnüren kann«, flüsterte Jakob und legte ihr die Arme um die Taille.

»Ich mein das im Ernst!« Augustes Reaktion zufolge war sie durchaus angetan von Jakobs Geste, doch angesichts des mittlerweile taubenmistverschmierten Taschentuchs wand sie sich aus seiner Umarmung und ließ das klebrige Ding umgehend in der Leichenschminktasche verschwinden. »Kriegste frisch gewaschen und gebügelt wieder.«

»Schön. Ich hatte ehrlich gesagt auch nicht vor, es in diesem Zustand weiterzubenutzen.«

»Hatte ich heute schon ›Korinthenkacker‹ zu dir gesagt?«

»Ja. Haste.«

»Kann sein, der Schnürmeister heißt wegen der Strippen so«, unterbrach von Barnstedt das Geplänkel der beiden. Seine Stimme klang dumpf hinter einer riesigen, auf Stoff gemalten Schlossfassade hervor, die die gesamte Breite der Bühne einnahm. Offenbar inspizierte er gerade das, was sich auf deren Rückseite befand. »Hier hinten sind nämlich jede Menge Seilzüge. Dick wie Schiffstaue. Mit Eisengewichten unten dran.«

»Siehste!«, wisperte Auguste Jakob zu, »dein Herr und Meister kennt sich aus!«

Jakob verdrehte die Augen und war schon im Begriff, eine passende Bemerkung zu machen, als auf der Hinterbühne etwas schepperte, gefolgt von einem herzhaften »Aua!«.

»Was passiert?«

»Nee! Nix!« Von Barnstedt kam hinter dem Schlossbild hervor und rieb sich das linke Knie. »Verflucht und zugenäht! Hinter dem Lappen hier isses zappenduster! Und das reinste Tohuwabohu!« Er humpelte auf einen Stuhl zu, der auf der Seitenbühne stand, mit einem roten Eimer voller Sand daneben, offenbar der Platz für den Feuerwehrmann.

»Bin auf 'ne Kehrschaufel oder so was getreten und wogegen gelaufen!« Der Kommissar massierte stöhnend seine Kniescheibe. »Und ob ihr's glaubt oder nicht: Hier obendrüber hängt auch noch lauter Krempel rum!

Da geht's fast anderthalb Stockwerke hoch! Also passen Se bloß auf, dass Se sich nichts tun, Fräulein Fuchs.«

»Ich? Wieso?«

»Na, ich finde, Sie sollten da oben unbedingt auch 'n paar Aufnahmen machen. Da was mit Kladderadatsch runterplumpsen zu lassen, dürfte für jemanden, der sich mit dem Ganzen hier auskennt, nicht allzu schwer sein. Wie sagt man so schön? Macht Effekt und kostet nix.«

Ein Blick auf den toten Zauberer konnte das nur bestätigen.

»Gut, dann geh ich da mal hoch.« Auguste war froh, sich weniger schauerlichen Motiven zuwenden zu können. Sie hatte Adolphe le Magicien bereits aus allen möglichen Kamerapositionen aufgenommen, einschließlich der vom Körper abgetrennten rechten Hand. Die lag auf der Krempe seines Zylinders, als wollte sie auch noch posthum an diesem unverzichtbaren Zauberer-Accessoire festhalten.

Während von Barnstedt darauf wartete, dass der Schmerz im Knie nachließ und Jakob eine grobe Skizze der Räumlichkeiten in seine Kladde kritzelte, machte Auguste sich quer über die Hinterbühne auf den Weg zu einer der beiden Wendeltreppen, die rechts und links nach oben führten. Im Halbdunkel war zu erkennen, dass sich hinter dem Schlossfassadenhänger täuschend echt aussehende Palmen, Straßenlaternen, künstliche Kirschbäumchen mit Unmengen weißer Blüten, eine Harems-Chaiselongue sowie eine riesige Nachbildung des Neptunbrunnens befand – nur ohne Neptun und die vier nackten Frauen. Der Brunnenrand aus rotem Granit – originalgetreu nachgebildet aus glanzlackiertem Pappmaché – wies da, wo Kommissar von Barnstedt gegengelaufen war, eine leichte Delle auf. Auguste blies die Backen auf. »Na, da wird sich Emil aber freuen.« Sie schnürte Stativ und Kamerakasten mit einem Gürtel zusammen und schnallte sich das Ganze mittels einer ausgeklügelten Konstruktion aus alten Hosenträgern auf den Rücken; ein persönliches Patent, das ihr normalerweise den Transport ihrer Ausrüstung per Fahrrad ermöglichte.

Jakob verzog kopfschüttelnd das Gesicht. »Aber ich kann dir doch tragen helfen!«

»Nee, bleib du man bei unserm armen Stolperjochen. Ich schaff das schon.«

Während Auguste die Wendeltreppe hochstapfte, sah sich Jakob auf der Hinterbühne um. Dabei gingen ihm die Geschichten durch den Kopf, die man mitunter über Künstlerkreise hörte: Rivalitäten, Eifersucht und Missgunst waren dort – glaubte man der Presse – an der Tagesordnung. Aber das eine oder andere wurde ganz bestimmt nur aufgebauscht, um für die jeweilige Aufführung zu werben. »Und überhaupt«, murmelte Jakob, »dass jemand zu dermaßen drastischen Methoden greift, um einen unliebsamen Konkurrenten loszuwerden ...« Seufzend inspizierte er den Schaden, den von Barnstedt dem Pappmaché-Brunnenrand zugefügt hatte.

»Macht nichts!« Eine unbekannte Stimme riss ihn aus seinen Selbstgesprächen. »Die kleine Delle fällt nich weiter auf.«

Wie aus dem Nichts war ein junger Mann hinter der Bühne aufgetaucht – eher noch ein Junge. Unbefangen redete er weiter. »Und nicht wundern, dass die Brunnenfiguren fehlen! Den Neptun gibt am Abend nämlich der Siggi – in voller Schönheit –, und die vier Bajaderen sind vom Chor. Die fünfe geben nackig und marmorgrau geschminkt 'n schmissiges Couplet zum Besten, versteh'n Se?«

»Ähm ...«

»Sehr flott, das Liedchen. Zur Melodie von *Es war so wunderschön*. Kenn' Se das?«

»Leider nicht.« Jakob war perplex: Der Junge bewegte sich mit geradezu schlafwandlerischer Sicherheit durch das Sammelsurium von Gegenständen.

»'n neuer Marsch von Johann Strauss. Den kenn' Se aber, oder?«

»'türlich.«

»Den Sohn, mein ich, nicht den Vater.«

»Aha?«

»Den Walzerkönig.«

»Schon klar.« Mit Jakobs Kenntnissen in Sachen zeitgenössischer Musik war es nicht weit her, aber bei »Walzerkönig« fiel ihm zumindest die *Schöne blaue Donau* ein.

Der Junge marschierte geradewegs auf die Vorderbühne. Als sein Blick auf den zerschmetterten Körper des Magiers fiel, schrak er zusammen. »Großer Gott«, murmelte er, »aber das musste ja mal so kommen.«

»Ach? Interessant!« Von Barnstedt rappelte sich angesichts des Neuankömmlings von seinem Feuerwehrsitz auf. »Bevor Sie uns diese Ihre Einschätzung näher erläutern, wäre es nett, wenn Sie sich vorstellen würden, junger Mann.«

»Oh, 'tschuldigung. Krause.« Emil zog die Mütze vom Kopf und machte einen Diener. »Emil Krause. Unser

Schnürmeister hat mich schon mal vorgeschickt, weil: Ich bin für den Krempel hier unten zuständig. Daher der Name Kulissenschieber, versteh'n Se?«

»Ja. Versteh ich«, brummte von Barnstedt, »ist ja nicht allzu schwer.«

»Der Klingbeil war mit seinen Sachen ausgesprochen eigen. Der hat außer mir niemanden an sein Zauberzeugs gelassen. ›L'enfant enlevé par un cheveu‹ war *der* Publikumsschlager. Dabei gibt's den Trick schon seit über dreißig Jahren.«

»Soso.« Von Barnstedts Interesse hielt sich in Grenzen, er hatte in seinem ganzen Leben noch nie das Bedürfnis gehabt, ein Varieté zu besuchen. Und Französisch verstand er erst recht nicht.

»Das sieht so aus, als würde er ein kleines Mädchen an 'nem einzelnen Haar in die Höhe heben«, beeilte sich Emil zu erklären, »aber in Wirklichkeit steht das Mädchen auf 'ner Hebevorrichtung, die hinter 'nem Vorhang versteckt ist. Hier!«, er raffte eine samtene Stoffbahn zur Seite und gab den Blick auf eine schwarz lackierte Eisenkonstruktion frei, »bisschen künstlichen Nebel dazu, und die Leute glauben tatsächlich, das Mädchen schwebt und hängt dabei an 'nem einzelnen Haar.«

Auguste befand sich inzwischen bereits in schwindelnder Höhe und außer Hörweite. Ganz oben, im Überbau der Bühne, führte ein schmaler Steg zu einer Reihe von Flaschenzügen, an denen weitere Hintergrundprospekte, ein offenbar beleuchtbares Ensemble aus Vollmond und Wolken sowie die täuschend echt aussehende Wand eines Salons hingen; die riesige, dreiflügelige Tür komplett mit Samtvorhängen und Gardinen, nur ohne Glasscheiben und lediglich aus Latten zusammengezimmert. Die Installation für den Taubenkäfig bestand aus einem Tau mit einem Eisenhaken und einem separaten Seilzug, der – wie Auguste annahm – ursprünglich zum Freilassen der Tauben gedient hatte. Ließ man den Käfig herab, blieb das zweite Seil in seiner Position und zog die Schiebetüre automatisch hoch. Stattdessen hatte jemand dieses Seil an der Aufhängung angebracht. Wer auch immer den Absenkmechanismus bediente, zog dabei den eisernen Haken zurück, und der Käfig fiel in die Tiefe.

Auguste stellte das Stativ und die Kamera auf und präparierte die Blitzpfanne. Als sie sich unter das Einstelltuch beugte, hörte sie ein seltsames Geräusch, eine Art Wimmern – so leise, dass nicht recht auszumachen war, ob es von einem Menschen oder einem Tier stammte.

»Ist da jemand?«

Das Geräusch verstummte augenblicklich, lediglich der schmale Holzsteg, auf dem Auguste stand, knarzte leise. Darunter ging es endlos in die Tiefe. Auguste schauderte. Ein Tier würde wohl kaum so prompt auf Ansprache reagieren. War Adolf Klingbeils Mörder etwa noch hier oben? Andererseits konnte es sich bei der plötzlich eingetretenen Stille auch einfach nur um einen Zufall handeln. »Oder hier ist 'n Rattennest. Mit 'n paar fiepsenden Jungen drin«, redete sie sich ein. »Oder 'ne Katze.«

Sie beeilte sich, die Vorrichtung zum Absenken des Taubenkäfigs aus verschiedenen Blickwinkeln abzulichten.

Beim allerletzten Bild spürte sie einen leichten Luftzug, als ob etwas vor ihr vorbeigehuscht war – eindeutig größer als ein Rattenjungtier oder eine Katze. Doch als sie unter ihrem Einstelltuch hervorkam, war nichts und niemand auf dem Steg zu sehen.

»Auguste Fuchs, du bist 'ne Bangbüx«, flüsterte sie und raffte ihre Ausrüstung zusammen. Sie hatte das Wort von Jakob übernommen. Das norddeutsche Bangbüx klang, wie sie fand, erheblich freundlicher als Feigling oder Angsthase.

# Kapitel 4

Eine gute Stunde später hatten zwei Sanitätsgehilfen Adolf Klingbeils Leiche abgeholt und in die Charité gefahren, und ein ganzer Trupp Putzfrauen bemühte sich nach Kräften, das Blut vom Bühnenboden und den Taubendreck von den Zuschauersitzen zu entfernen. Zur Erleichterung der Frauen hatte ein praktisch denkender Mensch einen Sack Hühnerfutter besorgt und lockte die aufgescheuchten Tiere nach und nach in eine fahrbare Voliere.

Zu Emil hatte sich ein Baum von einem Kerl gesellt. »Gestatten: Conradi, Schnürmeister«, stellte er sich vor, »im Volksmund nennt man so was Strippenzieher.« Er sprach das »sch« wie »st« aus. Der muskulöse Riese zwinkerte Auguste ungeniert zu. »Un du kanns Henning zu mir sagen, min Deern.« Conradi war, wie er stolz zum Besten gab, wie viele Strippenzieher in den Berliner Theatern in seiner Jugend zur See gefahren. Zur Demonstration krempelte er einen Ärmel auf und ließ die Muskeln spielen. »Da lernste mit Reep un Knutt umgohn, dat kannst mi glöven!« Auguste war beeindruckt – auch von der Tätowierung auf Conradis Unterarm: Umgeben von einer Windrose, einem Totenschädel und allerlei Schiffsknoten prangte dort ein dreimastiges Segelschiff. »Dat is die *Livingstone*.« Conradi grinste. »Un anfassen is erlaubt.«

Bevor Jakob sich verbitten konnte, seine Liebste anzubalzen – noch dazu in seinem eigenen Heimatdialekt –, flog die Tür zum Zuschauerraum auf und ein auffallend zierlicher junger Mann stürzte herein. Er breitete beide Arme aus und versuchte verzweifelt, die hinterherdrängenden Mädchen vom Ballett zurückzuhalten. »Calmez-vous, mes demoiselles! Doucement! Doucement!« Allem Anschein nach handelte es sich um den Ballettmeister. »Laissez les messieurs faire leur travail!«

Doch die Mädchen schubsten den schmächtigen Kerl einfach beiseite und schrien wild durcheinander. »Der Emil war der Einzige, der sich mit dem Käfigding auskannte!«

»Wir ham jenau jesehn, wie der janz stiekum …«

»… und janz alleene …«

»Jenau! Wie der janz stiekum und alleene oben ruff uff'n Rollboden is!«

»Und der hat laut und deutlich mehr wie eenmal jesagt, det er 'n eenes Tages umme Ecke bringt!« Eine junge Frau mit wirren dunkelblonden Locken löste sich aus dem Pulk, ihre schrille Stimme übertönte alle anderen. »Der hat doch den Addi jehasst wie die Pest!« Augenscheinlich hatte sie sich zur Sprecherin der Truppe aufgeschwungen, denn ihre Begleiterinnen stimmten ihr lautstark zu. Kommissar von Barnstedt war vom Auftritt der Mädchen alles andere als begeistert. »Ich möchte Sie dringend bitten, sich zu beruhigen, meine Damen! Und *Sie*«, er wandte sich der Wortführerin zu, »Sie sollten sich bitte erst mal vorstellen.«

Die junge Frau verzog das Gesicht und machte einen übertriebenen Hofknicks. »Lina Hancke mein Name. Ick hab früher mal als Bühnenpartnerin für den Addi«, sie korrigierte sich hastig, »für Herrn Klingbeil jearbeit'. Und ick arbeite für ihn die Neuen ein. Traddizionell, sozusagen.«

»Aha. Und wieso kommen Sie hier angerauscht wie Lützows wilde verwegene Jagd?«

»Na, weil dem Addi sein Mörder Ihnen sonst vielleicht durch de Lappen jeht! Wir ham nämlich allet jenau jesehn: Der Emil hat den Käfig mit die Viecher heute Morjen hochgehievt, und denn isser ruff uff'n Rollboden. Und bissken später hat er sich klammheimlich verdrückt!« Sie warf einen Beifall heischenden Blick auf die anderen Mädchen, und die nickten gehorsam.

»Ich hab mich nicht ›klammheimlich verdrückt‹!« Emil war kreidebleich geworden, seine Lippen waren nur noch schmale Schlitze. »Ich hab den Taubenkäfig vorbereitet und mich anschließend ordnungsgemäß bei Herrn Klingbeil abgemeldet, um das Fräulein Fuchs bei sich zu Hause abzuholen.«

»Das kann ich nur bestätigen«, warf Auguste hastig ein. »Herr Krause – Emil – hat mich gegen Mittag abgeholt. Und er war den ganzen Nachmittag mit mir draußen in Rixdorf.«

»Na, det hat er sich ja fein ausjedacht! Aber da hat er nich mit unsereins jerechnet!«, trumpfte Lina Hancke auf. »Versteh'n Se?«, sie legte von Barnstedt vertraulich die Hand auf den Arm, »die Taubennnummer is ja nagelneu, und der Addi wollte det natürlich erst mal ausprobier'n. Die Viecher sollten nämlich abends aus 'n Bühnenhimmel jeflattert kommen, am Ende von dem Addi sein Auftritt.« Zur Demonstration lüpfte sie einen imaginären Zylinder, verbeugte sich und breitete beide Arme aus. »Und in dem Oogenblick sollten sich die Viecher bei ihm uff die Arme setzen.« Die Mädchen vom Ballett nickten eilfertig.

»Sind Tauben nicht zu doof für so was?«, platzte Auguste heraus und schlug sich erschrocken auf den Mund.

»Nee, sind se nich!«, fauchte Lina Hancke. »Schon mal wat von Brieftauben jehört?«

»Verstehe …« Auguste fand das Beispiel mit den Brieftauben zwar nicht ganz schlüssig, aber derjenige, der die Nummer verkauft hatte, musste die Tiere schließlich irgendwie dazu gekriegt haben, auf Kommando zu tun, was von ihnen verlangt wurde.

»Wo war ick stehn jeblieben?« Lina Hancke war nicht mehr zu bremsen. »Ach so: Also, wat den Käfig anjeht, brauchste nur 'n bissken an dem Haken, wo det Janze dranhängt, rumzufummeln, und schon knallt dem, der drunter steht, det Mistding uff 'n Kopp. Jewissermaßen uff Kommando – mitsamt die Tauben.«

»Sie kennen sich ja außerordentlich gut aus, Fräulein …?«

»Hancke«, wiederholte die junge Frau. »Lina Hancke. Na, is doch logisch, det ick mir auskenn als dem Addi seine ehemalje Assistentin, wa? Aber wie det janze Käfigding jenau funktioniert, det weeß nur der da!« Sie deutete mit ausgestrecktem Zeigefinger auf Emil.

»Stimmt das?« Von Barnstedt wandte sich Hilfe suchend an den Schnürmeister.

Henning Conradi blies die Backen auf; es war nur zu deutlich, dass ihm der Auftritt der Mädchen gegen den Strich ging. »Jau«, brummte er widerwillig. »Der Klingbeil wor mit seinen Tricks 'n büschen eigen. Der hat kein'n von uns an seine Plünnen rangelassen.«

»Ebent! Außer den Emil!«, trumpfte Lina Hancke auf. »Und der hat oft jenug jedroht, von wegen: ›Den Addi murks ick eenes Tages ab‹.«

»Die Sache hat nur einen Schönheitsfehler«, mischte sich Jakob ein, »Emil Krause war nachweislich gar nicht im Haus, als der Mechanismus ausgelöst wurde.«

»Det ist doch jrade det Jemeine! Wenn eener nich wusste, wat da Sache war, hat der wahrscheinlich janz normal den Absenkhebel jedrückt, und Kladderadatsch, war der Addi Matsch!«

Auguste kicherte unterdrückt, und Jakob warf ihr einen strafenden Blick zu.

»Natürlich muss irgendjemand den Hebel bedient haben. Aber Emil Krause kann es nicht gewesen sein, denn der war wie gesagt draußen in Rixdorf.« Von Barnstedt hoffte inständig, die aufgeregte Mädchenschar damit fürs Erste zu beruhigen. Vergebens!

»Das ist ja grade der Witz dabei!«

»Wer den Hebel jedrückt hat, wusste wahrscheinlich nich, det der Emil an dem Ding rumjemacht hatte, eh er weg is!«

»Und da oben uff 'n Rollboden is et duster wie in'n Bärenarsch!«

»Da siehste doch die Hand vor Augen nich!«

»Und erst recht siehste nich, det da wat nich stimmt! Det is wie bei diesem Drajahnischen Pferd.«

»Trojanisch!«, warf Auguste reflexartig ein, »aber der Vergleich hinkt sowieso.«

Jakob verkniff sich ein Grinsen. »Wer ist jetzt der Klugscheißer?«

»Ruhe!«, brüllte von Barnstedt und schnappte ein paarmal vergeblich nach Luft, bevor er wieder zu Atem kam. So viel geballte Weiblichkeit war für ihn schon unter normalen Umständen eine Herausforderung, jetzt wand er sich geradezu vor Unbehagen. »Jakob, wenn Sie so gut wären ...?«

»Selbstverständlich!« Jakob lächelte Vertrauen heischend und wedelte mit seiner Lederkladde, »ich nehme erst mal alle Ihre Aussagen auf, und dann sehen wir weiter. Aber bitte bedenken Sie, meine Damen, dass das alles zunächst nichts weiter als Mutmaßungen sind.«

»Von wejen!« Lina Hancke schnipste mit den Fingern, und eines der Mädchen reichte von Barnstedt ein dünnes, bebildertes Heftchen. »Det ham wer in Emil Krause sein Spind jefunden«, erklärte sie, »det is der Warenkatalog von 'n Zauberladen inne Blumenstraße. Da hat der Addi den Taubentrick jekooft.«

»Ja, und?« Von Barnstedt schlug das Heft an der markierten Stelle auf. Dort war der Aufhängemechanismus für den Käfig schematisch abgebildet – versehen mit Pfeilen und handschriftlichen Notizen, die keine Fragen offenließen.

Emil starrte ungläubig auf die Zeichnung. Sein verzweifelter Fluchtversuch scheiterte bereits nach wenigen Metern, und von Barnstedt blieb keine andere Wahl: Zwei Polizisten nahmen den Jungen in Gewahrsam und führten ihn nach draußen. Minuten später rumpelte die Grüne Minna herbei.

»Mach dir keine Sorgen«, flüsterte Auguste Emil zu. »Das wird sich alles klären. Ich kenn 'nen großartigen Rechtsanwalt, von Ihlow heißt er. Der wird sich morgen früh …«

Weiter kam sie nicht, denn plötzlich löste sich ein kleines Mädchen aus der gaffenden Menge und warf sich schluchzend in Emils Arme. Die beiden flüsterten miteinander, Auguste verstand nur: »… sagst kein Wort«, und: »… schwör mir das«. Dann rissen die beiden Polizisten die Kleine brutal aus Emils Armen. Bevor sich die Tür des berüchtigten grün lackierten Kutschwagens hinter ihm schloss, nickte das Mädchen Emil unter Tränen zu und hob die Hand zu einer Eidesgeste.

Nachdem der Gefangenenwagen verschwunden war, zerstreute sich die Menge vor dem Eingang, und die Theaterleute eilten über den Hof zurück ins Haus.

Das kleine Mädchen lehnte an einem der Schaukästen und wischte sich wieder und wieder mit dem Ärmel die Tränen aus dem Gesicht. Neben ihm am Boden stand ein Henkelkorb, und trotz der abendlichen Kühle trug es lediglich ein grob gestricktes Tuch um seine Schultern.

»Hat die nich für den Klingbeil gearbeitet? Als L'enfant enlevé oder so?«, schnappte Auguste von einem der vorbeihastenden Darsteller auf.

Sein Kollege nickte.

»Au Mann, wat wird denn nu aus der Kleenen?«

Der andere zuckte mit den Achseln. »Na, hat sich ja nu ausgeklingbeilt.«

»Armes Wurm.«

Am Straßenrand wartete ein Kutscher auf die beiden Kriminalbeamten. Jakob versuchte, eine weitere Droschke – für Auguste – anzuhalten.

Während sich von Barnstedt, mit seiner Arbeit alles andere als zufrieden, in seinen Passagiersitz fallen ließ, wurde der mutmaßliche Mörder Emil Krause ins Polizeigefängnis am Alexanderplatz überführt.

# Kapitel 5

Als hätt unser Häseken nich schon genug zu tun …« Hulda Preissing schüttelte seufzend den Kopf und blätterte auf der Suche nach einem Rezept in der *Gartenlaube*. Ihr gegenüber saß ein dünnes, blasses Mädchen mit widerspenstigen roten Haaren. Sie schätze es auf etwa sieben, acht Jahre. »Nu wolln wir erst mal sehen, dass du was Feines zum Nachtisch kriegst. Einverstanden?«

Die Kleine pustete in den Teller mit Kartoffelsuppe, die Hulda für sie aufgewärmt hatte, und nickte fast unmerklich. Sie saß kerzengerade da und führte langsam und bedächtig den Löffel zum Mund, obwohl ihr anzumerken war, dass sie schrecklichen Hunger hatte. Im Hof bellte ein Hund, und das Mädchen fuhr erschrocken zusammen und stieß an das Glas mit dem verdünnten Himbeersirup, das neben seinem Teller stand. Als der Inhalt über den Rand schwappte und einen blassroten Rand auf dem Tischtuch hinterließ, schrie die Kleine auf und riss die Arme hoch, um sich vor den erwarteten Schlägen zu schützen.

Hulda war nicht weniger erschrocken. »Mensch, Kleene! Musst doch keine Bange haben! Hier tut dir keiner was.«

Sie strich dem Mädchen sanft über den Kopf. »Wir passen hier alle auf dich auf.« Von Schlägen als Erziehungsmittel hatte Hulda noch nie etwas gehalten. »Weißt du, unser Gustchen kommt gleich wieder. Sie ist nur eben hoch und macht dir bei sich oben 'n Bett zurecht. Bei mir gibt's zwar noch 'n freies Zimmer, aber zwischen lauter fremden Pensionsgästen graulst du dich doch sicher ganz alleine.«

Das Mädchen zögerte und deutete schließlich erneut ein Kopfnicken an. Seitdem es an Hulda Preissings Küchentisch saß, hatte es noch kein einziges Wort gesprochen.

Als Auguste das schmächtige kleine Ding zu ihr in die Pension gebracht hatte, war Hulda aus allen Wolken gefallen.

»Das ist Ida«, hatte Auguste erklärt, »Nachnamen weiß ich nicht. Sie hat niemanden, wo sie hinkann.« Das war alles, was sie im Theater in Erfahrung gebracht hatte; zuständig fühlte sich dort niemand. Hulda hatte nicht weiter gefragt. Über das Weitere würde man reden, wenn das dünne, blasse Unglückswurm gefüttert und im Bett war.

»Hier ist es: ›Braune Bübchen‹!« Hulda tippte triumphierend auf die gesuchte Seite in der *Gartenlaube*:

> Man verrührt die Reisreste mit einigen Löffeln frischer Milch, einem Ei, einigen Löffeln Obstgelée und zerbröckelten Makronen und formt auf einem Brett, das mit geriebener Semmel bestreut wurde,

kleine, länglich-runde Bällchen davon. Man bäckt sie in Backfett rasch goldbraun und wälzt sie dann sofort in geriebener Schokolade, worauf man sie mit einer Fruchtsoße zu Tisch gibt.

In der Etage darüber hatte Auguste damit begonnen, das sogenannte »Grüne Zimmer« herzurichten, in dem normalerweise ihre Tante Hattie wohnte, wenn sie aus England zu Gast war: ein schlichtes Mahagonibett mit passendem Nachttisch und Spiegelschrank, ein Waschtisch, ein kleiner Schreibtisch und ein zierliches, resedagrün gepolstertes Sofa mit zwei Sesseln. An den Wänden Landschaftsaquarelle und ein Ölbild, das nach einer Porträtfotografie von Sophie Fuchs, Augustes früh verstorbener Mutter, gemalt war. Vielleicht, dachte Auguste, nein, ganz bestimmt sogar hat auch das arme kleine Ding in Huldas Küche keine Mutter mehr. Kurzerhand überlegte sie es sich anders, klaubte die schweren Matratzenteile aus dem Bett und wuchtete sie hinüber in ihr Schlafzimmer: Sie erinnerte sich an die Albträume ihrer Kindheit und daran, dass Hulda jedes Mal unter ihr Bett geleuchtet hatte, wenn sich dort nachts ein böser Angstmacher verkrochen hatte. Dann pflegte Hulda sich mit dem Gespenst zu unterhalten, und der gruselige Besucher hatte auf wunderbare Weise stets ein Einsehen und verschwand. Auguste holte die gute alte Petroleumlampe, von der sich ihr Vater partout nicht trennen wollte, in ihr Zimmer und stellte sie auf ihren Waschtisch. Der Paravent davor dämpfte das Licht, und wenn sich trotzdem noch ein böser Geist ins Zimmer verirren sollte, dann würde sie, genau wie Hulda früher, so lange freundlich mit ihm reden, bis er verschwand. Sie klaubte ihren heiß geliebten Plüschhund aus der Truhe mit den alten Spielsachen, bettete ihn auf Idas Kopfkissen und betrachtete zufrieden ihr Werk. Wie hätte sie auch ahnen sollen, dass die Schimären, die die kleine Ida ängstigten, so gänzlich anderer Natur waren als die Spukgestalten ihrer eigenen Kindheit?

»Keine Spur von dem Mädchen. Wie vom Erdboden verschluckt.«

Viktor Merthin hatte überall gesucht: im Obdachlosenasyl in der Fröbelstraße, in den Wärmehallen und sogar in der übel beleumundeten Kaschemme in der Joachimstraße, in der Straßenkinder spätabends die Reste essen durften, wenn es – wie es auf einem Schild im Schankraum hieß – *zweimal die Woche Reibekuchen* gab.

»Das hier hat ohnehin zunächst mal Vorrang.« Der Kommerzienrat reichte seinem Kutscher ein längliches Lederetui.

»Danke«, Merthin ließ das Etui in seine Jackentasche gleiten, »vielleicht löst das ja alle weiteren Probleme: *Furcht rechnet mit Strafe*, heißt es in der Bibel.«

»Na dann: Ihr Wort in Gottes Ohr, mein Bester!« Der Kommerzienrat lachte. »Aber selbst wenn: Bleibt immer noch die junge Frau, die diese Aufnahmen gemacht hat. Was hat die oben auf dem Rollboden gesehen oder gehört?«

»Oder am Ende sogar fotografisch festgehalten?«, ergänzte Merthin.

»Schauen Sie sich gleich morgen mal nach der Dame um, ja?«

»Ganz wie Sie wünschen, Herr Kommerzienrat.«

Viktor Merthin entschied sich, zu Fuß zu gehen. Die Kutsche des Kommerzienrats war viel zu auffällig mit ihrem protzigen Familienwappen auf der Tür, und Droschkenkutscher waren neugierig und würden sich vielleicht an sein Gesicht erinnern. In seinem Zimmer hängte er den Cutaway zum Lüften an das Fensterkreuz und stieg in eine abgewetzte Arbeitshose. Mit hochgestelltem Kragen und tief ins Gesicht gezogener Schirmmütze fiel er nicht auf unter den Gestalten, die um diese Zeit Berlin durchstreiften: Männer mit gesenkten Köpfen, auf dem Weg zu den Bordellen jenseits der Spree, manche betrunken, andere Geschäften nachgehend, die sich nur im Dunkel der Nacht erledigen ließen. Sein Mittelsmann wartete wie gewohnt zwischen den Dirnen an der Fischerbrücke auf einen Auftraggeber.

Als Auguste zurück in Huldas Küche kam, waren von acht gerade noch zwei »Braune Bübchen« für sie übrig, und Ida war auf ihrem Küchenstuhl fest eingeschlafen.

»Irgendwo muss das Kind doch hingehören«, wisperte Hulda, nachdem die beiden Frauen die Kleine mit vereinten Kräften auf ihr Matratzenlager geschleppt hatten.

»Das wird sich morgen alles finden.«

»Na dann ...« Hulda seufzte und nahm Auguste kurz in den Arm. »Nacht, Häseken.«

»Nacht. Und ... danke, Hulda.«

Auguste hätte gerne noch mit Jakob telefoniert. Sie saß einen Moment lang unschlüssig auf der Bettkante, doch ein Blick auf die Uhr verriet, dass es dafür längst zu spät war. Sie stellte den Wecker auf halb sechs, flocht sich den üblichen Nachtzopf und verkürzte das weitere Zubettgehritual auf Nachthemdanziehen und Zähneputzen.

In Kommissar von Barnstedts Schlafzimmer hingegen brannte auch zu später Stunde noch die Nachttischlampe. Der Klingbeil-Mord warf Fragen über Fragen auf und ließ ihm keine Ruhe. Er hatte nach Emils Befragung mit Jakob zusammen die Adresse aufgesucht, die Klingbeil in seinem Gastspielvertrag angegeben hatte. Das Mietshaus in der Danckelmannstraße 18 lag in einer typischen Kleine-Leute-Gegend, was angesichts der eher bescheidenen Auftrittshonorare des Zauberkünstlers nicht weiter verwunderlich war. Ausgesprochen seltsam jedoch mutete die angegebene Wohnung an: Auf allen Oberflächen lag Staub, und die gesamte Einrichtung wirkte unbenutzt, als habe noch nie jemand die beiden Räume bewohnt. Es war zu spät, die Nachbarn zu befragen, aber die Sache war auffällig genug, um ihr nachzugehen. Und überhaupt schien Kommissar von Barnstedt der Mord an Klingbeil viel zu schnell gelöst. Der junge Emil Krause war in seinen Augen nie und nimmer dazu fähig, einen perfiden Mordplan auszuführen, doch für den Staatsanwalt hatte das leider keinerlei Belang: Der Fluchtversuch kam nach von Koschwitz' Ansicht praktisch einem Schuldgeständnis gleich, und dass der Junge bei der abendlichen Einvernahme bei fast allen Fragen verstockt geschwiegen hatte, trug nicht gerade zu seiner Entlastung bei.

»Trifft die Aussage der Ballett-Mädchen zu, dass Sie bereits mehrfach damit gedroht haben, den Magier Adolf Klingbeil zu töten?«

»Ja.«

»Und haben Sie heute dieses Vorhaben in die Tat umgesetzt?«

»Nein.«

»Und der Katalog des Zauberladens, aus dem die ... ähm ... quasi die Tatwaffe stammt, befand sich in Ihrem Spind?«

»Ja.«

»Und haben Sie die darin befindliche Skizze zur Manipulation der Aufhängevorrichtung gezeichnet?«

»Nein.«

»Emil Krause, haben Sie den Magier Adolf Klingbeil getötet oder töten lassen?«

»Nein.«

Schließlich hatte man den Jungen unverrichteter Dinge in eine Einzelzelle geführt.

Von Barnstedt hoffte, dass ihm ein Fachbuch für Emils nächste Einvernahme weiterhalf, und schließlich hatte er sich regelrecht in Ferrianis Werk zum Thema *Minderjährige Verbrecher* festgelesen. Die aufgeführten Fallbeschreibungen entsprachen ausnahmslos von Barnstedts eigenen Erfahrungen: So gut wie alle kindlichen und jugendlichen Delinquenten waren bereits in sogenannte »schädliche Milieus« hineingeboren worden, meist in Familien, in denen Kriminalität, Gewalt und Grausamkeiten an der Tagesordnung waren. Doch davon traf nicht ein einziger Aspekt auf Emil Krause zu. Auch Trunksucht oder »liederlichen Lebenswandel«

hatte Auguste Fuchs im Hinblick auf die Krauses ausgeschlossen, und von Barnstedt traute ihrem Urteil. Und letzten Endes hatte Jakob zwar etliche Delinquenten namens Krause in der Berliner Verbrechenskartei gefunden, doch keiner war mit den Rixdorfer Krauses verwandt oder verschwägert. Von Barnstedt war schon im Begriff, das Buch beiseitezulegen, um endlich zu schlafen, als er auf Seite 282 stutzig wurde:

> Öfter, als man sich vorstellen kann, nähren und erregen die Gerichtsteile der Zeitungen die Einbildungskraft der jugendlichen Leser.

Der Autor kannte offenbar tatsächlich Fälle, in denen Eitelkeit und Nachahmungsdrang bei ansonsten unauffälligen Heranwachsenden zu blutigen Verbrechen geführt hatten. War es möglich, dass die pure Aussicht, berühmt zu werden, ausreichte, um einen Menschen zu töten? War es tatsächlich ein Mordmotiv, sein eigenes Konterfei in den Gazetten abgedruckt zu sehen? Auf den Gedanken war von Barnstedt bisher nicht gekommen. Zwar pflegten sich bei spektakulären Verbrechen wie den Londoner Whitechapel-Morden vor acht Jahren häufig Unschuldige irgendwelcher Taten zu bezichtigten, nur um für einen Augenblick im Rampenlicht zu stehen, aber diese Verwirrten hatten allesamt – außer die Ermittler zu belügen – nichts Verwerfliches getan. Seufzend las von Barnstedt weiter. Ferriani beschrieb den Fall eines jugendlichen Messerstechers, den Zeitungsberichte über grausame Gewalttaten schon immer über die Maßen fasziniert hatten.

Er erfreute sich sogar als guter Junge der besten Achtung …

Eines Morgens las er in der Ortszeitung einen langen Bericht über einen während der Nacht geschehenen Mord. Eine Art Raserei befiel ihn …

Von Barnstedt überlegte, ob er aufstehen und die letzten Ausgaben der *Berliner Gerichts-Zeitung* nach einem Fall durchforsten sollte, der dazu angetan war, in einem unbescholtenen jungen Kerl wie Emil Krause Mordlust zu erwecken. Dann siegte die Vernunft, und er entschied, dass es bedeutend klüger war, das Thema auf den nächsten Morgen zu vertagen.

Nur ein paar Stunden später schreckte ihn das Schrillen des Telefonapparates aus seinen Träumen. »Mensch, Mullemaus«, brummte er schlaftrunken, »welcher Dämlack ruft denn um die Zeit an?«

Statt zu antworten, suchte die Katze am Fußende seines Bettes mit einem empörten Fauchen das Weite.

»Von Barnstedt. Was zum Teufel …?«

Eine gute Stunde später erschien er – unausgeschlafen und entsprechend schlecht gelaunt – im Polizeipräsidium. Es war erst halb sechs, doch Jakob saß bereits an seinem Platz. Er sprach, so wie es auf den ersten Blick aussah, mit einem Kind. Doch der mit einem violetten Band verzierte Fedora-Hut wollte nicht recht zu einem kleinen Mädchen passen. So etwas trugen Frauenrechtlerinnen! Von Barnstedts Laune sank um ein paar weitere Grade.

»Ah! Der Herr Kommissar. Na endlich!« Als die Gestalt auf dem Besucherstuhl sich zu ihm umwandte, hielt Jakobs Vorgesetzter unbewusst den Atem an: Die kleinwüchsige Frau mit dem Suffragettenhut schaute ihn aus umwerfend großen, braunen Augen an, und ihr kirschrot geschminkter Mund wirkte, als schürze sie ihn zu einem neckischen Küsschen. Bei näherem Hinsehen erwies sich seine Besucherin jedoch als nicht mehr ganz so jung, wie es im ersten Augenblick erschien; von Barnstedt schätzte sie auf Ende dreißig.

»Adele Freese mein Name. Freese mit drei ›E‹ wie Freesie. Auch bekannt als ›Mademoiselle Adèle, die lebende Boudoir-Puppe‹.«

»Guten Morgen.« Angesichts seiner reizenden Besucherin verflüchtigte sich von Barnstedts miese Laune umgehend. Viele kleinwüchsige Menschen arbeiteten im Zirkus oder Varieté; manche als Solisten, manche in Gruppen als sogenannte »Liliputaner«. Vielleicht gehörte Mademoiselle Adèle zum Ensemble des Apollo-Theaters, und vielleicht, so hoffte er, hatte sie etwas vorzubringen, das Emil Krause entlastete. An dessen Schuld wollte er nach seiner nächtlichen Lektüre erst recht nicht glauben.

»Frau Freese hat eine wichtige Aussage zum Klingbeil-Mord zu machen. Na jaaa«, Jakob druckste ein wenig herum, »und da hab ich mir erlaubt, Sie trotz der frühen Stunde zu weck…«

»Jaja, schon gut«, von Barnstedt winkte ab und wandte sich seiner Besucherin zu. »Dann legen Sie man los, mein Fräulein. Was führt Sie denn im Morgengrauen schon zu uns ins Präsidium?«

»Ich war's.« Nachdem keiner der beiden Männer irgendeine Reaktion zeigte, holte die kleine Suffragette mit dem Puppengesicht noch einmal tief Luft. »Ich habe

Adolf Klingbeil umgebracht«, erklärte sie, »bitte nehmen Sie mich fest.«

Im Leichenkommissariat in der Charité gab es um diese Zeit nur einen Lebenden zwischen den Toten: Der Medizinstudent Reginald Wündrich bereitete die erste Leichenöffnung des Tages vor. Er liebte seine Arbeit und summte fröhlich vor sich hin. Seine Familie war nicht gerade wohlhabend, und als Professor Strassmanns Obduktionsgehilfe finanzierte er nicht nur sein Studium, sondern erweiterte zugleich sein Wissen. Reginalds durchwegs adelige Kommilitonen nannten ihn »Leichenfledderer« und ließen kaum eine Gelegenheit für abgeschmackte Seitenhiebe aus. Doch Reginald hatte sich längst daran gewöhnt. »So was perlt an mir ab«, hatte er Jakob und Auguste gegenüber einst erklärt, »wie Wasser an 'nem ollen Erpel.«

Die Nachforschungen im Schlangenfrau-Fall hatten ihn an der Seite von Augustes Tante Hattie bis nach Afrika geführt, was sein bereits vorhandenes Interesse an Malaria und anderen Tropenkrankheiten noch gesteigert hatte. Professor Strassmann, der Leiter des Forensischen Instituts, hatte ihn daraufhin mit seinem Kollegen Robert Koch bekannt gemacht. Zwar fanden dessen Forschungen derzeit noch in einem umgebauten Wohnhaus statt, und die Patienten waren in verschiedene Baracken auf dem Charitégelände verteilt, doch Reginald hatte begeistert eingewilligt, als Koch ihm anbot, ihm gelegentlich zur Hand zu gehen. »Solange Ihre Arbeit im Institut nicht drunter leidet. Sonst kündigt Strassmann mir die Freundschaft!«

Das wollte Reginald auf keinen Fall riskieren, auch wenn er manches Mal mit Studium und zwei Arbeitsplätzen an seine Grenzen stieß. Heute zum Beispiel. Zwar hatte seine Nase sich genauso wie sein Magen längst an totes Fleisch in allen Stadien der Verwesung gewöhnt, doch den zerquetschten Körper des Zauberkünstlers Adolf Klingbeil für die anstehende Autopsie zu präparieren, war eine Herausforderung der besonderen Art: Allein die Verletzungen an Klingbeils Extremitäten waren so gravierend, dass Reginald beim Auskleiden seine liebe Mühe hatte. Den nackten Leichnam anschließend einigermaßen ordentlich auf dem Seziertisch abzulegen, erforderte noch mehr Geschick. Kaum hatte er den Toten halbwegs hergerichtet, stieß ein junger Sanitäter die Tür zum Kühlraum auf und schob eine Bahre hinein. »Neuzujang!«

»Aber da haste weiter keene Arbeit mit«, trompetete sein vierschrötiger Kollege, »der hat sich uffjehängt, der Dummerjan. Kann eijentlich jleich inne Kiste.«

In der »Kaffeeklappe« unweit der Central-Markthalle herrschte bereits seit einer guten Stunde Hochbetrieb. Hier kostete die Tasse Kaffee einen halben Groschen, und der rauchgeschwängerte Kellerraum war ein beliebter morgendlicher Treffpunkt, sowohl für Arbeiter, die auf dem Weg zur Frühschicht waren, als auch für übermüdete Prostituierte, die sich vor dem Nachhausegehen noch ein wenig wärmen wollten. Der herrschaftliche Kutscher in Cutaway und Zylinder passte nicht in das Etablissement. Er hielt auf halber Treppe inne, wies einen der Gäste mit einer knappen Kopfbewegung an, ihm zu folgen, und machte auf dem Absatz kehrt.

Ein stämmiger, glatzköpfiger Kerl sprang auf und eilte dem Besucher dienstbeflissen hinterher. »Ich komm sofort!«

Vor dem Eingang wechselte ein längliches Lederetui im Tausch mit einem Bündel Geldscheine den Besitzer. Der Glatzkopf grinste breit und stopfte die Scheine in seine Jackentasche. »Jederzeit wieder, wenn's denn genehm ist«, grunzte er.

Zurück an seinem Platz im Keller, hob er empört die mittlerweile leer getrunkene Tasse in die Höhe und schaute fragend in die Runde. Er erntete lediglich Achselzucken. Keiner der Frühaufsteher interessierte sich für ihn, und den Auftritt des herrschaftlichen Kutschers hatten sie allesamt bereits vergessen.

An diesem Morgen lag Julius Fuchs nicht wie üblich friedlich schnarchend neben ihr im Bett, und Hulda war auf der Stelle hellwach. Seitdem sich Augustes Vater manchmal selbst im eigenen Haus nicht mehr zurechtfand, galt es, ihn vor sich selbst zu schützen. »In guten wie in bösen Tagen«, hieß es im Ehegelübde, und Hulda hielt sich daran, auch ohne kirchlichen Segen. Sie hatte seinerzeit gerade Mann und Kind bei einer Typhus-Epidemie verloren, und als der junge Witwer Julius Fuchs ihr anbot, als Kindermädchen für sein ein paar Tage altes Töchterchen zu sorgen, war das für sie weit mehr als eine Arbeitsstelle. Aus gegenseitigem Respekt wurde im Lauf der Jahre tiefe Zuneigung, und als Auguste den Kinderschuhen entwachsen war, eröffnete Hulda im ersten und zweiten Stock des Fuchs'schen Hauses ihre Pension, um Julius und ihrem Ziehkind nahe zu bleiben. Nach außen hin jedoch spielten die beiden Liebesleute weiterhin Mieterin und Hausbesitzer; so lange, bis Auguste ihnen klarmachte, dass über Liftboy Luis bis zu Meta Nitschke, der Blumenfrau am Bahnhof Friedrichstraße, jede und jeder über ihr vermeintlich streng geheimes Langzeit-Techtelmechtel Bescheid wusste. Nachdem Julius immer vergesslicher und – wie man so sagte – »wunderlicher« wurde, war Hulda fest entschlossen, die guten Tage, die ihnen blieben, zu genießen und an den bösen Tagen nach Kräften für ihn da zu sein: Sie hatte ihn im letzten Sommer kurzerhand in ihrer Wohnung einquartiert und pfiff auch weiterhin auf den seit beinah zwanzig Jahren überfälligen Trauschein.

Nachdem Julius nirgends aufzuspüren war, erledigte sie hastig ihre Morgentoilette und schlüpfte in Kleid und Schürze. Im Frühstückszimmer deckte ihre Kaltmamsell gerade den Tisch für die Pensionsgäste. »Dorchen, hast du Julius gesehen?«

»Der is unten.«

»Unten? Um die Zeit?« Bei Hulda schrillten sämtliche Alarmglocken.

»Er wollt nach seine Bienenbuchte kieken, hat er jesagt. Hatte sich, wie ick runterjekomm' bin, schon janz alleene 'ne Kanne heiße Schokolade jekocht.«

Der Gedanke, dass sich Julius allein in der Küche zu schaffen gemacht und den Herd angefeuert hatte, war alles andere als beruhigend. Hulda griff nach ihrem wollenen Schultertuch und rannte die Treppe hinunter.

Im Hof hatte noch bis vor Kurzem ein Anbau mit Fotolabor, Werkstatt und Archiv gestanden, doch nichts davon hatte den Brandanschlag des letzten Sommers überlebt. Die technischen Einrichtungen befanden sich jetzt alle neben dem Atelier im Dachgeschoss, und Julius hatte auf dem Hof mit Jakobs und Augustes Hilfe einen Garten angelegt; komplett mit Birkenbäumchen, Gartentisch und Stühlen. Der Platz reichte zudem für eine Vogeltränke und ein Beet mit Küchenkräutern. Doch Julius' allerneueste Leidenschaft war die Imkerei. Seit Wochen schon war er damit beschäftigt, ein Bienenhaus zu zimmern, obwohl dessen Bewohnerinnen und Bewohner erst im Frühjahr einziehen konnten.

Als Hulda die Tür zum Garten öffnete, bot sich ihr ein unerwarteter Anblick: Julius saß, wie üblich in Hemd, Hosenträgern und seiner alten, verwaschenen Manchesterhose, auf einem der Gartenstühle und rauchte sein Pfeifchen. Auf dem Stuhl neben ihm saß die kleine Ida. Sie versank geradezu in Julius' abgewetzter Lederjoppe, darunter lugte ihr Nachthemd hervor. Auf dem Tisch dampften zwei Becher mit heißer Schokolade, und Ida lauschte gebannt Julius' Abhandlung über Lacke und Holzpolituren: »Für eine Schellackpolitur braucht man das Zeug, das Schildläuse auskackern, nachdem sie an indischen Feigenbäumen gelutscht haben.«

»Igitt!«, Ida kicherte, »du kannst dein Bienenhaus doch nich mit Läusekacke streichen!«

Julius sog an seiner Pfeife und tat so, als wöge er die Sache erst mal gründlich ab, bevor er antwortete. »Hast recht«, er nickte bedächtig, »dann nehm ich lieber eine feine Mischung aus Leinöl und Bienenwachs. Oder? Was meinst du, Häseken?«

»Ja. Das ist viel, viel besser!« Das kleine Mädchen nickte todernst und ebenso bedächtig. »Dann fühlen sich die Bienen gleich zu Hause.«

Hulda schloss behutsam die Tür und sandte ein Stoßgebet zum Himmel, dass sich keiner von den beiden an der heißen Schokolade verbrühte.

Im Hausflur stürmte ihr Auguste heller Aufregung entgegen. »Die kleine Ida ist verschwun…«

»Immer mit der Ruhe!« Hulda ließ Auguste gar nicht erst ausreden. »Ich weiß nicht, ob Julius ›Häseken‹ zu Ida sagt, weil er glaubt, dass du es bist, aber egal: Lass die beiden man schön weiter an Julius' Bienenkasten rumpusseln und sich was erzählen. Ich kann ja ab und zu mal aus'm Flurfenster nach ihnen sehen.«

Auguste ließ es sich nicht nehmen, erst einmal selbst einen Blick auf die Idylle im Garten zu werfen. Das Bild erinnerte sie an ihre eigene Kindheit. Nur hatte Julius ihr damals andere Dinge als Bienenkastenbauen beigebracht. Zum Beispiel detailliertes Wissen über »Frederick Scott Archers nasses Kollodiumverfahren«. Auguste musste unwillkürlich lächeln. Doch dann holte die Tragweite der ganzen Angelegenheit sie wieder ein. »Die Kleine muss doch irgendwo gelebt haben, bevor sie in Klingbeils Obhut gelandet ist. Und irgendjemand muss sie doch vermissen.«

»Natürlich, Häseken. Nur, wie es aussieht, will sie nicht dahin zurück.« Hulda warf Auguste einen besorgten Blick zu. Dann ging sie zurück in die Pension, um sich den nach und nach zum Frühstück eintreffenden

Gästen zu widmen, und Auguste fuhr mit Luis hoch ins Dachgeschoss.

»Wat is'n los?« Luis erfasste sofort, dass irgendetwas nicht in Ordnung war.

»Nichts«, Auguste zögerte, »nur dass von Barnstedt gestern jemand festgenommen hat, der mit Sicherheit kein Mörder ist.«

»Nee? Wirklich?« Luis legte den Kopf schief und schaute Auguste skeptisch an. »Aber inne Morjenzeitung stand: *Zauberkünstler-Mörder hinter Schloss und Riegel!*«

»Wie bitte? Solange man jemandem nichts bewiesen hat, ist er 'n Verdächtiger; nicht mehr und nicht weniger! Und der Fall ist mitnichten gelöst!«

»Na, nu reg dir man nich uff wejen die olle Zeitungsfritzen.«

»Darüber reg ich mich ja auch nicht auf! Aber dieser angebliche Mörder ist es erstens nicht gewesen, und zweitens ist er momentan der Einzige, der mir mit unserer kleinen Ida weiterhelfen kann.«

»Na, dein Jeliebter wird et ja wohl hinkriegen, det er den Jungen nach der Kleenen ihren Namen und Adresse fragt.«

»Ich hoff's.«

»Wer weeß? Vielleicht is se wo ausjerissen …«

Zu Reginalds Enttäuschung versah an diesem Morgen nicht sein hochverehrter Herr Professor, sondern ein anderer Arzt des Instituts den Frühdienst. In Adolf Klingbeils Fall gab es zu Reginalds Bedauern keine offenen Fragen: Seine Organe waren, wie die Leichenöffnung zeigte, durchaus gesund für einen Mann seines Alters.

Lediglich die Leber wies Anzeichen leicht erhöhten Alkoholgenusses auf. Der Tod war ohne Zweifel eingetreten, als der Käfig auf den Magier stürzte.

Der junge Mann, den man bei Tagesanbruch eingeliefert hatte, wies die erwarteten Merkmale eines Selbstmords durch Erhängen auf, und der diensthabende Arzt zuckte gelangweilt mit den Schultern. Er hatte Besseres zu tun und überließ die weitere Auswertung der Leichenöffnung Strassmanns Hilfsstudenten. »Wündrich, den Rest kriegen Sie, so wie's aussieht, gut alleine hin. Tragen Sie ›Tod von eigener Hand durch Aufhängen am Halse‹ ein und fertig.«

Doch Reginald war nicht von ungefähr Professor Strassmanns Lieblingsschüler.

# Kapitel 6

Das Frühstück verlief so gut wie schweigend. Ida saß – nach wie vor im Nachthemd – in Huldas Küche, und Auguste hütete sich, die Kleine mit Fragen zu bestürmen. Der Dialog beschränkte sich auf: »Kannst du mir bitte mal das Pflaumenmus reichen?«, und: »Magst du noch eine heiße Schokolade?« Für Ersteres reichte es, der Bitte nachzukommen, für Letzteres genügte ein Kopfnicken. Allerdings musste die Frage nach Idas Herkunft so schnell wie irgend möglich geklärt werden. Ein Kind einfach bei sich aufzunehmen, ohne die Behörden einzuschalten, konnte man als Entführung auslegen. Nicht nur sie selbst, auch Jakob und Kommissar von Barnstedt riskierten bei der Sache Kopf und Kragen: Eine Straftat zu decken, führte unweigerlich zur Entlassung aus dem Staatsdienst. Andererseits war weder in Berlin noch in den umliegenden Dörfern eine Vermisstenmeldung eingegangen; niemandem schien daran gelegen, die Kleine zu finden, und Ida wollte offensichtlich auch um keinen Preis an den Ort zurück, wo sie zuvor gelebt hatte. In Klingbeils Wohnung in der Danckelmannstraße jedenfalls war das nicht. Aber womöglich war das Mädchen Zeugin von etwas, das mit dem Mord an Klingbeil zusammenhing. Und Emil hatte Ida bei seiner Festnahme bestimmt nicht von ungefähr beschworen, nichts zu sagen. Auguste tat sich schwer mit der Entscheidung, aber sie hatte angesichts der Ereignisse keine Wahl: Die Kleine musste versteckt werden, bis dieser Fall gelöst war. Nur wie genau das vor sich gehen sollte, war ihr nicht klar. Sie selbst hatte mit Atelier, Labor und Werkstatt alle Hände voll zu tun, ihr Vater arbeitete tagsüber im Laden, und Hulda musste sich um ihre Gäste kümmern. Ein fremdes Kindermädchen stundenweise anzustellen kam nicht infrage, denn Ida war so ängstlich und verschüchtert, dass sie erst mal Vertrauen fassen musste. Gleichzeitig war es unumgänglich, dass sie irgendwann wieder zur Schule ging. Das hieß, bis dahin brauchte sie jemanden, der ihr beibrachte, was man in ihrem Alter lernen musste: Schönschreiben, Rechnen, Handarbeiten, ein wenig Erdkunde und jede Menge Pflanzen-, Tier- und Heimatkunde. Außerdem Blockflöte spielen und die einschlägigen Verse aus der Bibel rezitieren. Auguste seufzte, denn weder sie noch Hulda hatten das Talent zur Lehrerin. Aber zunächst galt es ja ohnehin erst mal, dem kleinen Mädchen seine Angst zu nehmen. »Ida, magst du die andere Hälfte von meiner Schrippe haben?«

»Ja, gerne. Danke.«

Auguste lächelte. Das klang nach Fortschritt: drei Worte, statt nur einfach mit dem Kopf zu nicken.

Kurz darauf platzte Hulda in die morgendliche Stille.

»Die Kleine braucht was anzuziehen«, erklärte sie rigoros. »Das hier«, sie hielt mit spitzen Fingern Idas Kleidchen in die Höhe, »das hier gehört in den Reißwolf!«

Nachdem sie Ida in Huldas Obhut gut aufgehoben wusste, sortierte Auguste die Post-mortem-Fotografien für die Krauses und die Bilder, die sie in von Barnstedts Auftrag gemacht hatte, jeweils in ein Couvert. Vielleicht konnte Emil die Aufnahmen schon in ein paar Stunden selbst abholen. Beamte der berittenen Polizei hatten die Stute Gravelotte und den Wagen zwar einstweilen in Gewahrsam genommen, doch wie es aussah, war es für Emils Freilassung und die Herausgabe von Pferd und Wagen nicht einmal nötig, Rechtsanwalt von Ihlow einzuschalten. Augustes Herz klopfte vor Aufregung wie nach einem Dauerlauf: Von der Momentaufnahme, die Emil ein für alle Mal entlasten würde, hatte sie gleich mehrere Abzüge gemacht. Sie erinnerte sich noch genau: Als sie unter dem Dunkeltuch steckte, war auf dem Rollboden hoch oberhalb der Bühne irgendwas – oder besser irgend*wer* – entlanggehuscht. Sie hatte nicht damit gerechnet, dass sie den flüchtigen Moment mit ihrer Kamera eingefangen hatte, doch beim Entwickeln war sie eines Besseren belehrt worden. Was sie dort zufällig auf die Platte gebannt hatte, war allerdings mit »Wesen« zutreffender bezeichnet als mit »Mensch«: In der Bewegung festgehalten, glich die verschwommen wahrnehmbare, beinahe transparent wirkende Gestalt eher einer Elfe oder einem vorbeifliegenden Engel: Auf der Höhe der Schulterblätter war tatsächlich so etwas wie der Ansatz eines Flügelpaares zu erkennen. Auguste hatte zwar keine Schritte oder sonstige Geräusche gehört, aber natürlich glaubte sie weder an geflügelte Himmelsboten noch an Naturgeister. Für sie stand fest, dass es sich um ein höchst irdisches Wesen handelte, das nicht gesehen werden wollte; um irgendjemanden, der sich versteckt gehalten hatte, nachdem er – oder sie – den Absenkmechanismus des Käfigs ausgelöst und Klingbeil umgebracht hatte. Niemand hätte nach dem tödlichen Anschlag den Bühnenraum ungesehen verlassen können. Das hieß, der Unbekannte war, als Klingbeil starb, ganz ohne Zweifel auf dem Rollboden gewesen – ganz im Gegensatz zu Emil Krause!

»Die müssen Emil auf der Stelle laufen lassen«, murmelte Auguste. Zu ihrem Leidwesen versuchte sie schon seit Stunden vergeblich, Jakob oder von Barnstedt zu erreichen. Polizeisekretär Mielke erklärte, die Herren seien in einer Vernehmung und wollten nicht gestört werden. Auguste war hin und her gerissen: Einerseits ließ eine Vernehmung zu so früher Stunde darauf schließen, dass es womöglich einen neuen Verdächtigen gab. Insofern war es vielleicht gar nicht mehr nötig, Emil mithilfe der Fotografie zu entlasten. Andererseits … »Bedder is bedder, seiht de Boor un streut sich Zucker op 'n Sirup«, pflegte Jakob zu sagen. Kurz entschlossen griff sie zu Hut und Mantel und schnappte sich die nächstbeste Droschke. »Zur Alexanderstraße, bitte.«

»Erledigt, Herr Kommerzienrat.« Sein Dienstherr hatte es sich in der Bibliothek bequem gemacht, und Viktor Merthin legte das Lederetui, das ihm der glatzköpfige Kerl vor der Kaffeeklappe zurückgegeben hatte, auf dem Teetisch ab.

»Danke, Viktor. Es geht doch nichts über alte Seilschaften. Ich hoffe, Ihr ... Bekannter ... hat bei der Angelegenheit nicht seine Stellung riskiert.«

»I wo«, der Kutscher lachte leise, »der weiß genug über 'ne ganze Reihe einflussreicher Herrschaften im Hause. Vielleicht gibt es ein bisschen Wirbel, aber dann wird man sich im eigenen Interesse hüten, der Sache nachzugehen.«

»Und in der anderen Angelegenheit?«

»Tja«, Merthin zuckte mit den Achseln, »das Mädchen ist nach wie vor wie vom Erdboden verschluckt. Aber ich wette, die Kleine hält dicht. Die hat doch keinen mehr, jetzt, wo der Krause nich mehr auf sie aufpasst.«

»Ich verlass mich nicht auf Wetten, ich würd das lieber ganz genau wissen.«

»Selbstverständlich«, der Kutscher deutete eine Verbeugung an, »und was die Fotografin angeht, hab ich gleich gestern Nacht noch jemand auf die Suche angesetzt. Kann allerdings dauern, allein in der Friedrichstraße gibt es jede Menge Fotoateliers.«

»Und sonst?«

»Lina Hancke spekuliert auf noch mehr Geld.«

»Dann sollte man dem Fräulein vielleicht mal eine nachhaltige Lektion verpassen.«

Viktor Merthin seufzte. »Ich werd auch das entsprechend weitergeben.«

In Polizeisekretär Mielkes Büro schrillte erneut der Telefonapparat – Jakob Wilhelmis Herzdame war offenbar nicht abzuwimmeln. Friedhelm Mielke war jung und unerfahren, und seine Nerven waren nicht die besten, besonders, wenn es um so durchsetzungsfreudige junge Damen wie Auguste Fuchs ging. »Hören Sie, mein Frollein, ich kann's doch auch nicht ändern.« Er setzte bereits zu einer längeren Tirade an, als er erkannte, dass es eine Männerstimme war, die – zudem recht schroff – nach Kommissar von Barnstedt verlangte. Als Mielke klar wurde, um wen es sich am anderen Ende der Leitung handelte, wand er sich innerlich vor Peinlichkeit. »Oh, bitte höflichst um Pardon.« Doch der Anrufer hatte bereits aufgelegt. Mielke zog hastig sein Jackett zurecht, klopfte an die Bürotür gegenüber und trat ein, ohne ein »Herein!« abzuwarten.

»Herr Kommissar, Sie müssten dringend wegen …«

Von Barnstedt unterbrach Adele Freeses Einvernahme sichtlich ungern. »Ich hatte doch darum gebeten, Gespräche bis auf Weiteres abzuwimmeln!«

»Natürlich. Hab ich auch gemacht, aber«, Mielke schluckte, »aber es handelt sich in diesem Fall um Herrn von Windheim … ähm … um den Herrn Polizeipräsidenten persönlich. Er bittet dringend um eine Unterredung.«

»Aha?« Von Barnstedt ging in Gedanken alle kleinen und größeren Unregelmäßigkeiten durch, die man ihm womöglich zur Last legen könnte, aber außer dem unautorisierten Hinzuziehen einer Fotografin fiel ihm beim besten Willen nichts ein. Offenbar war sein Magen schon ein wenig weiter mit den Spekulationen über zu erwartende Unannehmlichkeiten, denn er meldete sich umgehend mit jenem schmerzhaften Stechen, mit dem sich Schlimmes anzukündigen pflegte. Bevor von Barnstedt das Büro verließ, griff er nach einem Fläschchen »Hofmann's Hingfong-Tropfen«, das er für Notfälle wie diesen in seinem Schreibtisch aufzubewahren pflegte, und gab die vorgeschriebene Menge auf ein Stückchen Würfelzucker.

Auguste zahlte den Droschkenkutscher und hastete ins Präsidium, doch sie kam nicht weit: Polizeisekretär Mielke kam ihr aus von Barnstedts Büro entgegengestürmt und versperrte ihr mit ausgebreiteten Armen den Weg. »Frollein Fuchs, ich hatte Ihnen doch bereits gesagt …«

»Ja, haben Sie«, unterbrach ihn Auguste, »aber ich kann ja hier im Flur warten.« Sie verschränkte demonstrativ die Arme und lehnte sich an die Wand.

»Nein, bitte … ähm …«, Mielke warf einen ängstlichen Blick über die Schulter, »das ist im Augenblick … ähm … nicht angebracht.«

Jetzt wurden Stimmen laut, und Auguste bemerkte, dass es am Ende des Ganges – da, wo es zur Wohnung des Gefängnisinspektors ging – zu einem regelrechten Tumult gekommen war. Der Inspektor versuchte vergeblich, eine Gruppe aufgebrachter Wärter zu beruhigen, während zwei Schutzleute ratlos danebenstanden.

»Bitte …« Mielkes flehender Blick hätte Gletscher schmelzen können, und Auguste gab seufzend nach. »Dann richten Sie den Herren bitte aus, dass ich drüben bei Aschinger in der Conditorei sitze und sie, sobald es irgend geht, in einer Angelegenheit sprechen möchte, die keinen weiteren Aufschub zulässt!«

Als von Barnstedt von seiner Unterredung mit dem Polizeipräsidenten ins Erdgeschoss zurückkehrte, hatte sich der Aufruhr am Ende des Flurs bereits gelegt. Der Kommissar fuhr sich mit der Hand über das Gesicht und atmete ein paarmal tief durch, bevor er sein Büro betrat. »Fräulein Freese, Sie können gehen.«

Die kleine Frau mit dem Suffragettenhut schaute ihn entgeistert an. »Aber ich hab doch gerade ein Geständnis abgelegt.«

»Bitte tun Sie uns den Gefallen und hören Sie mit dem Theater auf! Das ist blanker Unsinn, was Sie uns hier auftischen! Sie haben den Varieté-Zauberer Adolf Klingbeil nicht umgebracht.« Von Barnstedt hatte Hemmungen, der puppenhaft niedlichen Gestalt gegenüber seinem Zorn freien Lauf zu lassen. Sie hatten Adele Freese stundenlang verhört, aber ihre Schilderung des Tathergangs war nicht viel glaubwürdiger als ihre Angaben zum Anlass für den vorgeblichen Mordanschlag. »Ich weiß nicht, welcher Teufel Sie geritten hat, uns etwas vorzumachen, aber das Ganze ist von A bis Z erlogen! Sie können froh sein, wenn wir Sie nicht wegen Ihrer Falschaussage belangen!«

»Aber wieso …?«

»Wieso, wieso, wieso?« Von Barnstedt stemmte beide Fäuste auf die Tischplatte. »Weil der Täter inzwischen feststeht! Zumindest für die Staatsanwaltschaft!«

»*Der* Täter?«

»Ja! Und jetzt machen Sie, dass Sie nach Hause komm…«

»Das heißt, es war keine Frau?« Adele Freese sprang auf, und ihre Kirschlippen wurden vor Anspannung zu schmalen Strichen.

»Herrgott noch mal, ich wüsste nicht, was Sie das angeht, aber: nein! Es war ein Mann, auch wenn Sie sich das mit Ihrem überdrehten Frauenrechtsgetöse andersrum wünschen würden! Auf Wiederseh'n!«

Jakob stellte fest, dass von Barnstedts Gefühlsausbruch zumindest teilweise auf Adele Freeses lila bebändertes Suffragettenhütchen zurückzuführen war, und hielt der kleinen Frau als Wiedergutmachung mit einer besonders höflichen Verbeugung die Tür auf.

Kaum war Adele Freese verschwunden, fiel von Barnstedt regelrecht in sich zusammen. Er ließ sich stöhnend in seinen Drehsessel fallen, griff noch einmal nach seinen Hingfong-Tropfen und bot auch Jakob davon an. »Baldrian, Minze, Kampfer und was sonst noch alles drin ist. Kommen Sie schon, das hilft.«

»Ach ja? Bei was?«

Von Barnstedt ging nicht auf Jakobs flapsigen Tonfall ein.

»Mielke sagt, Ihre Liebste wartet drüben in Aschingers Conditorei auf Sie. Sagen Sie es ihr oder soll ich das übernehmen?«

»Tot?« Auguste saß an einem der Marmortischchen und starrte Jakob an, als rede er mit ihr in einer fremden Sprache.

»Wieso niemand vom Wachpersonal etwas bemerkt hat, ist völlig ungeklärt, aber Emil hat sich heute Nacht in seiner Zelle erhängt.«

»Was? Wieso sollte er?«

»Wie es dazu gekommen ist, weiß bisher keiner«, Jakob zuckte hilflos mit den Achseln, »aber von Barnstedt geht davon aus, dass die Staatsanwaltschaft in seinem Freitod ein indirektes Schuldgeständnis sehen wird.«

»Emil hat Klingbeil nicht umgebracht!« Auguste kämpfte mit aller Macht die aufsteigenden Tränen nieder. Jetzt galt es, einen klaren Kopf zu behalten!

Jakob legte fürsorglich seine Hand auf die ihre. »Ich kann's mir ja genauso wenig vorstellen wie du, aber wir wissen eben immer noch zu wenig darüber, was manche Menschen dazu bringt, Dinge zu tun, die …«

»Hier«, Auguste reichte Jakob einen Abzug der Fotografie, die jenes elfenhafte Wesen zeigte, das sich auf dem Rollboden versteckt gehalten hatte. »Da hast du deinen Täter!«

Sie ließ all das, was darauf folgte, wie in Trance über sich ergehen: ihre Aussage, wie es zu der bewussten Aufnahme gekommen war, ihre Versicherung, dass Emil Krause große Pläne für die Zukunft gehabt hatte und dass er ihrer Einschätzung zufolge niemals Hand an sich gelegt hätte, und die Bestätigung, dass sie den ganzen Nachmittag mit ihm verbracht hatte. Sie ließ ihren Tränen erst freien Lauf, als eine Droschke sie zurück nach Hause brachte.

Im Leichenkommissariat saß Reginald inzwischen im Büro und schrieb den Autopsiebericht, mit dem Strassmanns Kollege ihn beauftragt hatte.

*Name: Emil Krause*
*Todesursache: Zerebrale Ischämie infolge Strangulation.*

Auch wenn der diensthabende Arzt sich nicht die Mühe gemacht hatte – Reginald war ein wesentliches Detail nicht entgangen: Da gab es eine Einstichstelle in der linken Armbeuge, wie von einer Injektionskanüle. Er überlegte einen Augenblick, ob seine Eigenmächtigkeit womöglich negative Folgen haben könnte. Doch dann obsiegte sein Gerechtigkeitssinn, und er schloss den Bericht mit:

*Dringender Verdacht auf Fremdverschulden.*

# Kapitel 7

In Gersons Modehaus stand die kleine Ida wie erstarrt vor einem der endlos vielen Spiegel. Das himmelblaue Musselinkleid hatte Hulda ausgesucht. Wie es die neueste Mode vorschrieb, hatte es gleich zwei Puffärmel auf jeder Seite. Am Unterarm und an den Handgelenken lag es eng an, gehalten von jeweils sechs winzigen, stoffbezogenen Knöpfchen, und um die Taille schlang sich eine breite, schwarze Atlasschärpe. Der Stoff war weich, nichts kratzte.

»Na?«

Statt einer Antwort füllten Idas Augen sich mit Tränen.

»Gefällt es dir nicht?«

Das Mädchen schlug die Hände vors Gesicht und rannte zurück in den Ankleideraum.

»Soll ich vielleicht etwas mit Karomuster oder Streifen …?« Die Verkäuferin war sichtlich düpiert: Hier war man uneingeschränkte Begeisterung gewöhnt; immerhin beschäftigte man bei Gersons die renommiertesten Modeschöpfer, und billig waren die Sachen auch nicht gerade.

Als Hulda den Ankleideraum betrat, hatte Ida das Kleid ausgezogen und saß zitternd auf einem der Sessel.

»Kind, was ist denn mit dir? Wenn dir hier irgendetwas nicht gefällt, dann nehmen wir halt was anderes!«

»Das Kleid ist wunderschön! Aber ich möchte bitte, bitte nicht zu fremden Leuten geschickt werden!«

»Wie kommst du denn darauf?« Hulda glaubte, nicht richtig gehört zu haben.

»Bitte! Versprichst du mir das?« In Idas Augen stand die blanke Angst. Sie krampfte ihre Hände so verzweifelt ineinander, dass die Knöchel weiß hervorstanden.

Hulda legte ihr tröstend den Arm um die Schultern. »Ich versprech dir, dass wir dich nicht wegschicken«, flüsterte sie ihr ins Ohr. »Nirgendwohin. Und erst recht nicht zu fremden Leuten. Aber du brauchst doch was zum Anziehen, oder?«

Ida nickte verhalten.

»Na, siehst du? Und deshalb darfst du dir jetzt noch zwei oder drei hübsche Kleider aussuchen. Und bei dem Wetter brauchst du 'n Paar ordentliche Stiefelchen. Und für zu Hause schöne, warme Pantoffeln. Und dann fahren wir zu Wertheim und besorgen dir Strümpfe und Leibwäsche.«

Jedes der Kleider kostete beinahe vierzig Mark – so viel Geld hatte Ida noch nie auf einmal gesehen. Sogar einen Mantel mit Samtkragen hatte Hulda für sie gekauft, und als sie mit ihr in der Droschke vom Werderschen Markt zum Schuhhaus Leiser fuhren, wurde Ida regelrecht ein wenig übel. Diese Menschen waren schrecklich nett zu ihr: Hulda, die so schön backen konnte, Auguste, die sie ohne groß zu fragen vor dem Theater aufgelesen hatte, und Julius Fuchs, der alles über Holzlacke und Bienen wusste. Er roch nach Lederjacke und nach Pfeifentabak, und er erinnerte sie an den Mann, der sie aus der Spree gefischt hatte. Da war sie, wie es hieß, noch keine vierundzwanzig Stunden alt gewesen. Karl Lehmann hieß ihr Retter, und er war groß und immer freundlich und hatte sie anschließend Jahr für Jahr zum Jubiläum ihres »Findetags« besucht. Bis er vor zwei Jahren gestorben war. »Auf dem Kaulsdorfer Bahnhof hat ihn ein Güterzug beim Rangieren überfahren.«

»Wen? Wer ist überfahren worden?«

Ida schrak zusammen. Hatte sie das etwa laut gesagt? Hulda schaute ihr prüfend ins Gesicht, und die Kleine schlug die Augen nieder. Beinahe hätte sie alles erzählt: vom Waisenhaus in Rummelsburg und den zwei netten Kinderschwestern, die beide Elisabeth hießen und sich zur Unterscheidung Lisbeth und Elsbeth nannten. Und später dann vom Obdachlosenasyl, direkt neben der Hospital- und Siechenanstalt Ecke Fröbelstraße. Das Haus hieß »Palme«, obwohl es da gar keine Palmen gab. Die Frau, zu der sie »Mama« sagen musste, hatte erklärt, dass früher mal ein großer Blumentopf mit einer Palme in der Eingangshalle gestanden hatte. Aber vielleicht war das gelogen. Genauso, wie gelogen war, dass diese Frau tatsächlich ihre Mama war. Das hatte sie schon geahnt, bevor Adolf Klingbeil sie dort weggeholt hatte. Am liebsten hätte Ida ihrer fürsorglichen neuen Tante die ganze Geschichte anvertraut: wie dankbar sie gewesen war, dass Adolf Klingbeil sie trotz allem, was passiert war, weiter auf der Bühne eingesetzt hatte. Nicht einmal Schläge hatte es gegeben. Jetzt war der Zauberer tot, und niemand wusste, warum. Und sie würde niemandem etwas verraten. Weil das viel zu gefährlich war.

»Da wären wir!« Die Droschke hielt in der Oranienstraße, und Hulda half Ida beim Aussteigen. »Was meinst du? Schwarze oder braune Stiefel? Was gefällt dir besser?«

Ida hob die Schultern und versuchte zu lächeln. Sie war froh, dass der Moment vorüber war, in dem sie beinah alles ausgeplaudert hätte. Sie hatte Emil Stillschweigen geschworen, und nichts und niemand würde sie dazu bewegen, ihren Eid zu brechen.

Das Haus in der Adalbertstraße 71 wirkte eher solide als repräsentativ. Es unterschied sich lediglich durch die zugemauerten Kellertüren und -fenster von seinen Nachbarhäusern. Über die Fassade der beiden mittleren Etagen zogen sich schmale Stuckgirlanden, im Hochparterre und im vierten Stock hatte man selbst auf diesen bescheidenen Zierrat verzichtet. Die Eingangstür war frisch gestrichen und die Auffahrt sauber gefegt: eine unauffällige Adresse mit ebenso unauffälligen Bewohnern.

In der ersten Etage stand eine Frau am Fenster: Ende vierzig, korpulent, mit kerzengeradem Mittelscheitel und auffallend schmaler Oberlippe. Der junge Mann, der ein paar Meter hinter ihr an Klingbeils Schreibtisch stand, trat unsicher von einem Bein aufs andere. »Die schmerzliche Lücke, die sein Tod gerissen hat, wird so schnell nicht geschlossen werden können, und ich darf

Ihnen als seiner langjährigen Mitarbeiterin auch im Namen meiner Kanzlei mein tiefstes Mitgefühl aussprechen.«

»Danke«, sagte die Frau am Fenster, ohne sich umzudrehen. Das larmoyante Geschwätz dieses Rechtsverdrehers interessierte sie nicht. Dass sie Klingbeil beerben und seine Nachfolge antreten würde, war von Anfang an so geregelt gewesen, dafür hatte sie gesorgt. Schließlich trug sie das gleiche Risiko wie er.

»Selbstverständlich werden wir die Übertragung aller mit Ihrer Übernahme verbundenen Formalitäten mit gewohnter Diskretion …«

»Jaja! Schon gut!« Gertrud Hessling gab dem jungen Mann mit einer unwirschen Handbewegung zu verstehen, dass sie keinen Wert auf weitere Floskeln legte. Als er verschwunden war, strich sie mit der Hand über die blank polierte Schreibtischoberfläche. Mahagoni. »Vom Feinsten«, murmelte sie. Genau wie die Möbel in Klingbeils seit Jahren streng geheim gehaltener Wohnung in der zweiten Etage. Die noble Einrichtung konnte sie ganz genau so lassen, wie sie war, wenn sie vom Dachgeschoss dorthin umzog. Nur Klingbeils Zirkus-Firlefanz musste natürlich auf den Müll. Dass er in all den Jahren trotz bestens laufender Geschäfte darauf bestanden hatte, weiter im Tingeltangel aufzutreten, hatte sie nie verstanden. Wahrscheinlich Eitelkeit und Sucht nach Applaus. So gar nicht meine Sache, stellte die strenge Frau mit dem ergrauten Scheitel fest. Im Gegenteil. Ab jetzt würde ein anderer Wind in diesem Hause wehen! Gertrud Hessling klatschte in die Hände, als gälte es, sich selbst zu ermuntern. Es gab viel zu tun!

Sie hatte schon seit Längerem an Expansion gedacht. Die Erfindung des bewegten Bildes gab in dieser Hinsicht Anlass zu den schönsten Hoffnungen.

»Fräulein Auguste!« Ida und Auguste waren kaum mit dem Mittagessen fertig, da polterte Huldas Kaltmamsell die Treppe herauf und wedelte mit einem Briefumschlag. »Post aus Afrika! Lady Henrietta hat geschrieben!« Hulda wischte sich hastig die Hände an der Schürze ab, zupfte ihr den Umschlag aus der Hand und ließ sich auf einen der Küchenstühle plumpsen. »Na, nu mach schon auf, Häseken!« Selbstverständlich galt es, auf der Stelle zu erfahren, wie es um Lady Droydon-Jones' Liebesleben bestellt war! Seit Henrietta mit ihrer flotten Reisebekanntschaft in Ostafrika unterwegs war, wartete Hulda mit jedem Brief auf die Ankündigung einer ins Haus stehenden Hochzeit.

Das Couvert mit dem Absender »Henrietta Droydon-Jones, c/o Mr. De Souza, Ndia Kuu, Mombasa« wies eine hübsche, rote Briefmarke auf: Queen Victoria, flankiert von zwei Löwen, British East Africa Protectorate.

»Guck mal, Ida, jetzt zeig ich dir, was man als Dame von Welt niemals tun darf.« Auguste leckte ausführlich die Soße von ihrem Messer. Ida traute ihren Augen nicht.

»Also: Messerablecken gehört sich schon mal nicht.«

Ida schluckte und rang sich zu einem fast unhörbaren »Ich weiß« durch.

»Aber noch viel, viel ungezogener ist es, das Mittagsbesteck als Brieföffner zu benutzen!«

Ida schaute sprachlos zu, wie Auguste das Couvert mit dem blitzblank geleckten Messer aufschlitzte.

»Weißt du, manchmal muss man das mit dem guten Benehmen für einen Moment lang einfach vergessen. Denn einerseits will Hulda sofort wissen, was meine Tante Hattie zu erzählen hat, andererseits muss die hübsche Briefmarke mit der englischen Königin drauf unbedingt vor dem Papierkorb gerettet werden. Die Marken aus Afrika findet mein Papa nämlich besonders schön.«

»Wer ist denn die dicke alte Frau da drauf?«

»Das ist die englische Königin.«

»Unsere Kaiserin ist viel hübscher.«

»Die englische Königin muss ja auch nicht hübsch aussehen«, erklärte Hulda trocken, »die regiert auch so die halbe Welt.«

»Und unsere Kaiserin?«

»Die Kirchen-Guste?« Hulda machte wie immer aus ihrer Abneigung gegen alles Royale keinen Hehl. »Die regiert gar nichts.«

»Und wenn man gar nichts regiert, muss man hübsch aussehen?«

»Nee, umgekehrt: Wenn man nichts weiter als hübsch aussieht, kann man nichts regieren.«

»Hulda!!!« Auguste konnte sich ein Lachen nicht verkneifen. Einerseits hatte die Kaiserin ihren Spitznamen »Kirchen-Guste« nicht zu Unrecht, denn Gotteshäuser einzuweihen schien neben Kinderkriegen ihre Hauptbeschäftigung zu sein, andererseits war es nicht gerade sinnvoll, derlei mit einem kleinen Mädchen auszudiskutieren. »Ida, magst du dem Opa Fuchs den leeren Umschlag mit der Marke bringen?«

»Au ja!« Das ließ sich Ida nicht zweimal sagen! Sie hatte Julius Fuchs kurzerhand zum Opa gekürt, und er ließ sich das nur allzu gern gefallen. Während Ida hinausstürmte, faltete Auguste die Briefbogen auseinander.

»Was ist denn nu?« Hulda rutschte ungeduldig auf ihrem Küchenstuhl hin und her. »Heiraten die beiden jetzt endlich?«

»Dafür, dass du selber partout nicht vor den Traualtar treten will, bist du aber ganz schön drauf versessen, dass andere das tun!«

»Ich bitte dich! Henrietta ist Mitte dreißig und seit über zwei Jahren Witwe. Und dieser Ferdinand Wohlgemuth ist doch, wie's scheint, 'n recht charmanter Kerl!«

»Na, wir werden sehen.«

*Mein liebes Gustchen,*
*wenn diese Zeilen Dich erreichen, stehe ich bereits so gut wie vor Eurer Tür!*

»Sie kommt nach Berlin?« Hulda gab einen kleinen Freudenschrei von sich. »Und was ist mit ihrem Galan?«

»Moment!« Auguste überflog die Zeilen, aus denen Henriettas Ankunftszeit hervorging, »Ja! Und wie's aussieht, schon bald.«

»Wie ganz und gar großartig! Und? Kommt er mit?«

»Augenblick noch!«

Während Auguste weiterlas, rang Hulda innerlich die Hände: Henrietta ließ sich seitenlang über die mutmaßliche Ermordung ihres Freundes Sultan Hamad ibn Thuwaini aus.

*»Zu meinem größten Bedauern bleiben nach dem Britisch-Sansibarischen Krieg die Türen des Palastes für*

*mich verschlossen. Wenn es den einen hohen Herren genehm ist, bin ich Deutsche, und wenn die anderen hohen Herren es so wollen, bin ich Engländerin. Aber genau genommen weiß ich manchmal selber nicht, was mich eigentlich mehr geprägt hat: die Kinderzeit und Jugend in Apolda oder die fünfzehn Jahre, die ich mittlerweile unter Cedrics Fuchtel in Oxfordshire verbracht hab.«*

»Dass eine deutsche Adelige unter der Fuchtel ihres Butlers steht, darf man auch keinem erzählen«, brummte Hulda.

»Cedric hat es sich nach Lord Droydon-Jones' Tod offenbar zur Aufgabe gemacht, aus der geborenen Baronesse von Coesenitz eine untadelige britische Lady zu machen.«

»Aber wenn sie jetzt diesen hübschen Hallodri heiratet.«

»Oh!«

»Was ist?«

»Nichts ist. Jedenfalls nichts mit Hochzeit und Frau Wohlgemuth statt Lady Droydon-Jones.«

»Och nööö.« Hulda schlug vor Enttäuschung buchstäblich die Hände über dem Kopf zusammen.

*»Liebe Auguste, liebe Hulda, lieber Julius, summa summarum muss ich bei Euch für ein paar Wochen unterkriechen und das Köpfchen unter den Flügel stecken: Der gute Cedric hat – natürlich hinter meinem Rücken – eine Detektei in London bemüht, und die hat just herausgefunden, dass Ferdinand in München*

*mit einer gewissen Maria Wohlgemuth, geborene Angermeyer, und in Dresden mit einer Agathe Wohlgemuth, geborene Winkler, verheiratet ist. Es handelt sich in beiden Fällen um junge, kinderlose Witwen mit beträchtlichem Vermögen. Ist dies schon Wahnsinn, hat es doch Methode, heißt es bei Shakespeare. Ich habe Ferdinand umgehend zum Teufel geschickt, aber auf dem Weg zur Hölle findet sich bestimmt noch die ein oder andere liebesbedürftige Gutbetuchte. Ich brauch dringend irgendwas, das mich ablenkt. Fällt Euch vielleicht etwas Gescheites ein?*

Und ob, dachte Auguste.

Während Kommissar von Barnstedt – erwartungsgemäß erfolglos – das Personal im Präsidium befragte, radelte Jakob gemächlich die Blumenstraße entlang. Er war dankbar, dass sein Vorgesetzter die internen Untersuchungen zum Selbstmord Emil Krauses übernommen hatte, denn dass unter den Gefängnisaufsehern, wie im Sprichwort von der Krähe, die einer anderen kein Auge aushackt, eisern gemauert wurde, war zu erwarten gewesen.

Die Blumenstraße verdankte ihren Namen der Familie Bouché, in deren Gärten und Gewächshäuser die Berliner Hautevolee einstmals gern zum Kaffeetrinken gefahren war. Aber das war fast hundert Jahre her. Jetzt ragten rechts und links Mietshäuser empor, und der Himmelsausschnitt über ihren Dächern war an diesem Morgen dunkelgrau. Der Laden war nicht schwer zu finden.

Auf dem Firmenschild stand *Zauberei- und Vexierartikel,* und die beiden Schaufenster waren vollgepfropft mit kunterbunten Gegenständen, deren Sinn und Zweck sich Jakob beim besten Willen nicht erschloss. Kaum hatte er das Geschäft betreten, wurde er auch schon weiterer fundamentaler Wissenslücken auf dem Gebiet der Bühnenmagie überführt.

»Junger Mann, das Wort ›Trick‹ hören wir nicht so gern«, erklärte der Inhaber und hob belehrend den Zeigefinger.

Der Mann war etwa siebzig, klein und spindeldürr. Er trug einen fadenscheinigen Frack, und seine schlohweißen Haare reichten ihm bis auf die Schultern.

»Tricks sind was für Taschenspieler!«, fuhr der Zauberkönig fort und schnalzte abschätzig mit der Zunge, »für die hohe Schule der Magie ist ›Illusion‹ oder ›Routine‹ der passende Ausdruck.«

»Ähm …« Jakob zuckte leichthin mit den Achseln. »Ich seh nicht ganz, wo da der Unterschied liegen soll.«

»Ha! Für Sie ist es also egal, ob jemand ein Karnickel oder hundert bunte Tücher aus seinem Zylinder zieht oder – zum Beispiel – 'nen Kanarienvogel mitsamt Käfig ohne jede Spur verschwinden lässt?«

»Ach, das geht?« Jakob ließ sich nicht anmerken, dass er den Ladeninhaber lediglich bei seiner Ehre packte, um ihn anschließend um so besser ausfragen zu können. Wie erwartet ließ der Zauberkönig sich nicht lumpen.

»Dann schauen Sie mal her!« Ohne dass Jakob nachvollziehen konnte, woher das Ding kam, hielt sein Gegenüber plötzlich einen goldenen Käfig in der Hand.

Der hölzerne Vogel darin war mit Federn beklebt und sah beinahe echt aus. Er schlug mit den Flügeln und öffnete ein paarmal deutlich sichtbar seinen Schnabel. »Am Abend bläst dazu jemand Piccoloflöte«, beeilte sich der Zauberkönig zu erklären. Dann legte er ein Tuch über den Käfig, und als er es zurückzog, war dieser mitsamt dem stummen Sänger darin verschwunden.

»Erstaunlich.« Jakob applaudierte.

Der Zauberkönig strahlte. »Ja, nicht wahr? Die Routine heißt ›Der verschwundene Sänger‹. Kostet 'ne Kleinigkeit, ist aber beim Publikum äußerst beliebt.«

»Und gibt es so was in der Art auch mit lebenden Vögeln? Tauben, zum Beispiel?«

»Ach, daher weht der Wind!« Der Zauberkönig kicherte und wackelte mit dem Kopf. »Das hätten Sie auch gleich sagen können!«

»Das heißt, Sie haben Adolf Klingbeil alias Adolphe le Magicien den Trick – pardon: die Routine oder Illusion – mit dem Taubenschwarm verkauft?«

»Nee, nee, nee.«

»Wie bitte?«

»Tja, sehen Sie: Die Taubennummer ist weder eine Illusion noch eine Routine«, der Zauberkönig hob erneut seinen knochigen Zeigefinger und sprach, als habe er es mit einem Erstklässler zu tun, »denn da wird ja weder was verschwinden gelassen noch herbeigezaubert.«

»Ja, und?«

»Der Taubenkäfig ist lediglich eine Installation für das Finale.«

»Danke, da hab ich doch wieder mal was für's Leben gelernt.«

»Keine Ursache.«

»Und diese In-stal-la-tion«, Jakob sprach das Wort wie ein gelehriger Schüler aus, »die haben Sie also Herrn Klingbeil verkauft.«

»Nee.«

»Nicht?«

»Nee. Hab ich nicht.«

Jakob fragte sich, ob »Sich-sämtliche-Antworten-aus-der-Nase-ziehen-Lassen« ein Trick, eine Illusion oder eine Routine war. »Sondern?«

»Der Herr Kommerzienrat.«

»Was? Wieso Kommerzienrat?«

»Na, Kommerzienrat wird man, wenn man sich um das Gemeinwohl verdient gemacht hat. Zum Beispiel durch Stiftungen oder Schenkungen. Für Kulturelles und so weiter. Ist der erste Schritt zum Geheimrat.«

»Ja, das weiß ich auch! Aber Adolf Klingbeil hat doch nichts dergleichen …«

»Moment!« Der Zauberkönig brachte Jakob mit einer gebieterischen Handbewegung zum Schweigen. »Sie haben mich gefragt, wer die Taubennummer *gekauft* hat.«

»Nicht Adolf Klingbeil?«

»Nee. Sag ich doch!«

»Sondern?«

»Na, gekauft hat sie, wer sie bezahlt, oder?«

»Richtig.« Korinthenkacker, dachte Jakob und war kurz davor, das laut zu sagen. »Und? Wer ist das?«

»Na, sag ich doch: der Herr Kommerzienrat.«

»Name, Adresse …?«

»Moment! Steht alles im Factura-Buch!«

Die Oehlschlegel'sche Villa in der Thiergartenstraße erinnerte Jakob von Weitem an eine Sahnetorte. Auf den vier Säulenkapitellen des schneeweißen Rundbaus begrüßten den Ankömmling von pummeligen Puttenpärchen flankierte Masken – Allegorien für Kraft, Erwachen, Fleiß und Licht –, und auf den darüberliegenden Gesimsen standen, gestützt von Löwen, vier beinahe lebensgroße weibliche Figuren als Sinnbilder für Handel, Schifffahrt, Industrie und Landwirtschaft. Das Dach krönte ein trübsinnig dreinblickendes Männerhaupt mit Flügeln, das wohl den Gott Merkur darstellen sollte, und über dem Eingang prangte in bemaltem Stuck das Wappen des Hausherrn: ein schwarzer Kranich auf gelbem Grund, umrahmt von reichlich Gold und grünen Schnörkeln. »Schlechter Geschmack, gepaart mit Geltungsdrang«, murmelte Jakob, als er die Treppen hochstieg, um zu klingeln. Zweifellos handelte es sich bei Hugo Oehlschlegel um einen höchst erfolgreichen Kaufmann, dem zu seinem Unglück der Adelstitel fehlte, denn ohne »von und zu« hatte man es in der Reichshauptstadt nicht leicht, in höchste Kreise vorzudringen. Städte wie Lübeck, Danzig oder Hamburg hielten ihre ehrbaren Kaufleute seit der Zeit der Hanse in höchsten Ehren, wogegen in Berlin der »Koofmich« Koofmich blieb, auch wenn er Geld genug hatte, sich so ein Protzpalais zu bauen.

Der Hausdiener – oder welche Funktion der untersetzte Mann im Cutaway auch immer ausübte – runzelte mit Blick auf Jakobs Hosenbeine indigniert die Augenbrauen. »Betteln und Hausieren ist hier unerwünscht.«

»Ähm ... Nee, nee ...« Jakob bemühte sich vergeblich, die Fahrradklemmen einigermaßen diskret von seinen

Hosenbeinen zu entfernen. Im Präsidium war man der Ansicht, dass es der Würde eines Kriminalassistenten abträglich war, irgendwo dienstlich mit dem Fahrrad aufzukreuzen, und in Momenten wie diesen musste Jakob den Herren sogar recht geben. Er versuchte, die Schlappe durch betont forsches Auftreten wieder wettzumachen. »Kriminalassistent Wilhelmi. Bitte melden Sie mich dem Herrn Kommerzienrat in einer äußerst dringlichen Angelegenheit.«

Zu Jakobs Überraschung kam der Mann seinem Wunsch umgehend nach.

Hugo Oehlschlegel saß in der Bibliothek in einem schwarzledernen Ohrenbackensessel. Er trug – erstaunlich für diese Tageszeit – einen seidenen Morgenmantel und hatte die nackten Beine lässig übereinandergeschlagen.

»Möchten Sie?«, fragte er anstelle einer Begrüßung und hielt Jakob einen eleganten Rosenholz-Humidor entgegen.

»Nein danke. Mein Name ist …«

»Jajaja, hat mir Viktor schon mitgeteilt«, Oehlschlegel wedelte ungeduldig mit der Hand. »Also: Was führt Sie zu mir?« Er griff zu einer langen, dünnen Zigarre und widmete sich, während Jakob antwortete, ausführlich dem üblichen Ritual des Anschneidens und Anzündens.

»… und bei meinem Besuch im Zauberladen hab ich festgestellt, dass Sie den Trick – pardon! die Installation – bezahlt haben, bei deren Einsatz der Zauberkünstler Klingbeil bedauerlicherweise zu Tode gekommen ist.«

Oehlschlegel wartete eine gefühlte Ewigkeit darauf, dass sich ein gleichmäßiger Glutstock bildete. Dann zog er vorsichtig ein paarmal an der Zigarre, bevor er sich Jakob zuwandte.

»Ich setze meine finanziellen Mittel seit Jahren ein, um Künstler aller möglicher Couleur zu unterstützen. Herr Klingbeil hat vor ein paar Monaten bei mir vorgesprochen und um die Finanzierung dieser Taubensache ersucht. Sehen Sie: Da ging es ja nicht nur um die allabendliche Installation. Der Käfig muss für den Transport – Tourneen, Gastspiele und Bädertouren – zerlegbar und leicht wieder aufzubauen sein; die Tiere müssen dressiert und tagsüber untergebracht, gepflegt und notfalls tierärztlich versorgt werden. Und die Versorgung …«

»Ich verstehe«, unterbrach Jakob, bevor sich Oehlschlegel in weiteren Details ergehen konnte, »und wie ist Herr Klingbeil auf Sie gekommen? Ich mein': Sie fördern doch gemeinhin sicher eher so was wie … Kunstmaler oder Sängerinnen.«

»Herr Klingbeil konnte ausgesprochen überzeugend sein.«

»Aha? Will heißen?«

»Nichts.« Oehlschlegel lächelte entwaffnend. »So Leute gibt's nun mal, die können Ihnen alles andrehen. Und ich fand diese Taubennummer einfach reizend. Und jetzt entschuldigen Sie mich bitte«, er deutete auf seine nackten Füße und stand auf, »Sie sehen, es ist schon nach drei, und ich bin alles andere als präsentabel.«

Als Jakob das Haus verließ, spannte der Mann im Cutaway gerade die Pferde an. Auch auf der Tür des Landauers befand sich das gelb-schwarze Wappen. Aus der Nähe betrachtet fiel Jakob auf, dass der Kranich hier statt des Steins, den das Tier auf Familienwappen traditionell in der Kralle zu halten pflegte, eine Rose hielt.

Ein Romantiker, der Herr Kommerzienrat, dachte Jakob und nickte dem Mann im Cutaway freundlich zu.

Am Nachmittag lieferten zwei kräftige Männer Matratzen, Bettzeug und – wie es auf der Verpackung hieß – ein »Patentes Gästebett« in die Friedrichstraße. Luis brachte alles mit dem Lift nach oben. Er platzte fast vor Neugier. »'n Bett, det man zusammenfalten kann? Wo jibt's 'n so wat?«

»Im Kaufhaus Hertzog, Luis.«

»Und wenn man da druff pennt, denn kracht det Ding ooch nich zusamm'?«

»Ich glaube, rumhopsen sollte man darauf lieber nicht«, räumte Auguste ein, »aber zum Schlafen reicht es allemal.« Sie hatte das gute Stück in *Hertzogs Jahresagenda* entdeckt und umgehend bestellt. Es war ihrem Liebesleben zwar nicht gerade förderlich, dass sie weiterhin das Zimmer mit der kleinen Ida teilte, aber für ihre Tête-à-Têtes mit Jakob würde sich bestimmt in nächster Zeit eine Lösung finden.

Ihr Schützling stand mit großen Augen dabei, als Julius das Bett aufstellte. »So was Schönes hab ich noch nie gesehen.«

»Ist auch was ganz Modernes! Kommt aus England!«, erklärte Julius. »Wie Gustes Tante Hattie. Das ist auch eine von den *ganz* Modernen!« Auch wenn er sich gern über Henrietta lustig machte, war unverkennbar, dass er sich auf den Besuch seiner Schwägerin freute. Während Hulda und Dorchen die Matratzen zurück ins

Grüne Zimmer schleppten, fragte sich Auguste, ob sie das Richtige tat: Ein eigenes Bett – und sei es nur ein Gästebett – bedeutete ein wenig mehr Zuhause für das kleine Mädchen. Was, wenn sich plötzlich ein Verwandter oder sogar Idas Vater meldete? Dem geltenden Gesetz zufolge hatten die Väter das ausschließliche Erziehungsrecht, vorausgesetzt, das Kind war ehelich geboren. Was, wenn der Vater oder gar ein Vormund auftauchte und das Mädchen einfach mitnahm? Dass die Kleine noch eine Mutter hatte, hielt Auguste für ausgeschlossen.

»So, fertig.« Julius betrachtete angetan sein Werk. »Kopfkissen und Bettdecke beziehen kannste alleine, Häseken, oder?« Statt einer Antwort fiel Ida Julius um den Hals und wollte ihn gar nicht mehr loslassen.

Auguste schmunzelte. Ihr war immer noch unklar, ob Ida ihren Kosenamen »Häseken« einfach geerbt hatte oder ob ihr Vater annahm, er habe mittlerweile eine kleine und eine große Ausgabe seiner Tochter im Haus. Aber was machte das schon? Dass Idas Gegenwart ihren Vater glücklich machte, war unverkennbar, und das Mädchen taute in Julius' Anwesenheit sichtlich weiter auf.

»Na komm, ich helf dir!« Auguste griff nach dem Laken, Ida nahm das andere Ende, die beiden zogen es straff und steckten die Enden unter den Matratzen fest. Am Schluss stiftete Hulda noch eine kunterbunte, aus allerlei Wollresten gehäkelte Tagesdecke und ein Extrakissen. »Für deinen Stoffhund.«

»Wie heißt der eigentlich?«

»Ich hab ihn damals Schlappohr genannt.« Auguste zog die Nase kraus. »Aber das hat ihm nie so recht gefallen. Ich glaub, du solltest dir – jetzt, wo er dir gehört – 'nen schöneren Namen ausdenken.«

»Dann möcht ich, dass er Kalle heißt. Wie Kalle Lehmann, der mich aus der Spree gefischt hat.« Ida schlug sich erschrocken auf den Mund. Das durfte sie doch niemandem verraten!

»Kalle gefällt ihm bestimmt viel, viel besser«, beeilte sich Auguste zu versichern. Es war das erste Mal, dass sie etwas über die Herkunft ihres Findelkinds erfuhr, und sie war klug genug, vorerst nicht weiter nachzufragen.

Obwohl es erst Spätnachmittag war, konnte es Ida mit dem Schlafengehen nicht schnell genug gehen: Das neue Bett war viel zu interessant.

»Ist doch noch so früh. Magst du vielleicht noch 'n bisschen lesen? Ich kann dir Papas Lampe neben deinem Bett auf ein Tischchen stellen, wenn du magst.«

Ida biss sich auf die Unterlippe und schaute zu Boden. Noch ehe Auguste klar wurde, was das bedeutete, kam Hulda ihr zuvor: »Wie wär's, wenn ich dir so lange was vorlese, bis du einschläfst, hm?«

»Au ja. Das wär schön!«

»Na dann: ab ins Badezimmer!«

Das ließ sich Ida nicht zweimal sagen. Hier gab es nämlich statt der ekligen flüssigen Zahnseife leckere Zahnputzpaste aus der Tube, und das Zeug aus der ulkigen weißen Flasche schmeckte ein bisschen wie Zuckerstange. Während Ida ein paar ordentliche Spritzer Odol in ihr Zahnputzglas mischte, standen sich Auguste und Hulda, je ein Buch in der Hand, vor der Schlafzimmertür wie die Kampfhähne gegenüber.

»*Winnetou* ist viel spannender!«

»Aber *Heidi* ist 'n Waisenkind! Das passt doch viel besser.«

»Hulda, in *Winnetou I* geht's um Freundschaft und Vertrauen«, Auguste tippte nachdrücklich auf den Buchdeckel, »und das ist für Ida im Moment doch das Wichtigste!«

»Ach ja?« Hulda presste die blassblaue *Heidi*-Erstausgabe schützend an ihren Busen. »In *Heidi* geht's aber ebenfalls um Freundschaft und Vertrauen! Bitte sehr!« Auguste musste zugeben, dass es hinsichtlich des Einbands unentschieden stand: Hier beratschlagten sich Winnetou und Old Shatterhand traut vereint am Lagerfeuer, dort kuschelte sich Heidi an den Geißenpeter.

»Und? War Winnetou etwa ein Waisenkind?«, trumpfte Hulda auf.

»Nee, der hatte 'nen Vater. Intschu-tschuna. Und er hatte 'ne Schwester, Nscho-tschi.«

»Schwester gildet nich!« Hulda verfiel umgehend wieder in die Rolle der rigorosen Kinderfrau, die Auguste nur zu gut kannte. »Moment!« Nach kurzem Hin-und-Herblättern las Hulda triumphierend die gesuchte Stelle vor:

> Heidi schüttelte ganz bedenklich mit dem Kopf, als es vom Lesenlernen hörte.
> »Doch, doch, Heidi, natürlich musst du lesen lernen …«
> »Lesen kann man nicht lernen, es ist zu schwer.«
> »Heidi«, sagte nun die Großmama, »ich sage dir fest und sicher, dass du in kurzer Zeit lesen lernen kannst, wie eine große Menge von Kindern …«

»Schon gut!«, unterbrach sie Auguste, »hast gewonnen. Dann eben Hochgebirge statt Prärie.«

Eine halbe Stunde später saß Hulda neben dem schicken neuen *Gästebett im Schaukelstuhl, und Ida hatte sich,* den Plüschhund im Arm, in ihre Zudecke gekuschelt und lauschte gebannt.

Erstes Kapitel
Vom freundlichen Dorfe Maienfeld führt ein Fußweg durch grüne, baumreiche Fluren bis zum Fuße der Höhen, die von dieser Seite groß und ernst auf das Tal herniederschauen. Wo der Fußweg anfängt, beginnt bald Heideland mit dem kurzen Gras und den kräftigen Bergkräutern dem Kommenden entgegenzuduften, denn der Fußweg geht steil und direkt zu den Alpen hinauf.

Auguste hatte ein schlechtes Gewissen. Sie hätte Ida längst von Emils Tod erzählen müssen. Aber sie brachte es einfach nicht übers Herz. Morgen, schwor sie sich, morgen werd ich es ihr sagen; ganz bestimmt!

Hulda hatte in ihrer Küche ein Tablett mit Tee und Spritzgebäck zurechtgestellt. Als Auguste damit den Fahrstuhl betrat, warf Luis einen sehnsuchtsvollen Blick auf die Keksschale. »Hoher Besuch, wa?«

Auguste nickte. Unten im Hof saßen von Barnstedt, Jakob und Reginald Wündrich. Der Medizinstudent hatte die beiden Kommissare während der Ermittlungen im Schlangenfrau-Fall kennengelernt, und diesmal war ihm sein Anliegen zu heikel, um den offiziellen Weg zu gehen. Stattdessen hatte er Auguste eingeschaltet, und von außen sah das Ganze wirklich harmlos – wie ein privates Treffen – aus. Luis hätte natürlich allzu gern gewusst, was der genaue Anlass dieser ungewöhnlichen Zusammenkunft war, jedoch der Duft von Huldas frisch gebackenen Plätzchen besiegte seine Neugier. »Hast du 'ne Ahnung, wieso man die Dinger ›Flammende Herzen‹ nennt? Wo die doch weder rot sind noch die Form von Herzen haben?«

Auguste klaubte einen der handtellergroßen, gefüllten Spritzkuchen aus dem Teller und steckte ihn Luis zu. »Ich hab nicht die geringste Ahnung«, murmelte sie geistesabwesend, als sie den Aufzug verließ. Sie kannte sich mit Backwerk nicht mal ansatzweise aus, und ihr war heute nicht nach Luis' üblichem Geplänkel.

Als sie den Garten betrat, breitete Reginald gerade das *8-Uhr-Abendblatt* auf dem Tisch aus. »Mich hat schier der Schlag getroffen. Hier!« Er tippte auf die Überschrift: »*Zauberkünstler-Mörder richtet sich selbst!* Ich hab sofort, als ich das gelesen hab, den Autopsiebericht herausgesucht, und siehe da: Jemand hat meine Aufzeichnungen durch ein neues Blatt ersetzt, in dem von einer Einstichstelle und Verdacht auf Fremdeinwirkung nicht die Rede ist.«

»Wer macht denn so was?«

»Bei uns im Institut geh'n alle möglichen schrägen Vögel aus und ein. Wenn da jemand zum Beispiel einem von den Leuten, die da saubermachen, 'n Taler zusteckt, dann ist so 'n Zettel schwuppdiwupp verschwunden oder ausgetauscht.« Reginald zuckte mit den Achseln. »Wer so wenig für seine Arbeit kriegt wie die, die bei uns Tag für Tag das Blut aufwischen und Eingeweide und Körperteile in 'n Ofen stecken, der freut sich über jeden Pfennig, der dazukommt.«

Jakob schüttelte ungläubig den Kopf. »Und der diensthabende Arzt hat das einfach unterzeichnet?«

»Na ja, das ist insofern logisch, als Emil ohne Zweifel noch gelebt hat, als man ihn erhängt hat. Dass er sich den aus seinem Oberhemd zurechtgedrehten Strick nicht selbst um den Hals gelegt hat, war anhand der Spuren nicht ersichtlich. Ich hab die Einstichwunde schließlich erst gefunden, als der Arzt weg war.«

»Und warum hast du ihn nicht sofort darauf angesprochen?«

»Den? Den interessiert der Tod von 'nem einfachen Kutscherjungen nicht die Bohne. Und Scherereien mit der Polizei und dem Gefängnispersonal sind das Letzte, was der riskieren würde. Der Doktor ist, wie ich das seh, nichts weiter als 'n ausgemachter Faulpelz, der sich so wenig Arbeit macht wie irgend möglich. Aber genau deshalb halt ich es ja für ausgeschlossen, dass ausgerechnet der die Presse informiert hat. Der Schlummerkopp ruft garantiert nicht bei der Zeitung an und macht sich damit unnötigen Ärger.«

»Und wieso die ganze Heimlichtuerei? Wieso haben Sie das mit dem geänderten Bericht nicht sofort Strassmann angezeigt?« Von Barnstedt war das Ganze nicht geheuer. Zuerst ein Selbstmord im Polizeigefängnis, dann Augustes merkwürdige Fotografie und nun noch ein gefälschter Autopsiebericht? »Und überhaupt«, brummte er und griff in die Keksschale, »warum sind Sie nicht einfach zu uns ins Präsidium gekommen?«

»Erstens ist Strassmann zu 'nem Vortrag unterwegs, und zweitens hab ich keine Ahnung, wie jemand – oder besser gesagt: *wer* – den Autopsiebericht manipuliert hat!« Reginald redete sich regelrecht in Rage. »Und drittens hab ich umgehend Auguste angerufen und nicht Sie, weil offensichtlich jemand alles dafür tut, den Mord an Klingbeil Emil Krause anzulasten. Wenn einer sich sogar die Mühe macht, den Autopsiebericht des angeblichen Mörders abzuändern, dann reicht der Arm desjenigen über das Leichenkommissariat hinaus vielleicht noch sonst wo hin.«

»Keine Bange, Sie haben vollkommen recht.« Jakob klopfte Reginald beruhigend auf die Schulter. »Mir kam das Ganze von Anfang an nicht ganz geheuer vor. Auch diese penetrante Lina Hancke mit ihren aufgedrehten Mädchen vom Ballett. Das war doch ganz eindeutig 'ne Inszenierung.«

»Und nicht zuletzt ist Emil unter eurem Dach ermordet worden«, ergänzte Auguste, »in Polizeigewahrsam! Da ist es für die Karriere von diesem … Schlummerkopp vielleicht besser, mit dem Wissen, dass da was verschleiert werden soll, hinterm Berg zu halten.«

Von Barnstedt knabberte unglücklich an seinem dritten oder vierten Flammenden Herzen herum. Reginald Wündrich war nicht auf den Kopf gefallen, und Jakob hatte bedauerlicherweise recht: Der Auftritt der Mädchen hatte einstudiert gewirkt. Und der angeblich zufällig gefundene Prospekt des Zauberladens in der Blumenstraße passte nur allzu gut in diese Inszenierung. »Aber das alles, um den Mord an einem Taschenspieler einem unschuldigen Kutscherjungen anzulasten? Wer könnte denn an so etwas Interesse haben?«

Reginald zuckte mit den Achseln. »Der Theaterdirektor?«

»Jacques Glück?« Jakob schüttelte den Kopf. »Nee, der hat den Stein ja erst ins Rollen gebracht. Für den wär es ein Leichtes gewesen, die Angelegenheit als Bühnenunfall abzutun.«

»Wo ist der Tote …?«, Auguste unterbrach sich erschrocken. Ihr wurde erneut schmerzhaft bewusst, dass es hier um Emil ging, um diesen wunderbaren, aufgeweckten Jungen mit den großen Plänen, den Jungen, der die Welt ein bisschen besser machen wollte und der für Ida offenbar eine Art Schutzengel gewesen war. Gleichzeitig war ihr klar, dass sie das Kommende nur dann ertragen konnte, wenn sie bereit war, all ihre persönlichen Gefühle hintanzustellen. Sie straffte sich unwillkürlich. »Wo ist denn Emils Leichnam jetzt?«

Zwei Stunden später schloss Reginald eine unscheinbare Seitentür in der Hannoverschen Straße auf und legte beschwörend den Finger auf den Mund. »Um diese Zeit ist hier im Institut zwar kein Mensch mehr – jedenfalls kein lebendiger –, aber der Teufel ist ein Eichhörnchen.«

Auguste fragte sich, warum sich der Teufel ausgerechnet so ein possierliches Tierchen als Erscheinungsform aussuchen sollte. Am Nüssesammeln konnte es nicht liegen, denn so was tat man als Teufel nicht. Und einen hübschen roten Puschelschwanz hatte sie ebenfalls noch nie bei einer Teufelsdarstellung gesehen. Während sie den Gedanken weiterspann und auch für jenen Kuhschwanz, den der Teufel auf den meisten Bildern hatte, keine Erklärung fand, wurde ihr klar, dass sie sich nur mit derart blödsinnigen Fragen auseinandersetzte, um das Gruseln zu unterdrücken, das sie in den düsteren, nächtlich verlassenen Gängen des Forensischen Instituts überkam. Bangbüx, würde Jakob sagen.

Reginald schleppte den schweren mikrophotographischen Apparat, den er für die Nahaufnahmen aus Robert Kochs Institut stibitzt hatte, und fand sich im Gegensatz zu Auguste wie eine Eule im Dunkeln zurecht. In einem Seitengang warteten etliche Totenbahren auf ihre Verwendung.

»Vorsicht, nicht stolpern!«

Prompt stieß Auguste eine davon an, im Nu kamen die anderen ins Rollen, und sie wäre um ein Haar mitsamt ihrer Ausrüstung der Länge nach hingeschlagen. »Puh, Gott sei Dank sind die Dinger leer.«

»Und wenn schon. Tote sind weitaus genügsamer als Lebende.«

Obwohl sie sein Gesicht nicht sehen konnte, spürte Auguste, dass Reginald grinste. Als sie im Kühlraum ankamen, schloss er die Tür und knipste die Deckenleuchten an. Hier gab es keine Fenster, die nächtliche Passanten womöglich auf ihre heimliche Aktion aufmerksam machen könnten. Auguste atmete trotz des Übelkeit erregenden Geruchs, der hier herrschte, erleichtert auf.

»Voilà! Mein Arbeitsplatz!« Reginald präsentierte mit ausladender Geste – und unverkennbar stolz – das alles andere als heimelige Ambiente. »Halt uns die Daumen, dass der Hausmeister schläft und die Sanitätstruppe nicht mit 'ner frischen Leiche aufkreuzt.«

Es dämmerte bereits, als Auguste nach Hause kam. Zu ihrer Erleichterung war Jakob dageblieben, nachdem von Barnstedt gegangen war. Da sie ihr Zimmer neuerdings mit Ida teilte, hatte er es sich, so gut es ging, auf der Chaiselongue im Wohnzimmer bequem gemacht. Schlaftrunken richtete er sich auf. Auguste setzte sich neben ihn, er nahm sie wortlos in den Arm, und sie bettete ihren Kopf auf seine Brust. Sie atmete ein paarmal tief durch und lauschte seinem Herzschlag. »Alles gut gegangen«, murmelte sie, »nur ein paar Minütchen Ruhe. Ich will die Nahaufnahmen von der Einstichstelle nämlich … noch eben schnell … entwickeln.«

Als sie wieder aufwachte, war Jakob verschwunden, und sie lag an seiner Stelle sorgfältig zugedeckt auf der Chaiselongue. Am Fußende stand die kleine Ida in ihrem neuen Nachthemd, den Plüschhund unterm Arm. »Tante Hulda sagt, Frühstück ist fertig.«

Polizeisekretär Mielke sprang dienstfertig auf, als Jakob den Gang zur Abteilung VI herunterkam. »Oh! Der Herr Kriminalassistent sehen aus, als könnt er 'nen Kaffee vertragen.« Er buckelte devot. Normalerweise wäre Jakob diese übertriebene Unterwürfigkeit aufgefallen: Mielke war nicht viel jünger als er, und er neigte nicht zu allzu großer Ehrerbietung einem simplen Assistenten gegenüber. Doch Jakob war an diesem Morgen viel zu übermüdet, um hinter Mielkes ungewöhnlichem Verhalten Unrat zu wittern. »Danke«, brummte er verschlafen. Nachdem Auguste auf der Chaiselongue fest eingeschlafen war und er sie weder wecken noch an ihrer Stelle ihr Bett in Beschlag nehmen wollte, hatte er neben der Chaiselongue auf dem Fußboden genächtigt. Letzteres erwies sich im Nachhinein als denkbar schlechte Idee: Sein Rücken schmerzte, und sein leerer Magen rebellierte, nachdem er sich am Morgen ohne Frühstück aus dem Haus geschlichen hatte. Mielkes mit vier Stück Zucker angereicherter Kaffee unterdrückte zwar den Hunger, war jedoch, was die Rückenschmerzen anging, in keiner Weise hilfreich. Ein wenig Hingfong ist in dieser Hinsicht vielversprechender, dachte sich Jakob. Und schließlich hatte ihm von Barnstedt bereits mehr als einmal davon angeboten. Deshalb würde sein Vorgesetzter es bestimmt nicht als respektlos oder ungebührlich ansehen, wenn er sich ausnahmsweise ungefragt an seinem Allheilmittelchen bediente.

Als Jakob auf der Suche nach den Tropfen von Barnstedts oberste Schreibtischschublade aufzog, erstarrte er: Briefbogen, Formulare und Freimarken lagen wild durcheinander und nicht wie üblich säuberlich geordnet in den einzelnen Fächern! Zweifellos hatte jemand hier irgendwas gesucht! Und schnell war klar, um was es sich gehandelt hatte: Eine der Aufnahmen, die Auguste auf dem Rollboden gemacht hatte, fehlte! Eines der Bilder mit dem seltsamen Mischwesen aus Elfe und Engel! »Verdammt noch mal, wer hat denn hier seine Pfoten …?«

Die Bürotür war offen, und Friedhelm Mielke stand im Flur, direkt davor. Er hatte die Arme vor der Brust verschränkt, studierte überaus konzentriert den Dienstplan an der Wand und gab vor, von alldem nichts zu sehen und zu hören. Er hatte diesen hübschen Zeitungsvolontär erst kürzlich bei Hannemanns in der Alexandrinenstraße kennengelernt. Als der charmante junge Mann erfuhr, dass Mielke im Polizeipräsidium ein und aus ging, hatte er ausgesprochen überzeugend dargelegt, dass man als treuer Staatsdiener geradezu verpflichtet war, die freie Presse als ein allerhöchstes Gut zu unterstützen. Es war, so hatte er behauptet, nicht recht, der Öffentlichkeit wichtige Erkenntnisse vorzuenthalten! Er – Friedhelm »Friedchen« Mielke – lasse sich daher streng genommen nichts zuschulden kommen, wenn er ihm als Vertreter jener freien Presse gelegentlich mit einem kleinen Hinweis oder Handfesterem bei der Arbeit half.

Mielke starrte den Dienstplan an, bis die Buchstaben und Zahlen vor seinen Augen zu tanzen begannen, und versicherte sich ein ums andere Mal, dass er nichts weiter als seine staatsbürgerliche Pflicht getan habe.

Staatsanwalt von Koschwitz warf Augustes Aufnahmen achtlos auf seinen Schreibtisch. »Das da«, er wies auf die Fotografie des seltsamen Flügelwesens, »das ist nichts weiter als ein Lichteinfall. Oder ein merkwürdig geformter Schmutzfleck auf der Linse! Kennt man doch!«

»Und das hier? Ist das etwa auch ein Schmutzfleck?« Von Barnstedt tippte nachdrücklich auf die Nahaufnahmen der Einstichwunde in Emils Armbeuge.

Doch von Koschwitz reagierte lediglich mit einem Achselzucken. »Von Barnstedt, finden Sie sich damit ab: Der Fall ist geklärt, und die Sache geht ad acta. Es ist nicht unüblich, dass man Gefangenen, die randalieren, eine Injektion verpasst, damit sie Ruhe geben.«

»Ich war doch dabei! Emil Krause hat sich widerstandslos in Gewahrsam nehmen lassen!«

»Im Protokoll steht aber was von Fluchtversuch! Und überhaupt: Vielleicht hat er es sich beim Anblick seiner Einzelzelle anders überlegt.«

»Aber wenn er, so wie Sie sagen, randaliert hätte, dann hätte man doch Hinweise darauf an seinem Körper finden müssen: Kampfspuren, blaue Flecken oder Ähnliches.«

»Dass sich so etwas nicht gefunden hat, beweist doch nur, dass der Gefangene umgehend ruhiggestellt werden konnte.«

Nein, das beweist das ganz und gar nicht, dachte von Barnstedt. Und es erklärt vor allen Dingen nicht den nachträglich manipulierten Autopsiebericht. Er redete bereits seit einer halben Stunde vergeblich auf von Koschwitz ein: Offenbar wollte der Staatsanwalt den Fall partout zu den Akten legen. Einen letzten Versuch jedoch war er sich selbst – und nicht zuletzt auch Emil Krause und dessen Familie – schuldig. »Herr Staatsanwalt, ich möchte noch einmal betonen, dass von Widerstand oder Randale und erst recht nichts von einer Beruhigungsspritze in den Unterlagen steht. Als Emil Krause nach der Einvernahme in die Zelle gebracht wurde, war der Arzt nicht einmal mehr im Gebäude.«

»Mein lieber Freund …«

Ich bin nicht Ihr Freund, dachte von Barnstedt. Er kochte innerlich, und es gelang ihm nur mit Mühe, die Contenance zu wahren.

»Mein lieber Freund, Sie wissen doch, wie so was läuft: Jemand kommt spät zum Dienst und füllt in Eile und ohne sorgfältige Prüfung der Gegebenheiten die Papiere aus. Und sehen Sie: Der Arzt – ein guter Freund von mir – war in der Tat schon auf dem Heimweg. Aber er hatte seinen Schirm im Sanitätsraum stehen lassen und ist rein zufällig noch mal zurückgekommen. Dass er bei der Gelegenheit den Wachleuten behilflich war, wurde ganz einfach nicht im Protokoll vermerkt.«

»Sie haben den Arzt persönlich befragt?« Das wurde ja immer kurioser! »Herr Staatsanwalt, ich bitte dennoch höflichst, im Mordfall Klingbeil ein paar weitere Nachforschungen vornehmen zu dürfen. Es wären noch etliche Zeugen zu befragen, und es gilt, was Emil Krauses Tod angeht, den ganzen Ablauf sorgfältig zu rekonstruieren, das heißt herauszufinden, wer wann wo genau …«

»Mein Bester, kann es sein, dass Sie sich diese Sache viel zu sehr zu Herzen nehmen?«

Von Barnstedt wollte etwas erwidern, überlegte es sich dann jedoch anders und schaute schweigend aus dem Fenster. Es ärgerte ihn maßlos, dass von Koschwitz scheinbar in ihm lesen konnte wie in einem offenen Buch. Natürlich nahm er sich den Fall zu Herzen! Ganz abgesehen davon, dass er fest von Emil Krauses Unschuld überzeugt war, gab es da schließlich noch die kleine Ida: Das Mädchen wusste etwas, das war offensichtlich. Es bei sich aufzunehmen, ohne die Jugendhilfe einzuschalten, verstieß zwar gegen geltendes Gesetz, doch wer, wenn nicht Auguste Fuchs oder die nette Hulda Preissing, konnte das Kind, so wie er hoffte, irgendwann zum Sprechen bringen?

Als er beharrlich weiterschwieg, lehnte von Koschwitz sich in seinem Schreibtischstuhl zurück und faltete die Hände über seinem Bauch. »Von Barnstedt, sehen Sie:

Die Aussagen der Theaterleute, die Skizze, die der junge Krause in diesem Zauberutensilien-Katalog gemacht hat, und vor allen Dingen die Tatsache, dass praktisch nur er selbst sich mit dem Käfigmechanismus auskannte, hätte vor Gericht mit Sicherheit für einen Schuldspruch ausgereicht. Betrachten Sie doch Emil Krauses Freitod bitte mal als das, was er ganz ohne Zweifel ist: ein Eingeständnis seiner Schuld und der gelungene Versuch, sich einem Tod am Galgen zu entziehen.«

# Kapitel 8

In der Nacht lasen zwei Schutzpolizisten nicht weit vom Viktoriapark eine hilflose junge Frau auf und brachten sie mit einem kräftigen Schluck Branntwein wieder einigermaßen zu Bewusstsein. Sie roch nach Erbrochenem, ihr Kleid war blutbefleckt und zerrissen, und sie hatte Schürfwunden an Händen, Armen und Beinen.

»Musst dir deine Freier schon 'n bissken sorgfältijer aussuchen, Kleene.«

»Oder hat dich dein Lude so zujerichtet?«

»Willst 'n anzeijen?"

Lina Hancke schüttelte den Kopf, und nach einem weiteren Schluck Branntwein schleppte sie sich wortlos davon. Die inneren Verletzungen schmerzten bei jedem Schritt, aber sie kämpfte jeden Klagelaut nieder: Jetzt galt es – egal wie weh es tat – so schnell wie möglich einer Schwangerschaft zuvorzukommen.

»Au Backe, das musste dir mal ansehen!« Vor der Bedürfnisanstalt am Chamissoplatz stand ein nächtlicher

Kneipenbummler und knöpfte seine Hose zu. »Die Nutten hier sind auch nich mehr das, was sie mal waren.«

»Voll wie 'ne Haubitze«, stellte sein Begleiter fest, als er die Rotunde verließ, »da kann einem der Spaß vergehen.«

Im Apollo-Theater waren es um diese Zeit noch genau zwanzig Minuten bis zu ihrem Auftritt, und Lina Hancke war noch immer nicht im Haus. Die junge Frau war bei den Kolleginnen im Apollo-Theater zwar mehr gefürchtet als beliebt, aber die Tänzerinnen fingen trotzdem an, sich Sorgen zu machen. »Ich versteh das nicht. Die Lina hat noch nie 'ne Vorstellung versäumt.«

»Vielleicht isse krank.«

»Ach was! Die war die ganze Zeit doch mopsfidel!«

»Die kriegt im Winter nich mal Husten oder Schnupfen.«

»Jenau. Det is 'n zähet Luder, die schmeißt so leicht nischt ausse Bahn.«

Der Ballettmeister war deutlich weniger um Lina Hanckes Befindlichkeit als um den Fortgang der Abendvorstellung besorgt. »Rieke, kriegst du Linas *La-Paloma*-Solo hin?« Vor lauter Aufregung vergaß er kurzfristig sogar seinen französischen Akzent.

Die mit Rieke Angeredete schob schmollend die Unterlippe vor. »Muss det sein?«

»Ja, nu mach hier keene Puffschnute! Ja oder nein?«

»Wenn 't sein muss!« Rieke war von der Aussicht auf zusätzliche Arbeit nicht gerade begeistert. »Aber der Lina ihr Fummel is mir mit Sicherheit zu lang!«

»Mon Dieu, denn lüpfste det Ding eben bissken höher. Die Herren im Parkett werden ihre Freude dran haben!«

Rieke warf sich leise fluchend in Linas kunterbuntes Rüschenkleid, und während ihr die Theaterfriseuse die schwarze Perücke aufsetzte, übte sie noch rasch vor dem Spiegel den frivolen Augenaufschlag, der nach Ansicht des Ballettmeisters für eine Habanera unerlässlich war. »Und sieh zu, det de nich uffe Neese fällst!«, rief der ihr hinterher, als sie in Richtung Bühnengasse verschwand.

*»Si a tu ventana llega una paloma, trátala con cariño que es mi persona«*, sang der Tenor. Er trug – ebenso wie die Musiker – ein Torerokostüm, und das Corps de Ballet stellte im Hintergrund eine kubanische Straßenszene dar. Am Ende der ersten Strophe landete eine von Klingbeils dressierten Tauben auf der Schulter des Sängers, und als Rieke beim Refrain – *»Ay chinita que si …«* – lasziv auf die Bühne scharwenzelte, erntete sie sogar Auftrittsapplaus.

Während Rieke sich in der Begeisterung der Zuschauerinnen und Zuschauer suhlte, verlor die Witwe Ploddeck endgültig die Geduld: Lina Hanckes Vermieterin lag bereits seit Stunden wach. Jetzt wälzte sie sich aus ihrem Bett, holte den Schrubber aus der Besenkammer und bummerte lautstark mit dessen Stiel auf ihren Fußboden. »Es reicht!«, brüllte sie, außer sich vor Wut, »bei dem Radau kann kein Mensch schlafen!« Sie drückte gegen einen angemessenen Aufpreis gern ein Auge zu, wenn unzweideutige Geräusche aus dem Souterrain hinauf in ihre Wohnung drangen. Doch heute übertrieb das Fräulein Hancke es gewaltig: Das Stöhnen nahm diesmal kein Ende, und Witwe Ploddeck nahm sich vor, die kleine Hure gleich am nächsten Morgen rauszuschmeißen.

Als ihre Untermieterin um kurz nach sechs nicht auf ihr Klopfen reagierte und der Zimmerschlüssel innen steckte, beschlich sie allerdings ein mulmiges Gefühl.

Die beiden rasch herbeigerufenen Schutzmänner bemühten sich nach Kräften, die junge Frau auf dem Bett ins Leben zurückzuholen. Doch für Lina Hancke kam jede Hilfe zu spät.

Ein Fläschchen mit Karbolsäure stand auf ihrem Nachttisch, daneben lag die sogenannte »Mutterdusche«, ein birnenförmiges Klistier aus rotem Gummi, das zum Einführen einer Wasser-Säure-Mischung diente und genau das Gegenteil von Mutterschaft bewirken sollte.

»Wieder eene«, brummte der ältere der beiden Schutzmänner und bekreuzigte sich. »Armet Ding.«

»Ja nu. So wat kommt von so wat«, konstatierte der jüngere und wandte sich an die Dame des Hauses: »Wenn gnä' Frau denn mal so jut wär'n und 'n Dokter rufen würden?«

Den Schürfwunden an Lina Hanckes Extremitäten maß der Arzt keine besondere Bedeutung zu. »Kommt ja nicht selten vor, dass Straßendirnen sich mit ihresgleichen prügeln. Und dass sich Huren beim Versuch, Schwangerschaften zu verhindern, selbst verletzen, ist nicht ungewöhnlich.« Doktor von Riebenow entschied, dass keine weitere Untersuchung nötig war. Ein Fremdverschulden lag aus seiner Sicht nicht vor, und Lina Hanckes Tod war, wie er der Witwe Ploddeck gegenüber feststellte, »das übliche Ergebnis eines liederlichen Lebenswandels.«

Von Barnstedt hatte in dieser Nacht fast bis zum Morgengrauen in seinem noblen Herrenclub in der Thiergartenstraße ausgeharrt, um Utz von Wulkenzien und Graf Teubnitz so diskret wie möglich über Staatsanwalt von Koschwitz auszufragen. Und dabei hatte er eindeutig viel zu viel von einer teuren Beerenauslese mit Namen Deidesheimer Kieselberg getrunken.

»Der '93er ist ein Jahrhundertwein!« Der Graf hatte sein Glas gegen das Licht gehalten, dem Inhalt eine »kräftige braun-güldene Farbe« attestiert und auf seinem ersten Schluck herumgekaut wie auf einem zähen Schnitzel.

»Mhmmm«, von Wulkenzien ließ sich nicht lumpen und setzte mit »Karamellige Süße und viel Finesse und Länge am Gaumen« nach.

Von Barnstedt trank lieber ein gut gekühltes Schultheiß-Bier. Er hatte »In der Tat« gemurmelt und versucht, dabei begeistert auszusehen. Zu seinem Unglück hatten die beiden Herren daraufhin eine Flasche nach der anderen geordert. Das würde sich im Lauf des Tages rächen, so viel stand fest! Und was die beiden über Staatsanwalt von Koschwitz zu sagen hatten, war leider herzlich unergiebig.

»Ein feister Hagestolz, der seine Karriere weniger den Abschlussnoten seiner juristischen Examina zu verdanken hat als den Beziehungen seiner Mutter zum Hause Hohenzollern«, hatte von Wulkenzien erklärt. »Sie soll eine Busenfreundin unserer Kaiserin sein und ihr in Sachen Frömmigkeit in nichts nachstehen. Kaum eine Kirche in Berlin wird eingeweiht ohne Babette von Koschwitz' künstlerisch wertvolle Miserikordienbildchen.«

»Die Dame malt?«

»I wo!« Dem Grafen Teubnitz merkte man zu fortgeschrittener Stunde den exzessiven Zuspruch zu der Deidesheimer Beerenauslese deutlich an. »Die Koschwitz lässt den Schmerzensmann von irgendwelchen jungen Pinselquälern malen und nennt das Ganze ›Förderung der schönen Künste‹.«

»Jedermann weiß, dass das Babettchen bei den Herren noch ganz andere ›Künste‹ fördert.«

»Oder *fordert*!« Von Wulkenzien hatte gekichert und gleich noch einen schlüpfrigen Wirtinnenvers hinterhergeschickt. Von Barnstedt hatte wie immer pflichtschuldig mitgelacht, obwohl er schon seit Stunden an nichts anderes als sein Zuhause, seine Katze Mullemaus und an das kühle Bier in seiner Speisekammer dachte.

Endlich zu Hause in der Fichtestraße, leerte er gemeinsam mit seiner Katze ein Glas Rollmöpse, und als der Wecker klingelte, rief er Polizeisekretär Mielke an, erklärte, er habe den Vormittag über mit Ermittlungen außer Haus zu tun, und kroch unter sein Federbett. Als Mullemaus sich schnurrend an ihn kuschelte, war er bereits tief eingeschlafen.

Auguste machte es nichts aus, früh aufzustehen, im Gegenteil: Sie genoss die Stille und Ungestörtheit, wenn im Haus noch alles schlief. Sie schlich auf Zehenspitzen an Idas Faltbett vorbei und nahm ihre Fahrradkleidung mit ins Badezimmer, um nicht noch mal zurückzumüssen und die Kleine womöglich aufzuwecken. Unten in der Pension war Huldas Kaltmamsell dabei, den Tisch für die Gäste zu decken. »Frühstück ist sofort fertig, Fräulein Guste.«

»Danke, Dorchen. Ich trink nur eben eine Tasse Milch.«

Dora holte den Milchtopf aus der Speisekammer und nutzte die Gelegenheit, um nach dem neuen Gast im Hause Fuchs zu fragen. »Bleibt denn das kleine Mädelchen ab jetzt für immer hier?«

»Nein, nur bis Jakob und der Kommissar die Familie oder Pflegestelle gefunden haben, wo sie hingehört.«

»Schade. Ihr Vater freut sich so darüber, dass er jemanden hat, mit dem er über Bienen reden kann und so.«

»Ja. Danke für die Milch. Und bis nachher.«

Auguste trank ihr Glas in aller Eile leer und sah zu, dass sie wegkam: Huldas Kaltmamsell war so etwas wie die wandelnde Klatschzeitung der Friedrichstraße. Da war es besser, wenn sie nicht zu viel über die kleine Ida wusste.

Im Regierungsviertel entlang der Wilhelmstraße war zu dieser frühen Stunde noch nicht viel los. Erst hinter dem Halleschen Tor wurde der Verkehr lebhafter, und rund um die Marheineke Markthalle herrschte bereits emsiges Treiben. Während ein paar Nachzügler noch ihre Waren entluden, standen die ersten Küchenmädchen bereits an, um das frischeste Gemüse und die fettesten Havelzander zu ergattern.

Als Auguste an den Friedhöfen entlang der Bergmannstraße vorbeiradelte, wurde ihr erneut schmerzlich bewusst, dass es keine Worte gab, die Magda Krauses Schmerz und den der anderen Familienmitglieder lindern könnten. Dennoch blieb sie bei ihrem Entschluss, die Post-mortem-Fotografien, die sie von Emils

Vater gemacht hatte, persönlich zu übergeben. Und vielleicht war es für die Krauses ein wenig tröstlich, dass Jakob, von Barnstedt und sie selbst der Überzeugung waren, dass Emil weder Adolf Klingbeils Mörder war noch sich selbst gerichtet hatte.

Magda Krause sah blass und elend aus, aber sie empfing Auguste mit gewohnter Herzlichkeit. Die beiden Frauen saßen eine Zeit lang schweigend am Tisch. Die üblichen Beileidsfloskeln wollten Auguste nicht über die Lippen kommen. »Ich hab Emil zwar nur kurz kennenlernen dürfen«, sagte sie stattdessen, »aber ich hab ihn sehr gemocht.«

»Glauben Sie an ein Leben nach dem Tod, Fräulein Fuchs?«

»Ich weiß nicht«, Auguste zögerte, »und ich hab nicht die geringste Ahnung, wie das funktioniert mit Himmel oder Hölle und mit Petrus, der am Tor steht und nach unseren Sünden fragt.«

»Hm.« Magda Krause faltete unbewusst die Hände auf der Tischplatte und runzelte die Stirn. »Bis dahin hat man seine Sünden vielleicht sowieso vergessen. Und wenn einer katholisch ist und immer brav gebeichtet hat, dann hat man dem die Sünden sowieso schon längst vergeben.«

»'n bisschen ungerecht gegenüber den Evangelischen, oder?«

»Ja. Aber was der Pastor in der Kirche sagt, klingt sowieso furchtbar weit weg: Jüngstes Gericht und Ewigkeit und Auferstehung … Das ist doch alles lange hin. Ich frag mich, ob man, wenn man tot ist, nicht trotzdem noch was denkt und fühlt und sieht und hört.«

Auguste dachte an den kalten, bleichen Körper auf der Bahre in der Charité und daran, dass das nicht mehr Emil war; dass das, was ihn ausgemacht hatte – Humor und Hilfsbereitschaft, enorme Wissbegier und Glauben an eine verheißungsvolle Zukunft –, eindeutig aus der Wahrnehmung der Lebenden verschwunden war. »Ich weiß es auch nicht. Ich weiß nur, dass man, wenn man träumt, was sehen kann, obwohl man ja die Augen zu hat. Und manchmal kann man, wenn man träumt, auch fliegen. Ganz ohne Flügel. An Orte, die man nie zuvor gesehen hat. Und manchmal trifft man, wenn man schläft und träumt, auch liebe Menschen, die in Wirklichkeit schon tot sind.«

»Ja.«

Die beiden Frauen hingen stumm ihren Gedanken nach.

»Kommissar von Barnstedt wird alles tun, was in seiner Macht steht, um alle Anschuldigungen gegen Emil zu entkräften«, versicherte Auguste, als sie sich zum Gehen anschickte.

»Das wär für uns das größte Glück.«

Sie wartete mit der Übergabe ihres Geschenks bewusst, bis sie sich vor dem Haus von Magda Krause verabschiedete. Sie hatte die Vergrößerung einer jener Aufnahmen, die sie im Garten gemacht hatte, rahmen lassen: Emil an den Zaun gelehnt, die Hand auf der Lehne eines der hübsch verzierten, weißen Gartenstühle, lächelnd und jung und voller Zuversicht und Lebensfreude.

Auguste war sich bewusst, dass mit dem Bild die frischen Wunden aufs Neue aufgerissen wurden, bevor es

– später einmal – trösten konnte. Aber es zeigte Emil, wie er seiner Familie im Gedächtnis bleiben sollte.

Sie hatte einen weiteren Abzug der Aufnahme so zurechtgeschnitten, dass Emils lächelndes Gesicht in ein silbernes Medaillon aus dem Nachlass ihrer Mutter passte. Für Ida. Der Kleinen vom Tod ihres Helden und Beschützers zu erzählen, empfand Auguste als noch schwieriger als den Besuch bei Magda Krause.

Der Kommerzienrat war an diesem Morgen bester Laune. Er hatte soeben sein Frühstücksei geköpft, die Oktobersonne ließ das Herbstlaub im Garten in allen Schattierungen von Gold und Rot aufleuchten, und die Aktien der »Deutschen Überseeischen Bank zu Berlin« entwickelten sich prächtig.

»Um Gottes willen, Viktor!« Als sein Kutscher eintrat und zu einem längeren Bericht ansetzte, hob er lachend die Hände. »Ersparen Sie mir die Einzelheiten!« Viktor Merthin pflegte die heikleren Dinge, mit denen der Kommerzienrat ihn gelegentlich beauftragte, stets zuverlässig und mit aller Diskretion zu erledigen; wozu sich also an einem so herrlichen Morgen in die schmutzigen Details ergehen? »Man dankt, Viktor. Und, sagen Sie, wie steht es mit der Kleinen und mit dieser Fotografin?«

»Ich kümmere mich drum.«

»Sehen Sie zu, dass sich für beides eine Lösung findet.«

»Selbstverständlich.« Der Kutscher verbeugte sich schwungvoll und war bereits in der Tür, als der Kommerzienrat ihn nochmals zu sich rief. »Viktor?«

»Gnädiger Herr?«

»Sie wissen, dass in beiden Fällen eine – sagen wir – ›nachhaltige‹ Lösung unabdingbar ist?«

Viktor Merthin hätte den Kommerzienrat gern dazu genötigt, mit seinen Anweisungen präziser zu werden. Eine ›nachhaltige Lösung‹ konnte schließlich alles Mögliche sein: Einschüchterung, Erpressung, eine Lektion erteilen wie bei Lina Hancke oder ganz einfach Mord. Aber sein Dienstherr war bereits wieder in seine Morgenzeitung vertieft. Er nahm Viktor Merthins »Sehr wohl, gnädiger Herr« und seinen Abgang gar nicht mehr zur Kenntnis.

Die Witwe Ploddeck saß um diese Zeit am Küchentisch bei einer schönen Tasse Kaffee und diktierte sich eine Annonce für das *Tageblatt*: *Solventer Zimmerherr gesucht. Behagliches Heim in guter Gesellschaft.* Nie wieder eine Frau, schwor sie sich, und erst recht nicht eine junge! Einen Moment lang dachte sie darüber nach, dass sie das Stöhnen ihrer Untermieterin so gänzlich falsch gedeutet hatte. Vielleicht wäre das Mädel noch am Leben, wenn sich nicht Lust- und Schmerzenslaute auf fatale Weise ähnelten. »Ja nu«, sie seufzte und stand auf, »da hätte sich der liebe Gott eben was Klügeres einfallen lassen sollen.« Während die Zugehfrau im Souterrain das blutdurchtränkte Bettzeug abzog, suchte die Witwe Ploddeck im Adressbuch nach der Nummer des Theaters. »Herr Glück? Die Lina is gestorben letzte Nacht.«

»Was?! Das darf nicht wahr sein!«

»Wenn ich es sage, wird's schon stimmen, oder?«

»Und woran ist sie …?«

»Weiß ich nich. Und 'ne Familie hat se auch nich. Also wär gut, wenn Se 'n bisschen was dafür springen lassen würden, dass der Lina ihre Bude wieder flott gemacht wird. Die Matratzen sind total versaut, und Bettzeug und Bezüge kann ich auch wegschmeißen. Und dann wär da natürlich noch der Mietausfall.«

Viktor Merthins ansonsten zuverlässiger Gewährsmann kannte sich zwar in der Berliner Halbwelt bestens aus, aber damit, ein Atelier herauszufinden, in dem eine bestimmte Fotografin tätig war, war er eindeutig überfordert. Also hatte Merthin die Sache selber in die Hand genommen – vorsorglich in Zivil.

Als er den Fuchs'schen Laden betrat, schaute sich eine pausbäckige junge Dame gerade eine Reihe von Porträtaufnahmen an. »Bin ich hier nicht ein wenig unvorteilhaft getroffen?«

»Aber wie kommen Sie denn darauf?« Julius Fuchs kannte das Prozedere in- und auswendig: Kaum jemand fand sich auf Fotografien so schön, wie sie oder er zu sein glaubte. »Ich bitte Sie, mein Fräulein, im Gegenteil! Da sehen Sie doch ganz besonders entzückend aus!«

»Finden Sie?«

»Aber unbedingt!« Julius Fuchs verschwieg der drallen Blondine wohlweislich, dass seine Tochter im Labor geschummelt und die Rundung ihrer Wangen ungefragt ein wenig reduziert hatte. Ein bisschen Nachbesserung ließ die Taillen schmaler, die Nasen gerader oder die Büsten üppiger erscheinen, als sie waren, und den meisten fiel nach der dezenten Retusche nicht einmal auf, dass ihr Teint in Wirklichkeit keineswegs makellos oder das Haupthaar längst nicht mehr so voll war wie auf den Fotografien. Auch die mollige Kundin war nach ein paar weiteren Komplimenten zufrieden: Sie rauschte beglückt davon, und Julius wandte sich dem vermeintlich nächsten Kunden zu. »Und wie kann ich Ihnen helfen, mein Herr?«

Es war bereits das vierte Fotoatelier, das er an diesem Morgen aufsuchte, und Viktor Merthin hatte keine Lust mehr auf lange Vorreden. »Ist bei Ihnen vielleicht 'ne junge Frau beschäftigt?«

»Was? Wie bitte?« Julius Fuchs war derlei nicht gewöhnt. Er fragte die Kundschaft nach dem Namen, suchte ihre Bestellung zwischen den alphabetisch geordneten Couverts heraus, erklärte den Herrschaften, sie seien von ihrer besten Seite getroffen, und nahm das Geld entgegen. Alles, was von dieser Routine abwich, verunsicherte ihn; schließlich war ihm nicht entgangen, dass sein Gedächtnis ihn neuerdings immer öfter im Stich ließ und er manchmal einen Augenblick brauchte, um sich klarzumachen, wo er sich befand.

»Ob hier ein Fräulein arbeitet!« Da Julius mit der Antwort zögerte, nahm Merthin an, er habe es mit einem Schwerhörigen zu tun. »So um die zwanzig!«, brüllte er.

Julius hielt sich erschrocken die Ohren zu. »Ein Fräulein?«

»Ja! Dürfte schließlich recht übersichtlich sein, wie viele Angestellte Sie haben, oder?«

»Natürlich!« Julius mochte mitunter verwirrt sein, aber Merthins ungehobeltes Auftreten ließ bei ihm sämtliche Alarmglocken schrillen, und er war auf der Hut. »Ein Fräulein?« Julius tat, als überlege er angestrengt. »Nee, Fräuleins gibt's hier nicht. Im ersten und im zweiten Stock gibt es die Witwe Preissing, und im Mädchenzimmer gibt es eine Dora …« Julius fiel auf die Schnelle nicht ein, wie Huldas Kaltmamsell mit Familiennamen hieß. »Ähm, da gibt's ein Dorchen. Und obendrüber wohnt mein Gustchen. Und seit Neuestem unser kleines Häseken.«

»Aha!« Viktor Merthin hatte nicht übel Lust, den umständlichen alten Knacker beim Kragen zu packen und durchzuschütteln. »So genau wollt ich das nun auch wieder nicht wissen!«

»Ach so? Na, dann schönen Tag noch.« Julius Fuchs guckte so harmlos, wie er nur konnte. Als der komische Kerl verschwunden war, beschwor er sich, das Ganze nur ja nicht zu vergessen. Wie ein Verehrer hatte der Mann nicht gerade gewirkt, und wer sonst sollte sich nach seiner Tochter erkundigen, ohne ihren Namen zu wissen? Das Ganze war verdächtig, und Julius war entschlossen, Auguste sofort, wenn sie nach Hause kam, von diesem Vorfall zu berichten. Kurz darauf betrat ein Ehepaar mit vier Kindern den Laden. Die lieben Kleinen begannen auf der Stelle, sämtliche Schubladen aufzuzerren und deren Inhalt zu untersuchen. Die Herrschaften holten die bestellten Aufnahmen ab, und als sich die Ladentür hinter ihnen schloss, atmete Julius erleichtert auf. Das Intermezzo mit dem seltsamen Besucher hatte er da bereits vergessen.

»Ida, ich muss dir was sagen …«

Die Kleine saß still und kerzengerade da, als Auguste ihr am Abend vor dem Schlafengehen erzählte, dass

Emil nicht mehr am Leben war. Dass sie nicht zu weinen anfing, war für Auguste beinahe noch schlimmer, als wenn sie ihrem Kummer freien Lauf gelassen hätte.

»War er denn krank?«

»Nein, er war …« Auguste wusste nicht, was sie sagen sollte. Sie hob hilflos die Hände. »Er war nicht krank, Ida. Und Jakob und der Kommissar und der nette Reginald mit der Studentenmütze und ich … Wir wissen noch nicht genau, was ihm passiert ist.«

»Die bösen Männer haben das getan, ja?«

»Wen meinst du?« Auguste hielt den Atem an.

»Die, von denen ich niemand was sagen darf. Emil hat gesagt, dass sie mir und den anderen sonst was Schlimmes tun.«

Auguste hätte am liebsten tausend Fragen gestellt; sie hätte Ida am liebsten gesagt, dass die bösen Männer ihr bestimmt nichts anhaben konnten, weil jetzt alle im Haus auf sie aufpassten.

Aber Ida saß wie versteinert da und starrte in eine unbekannte Vergangenheit. Oder eine wie auch immer geartete, grausame Zukunft. In ihren Augen lag blanke Angst.

Auguste war klar, dass Worte sie jetzt nicht erreichen konnten. Stattdessen nestelte sie das Silberkettchen ihrer Mutter aus der Rocktasche, klappte das Medaillon mit Emils Porträt darin auf und legte es in Idas Hände. Die Kleine erwachte bei Augustes Berührung wie aus einer Trance.

Dann nahm sie das Medaillon hoch und drückte einen Kuss auf das Bild.

## KAPITEL 9

Im Schloss feierte man am Abend dieses 18. Oktober in kleinem Kreis den ersten Spatenstich zum Bau der Trinitatiskirche, und die Kaiserin ließ sich den Fasan im Speckmantel schmecken. Die Grundsteinlegung am Nachmittag war von langer Hand geplant, und da Ihre Majestät die Patronage übernommen hatte, war an ein Fernbleiben trotz ihrer fortgeschrittenen Schwangerschaft und trotz des ekelhaften Nieselregens nicht zu denken gewesen. Majestät hatte tapfer frierend auf dem Bauplatz ausgeharrt, und es hieß, sie habe frömmigkeitshalber sogar ihren neuen Hut geopfert: Die ausgestopfte weiße Taube – feinsinnig zwischen perlgrauen Samtblüten eingearbeitet als Symbol des Heiligen Geistes – habe nach kurzer Zeit die präparierten Flügel hängen lassen, und »Kirchen-Guste« sei eine unschöne Mischung aus Regen und Arsenik über die Hutkrempe getropft. Aber vielleicht handelte es sich bei dieser Episode auch nur um den an Fürstenhöfen üblichen Klatsch und Tratsch.

Baronin Babette von Koschwitz – Meisterin dieses Fachs – pflegte mit derlei Anekdoten immer wieder gern ihre Nähe zur Monarchin zu dokumentieren. Wobei Nähe nicht gleichbedeutend mit Zuneigung war. Aber als intime Kennerin des außerehelichen Geschlechtslebens Seiner Majestät Wilhelms II. und der entsprechenden Entourage fiel es »Babettchen« nicht schwer, bei dessen Gattin Gehör zu finden. Und bei Faisan rôti und einem reifen Rotwein aus dem Burgenland ließ sich erfahrungsgemäß gut plaudern. »Wenn Majestät erlauben, möchte ich nochmals auf meinen Sohn zu sprechen kommen.«

»Nur zu«, ermunterte sie die Kaiserin, auch wenn sie vermutlich »Nicht schon wieder!« dachte.

»Es gibt in seinem Umfeld eine ganze Reihe undankbarer und missgünstiger Geschöpfe, die sich im Hinblick auf Herrmann und seine Entscheidungen der übelsten Nachrede befleißigen. Allen voran ein gewisser Kommissar …«

Zu Babette von Koschwitz' Ärger fiel ihr eine der Hofdamen ins Wort: »Meine Liebe, ich fürchte, Sie überschätzen Ihrer Majestät Herzensneigung für Belange der Justiz und Polizei«, und wie zum Beweis für diesen Einwand lenkte die Kaiserin das Tischgespräch auf die neuesten Heiratspläne ihres Bruders Ernst Günther und ihre Sorge, er könne erneut eine Mischehe mit einer Katholischen in Erwägung ziehen.

Babette von Koschwitz machte sich seufzend über die Reste des vorzüglich gewürzten Sauerkrauts auf ihrem Teller her und rief sich die Worte der Fürstin von Pless ins Gedächtnis: Die Kaiserin sei eine Kuh, die kalbt, langsam Gras frisst und wiederkäut.

Für die Belange ihres Sohnes war zweifellos ein anderes Kaliber als eine holsteinische Milchkuh notwendig, das würde sie Herrmann wohl oder übel gestehen müssen.

»Na, langsam wird det hier wohl so wat wie 'ne Außenstelle von die ›Rote Burg‹, oder wieso is neuerdings der Vorjesetzte von dein' Liebsten ständig bei uns uff'n Hof?« Luis konnte sich nicht verkneifen, ein bisschen damit anzugeben, dass er wusste, wie Eingeweihte das Polizeipräsidium wegen seiner roten Backsteinfassade zu nennen pflegten. Außerdem gab es mit Sicherheit einen geheimen Anlass dafür, dass sich der Kommissar erneut mit Jakob und Auguste und dem Medizinstudenten traf. Und hatte er in seiner Eigenschaft als Liftboy etwa kein Recht darauf, ein bisschen was über den Anlass zu erfahren?

»Luis, von ›ständig‹ kann bei zweimal ja nun keine Rede sein.«

»Aber die kommen doch nicht nur wegen der leckeren Plätzchen her!«

»Bei Kommissar von Barnstedt bin ich mir da nicht so sicher.«

»Verstehe ...« Luis warf einen Kennerblick auf die Gebäckschale in Augustes Händen. »Und wie ick sehe, hat sich Hulda Preissing für den hohen Herrn diesmal wat janz Besonderet ausjedacht.«

»Wieso?«

»Spitzbuben? Passt doch wie Faust uff't Auge zu die beiden Kriminalen.«

»Zu dir aber auch!« Bevor Auguste aus dem Fahrstuhl stieg, steckte sie Luis grinsend seinen Plätzchen-Anteil zu.

Zu Jakobs Erleichterung war sein Vorgesetzter nach wie vor nicht bereit gewesen, die Anordnung des Staatsanwalts zu befolgen. »Dass jemand sich die Mühe gemacht hat, eine verschwommene Fotografie aus meinem Schreibtisch zu stibitzen, ist ebenso irrational wie von Koschwitz' Weigerung, den Dingen auf den Grund zu gehen. Aber das heißt, dass wir uns ab sofort nur noch hinter von Koschwitz' Rücken um den Klingbeil-Mörder kümmern können. Und, Wilhelmi, machen Sie nach wie vor mit?«

Von Barnstedt wandte sich an Auguste: »Für Archivierungsarbeiten ist Ihr Herzensknabe nämlich viel zu talentiert.«

»Tatsächlich? Oje. Lieber Gott, mach, dass ich jetzt rot werde!« Den Spruch hatte Auguste schon in der Schule gelernt. Natürlich glaubte keiner der Anwesenden, dass sich der liebe Gott die Mühe machte, einer gewissen Auguste Fuchs auf Kommando das Blut in die Wangen steigen zu lassen. Aber der Appell an den lieben Gott nahm der Tatsache, dass sie vor lauter Stolz auf ihren »Herzensknaben« bis über beide Ohren errötete, ein wenig die Peinlichkeit.

Jakob hatte sich von Barnstedts Ansinnen nicht zweimal sagen lassen. Polizeisekretär Mielke hatte schließlich keine allzu schlechte Schrift, und die Details zum Schlangenfrau-Fall, die fürs Kriminalmuseum von Interesse waren, konnte er später immer noch, sobald alles beschildert war, in die entsprechenden Rubriken eintragen. Er war regelrecht gerührt: Von Barnstedt machte selten Komplimente, und dass er außerhalb der Dienstzeit verschwörerische Treffen abhielt, war ausgesprochen ungewöhnlich –, wobei das köstliche Gebäck, das es bei diesen Anlässen zu knabbern gab, wahrscheinlich bei der Ortswahl durchaus eine Rolle spielte. Während von Barnstedt unverdrossen in die Schale mit den Plätzchen langte, schaute sich Reginald noch einmal die Nahaufnahmen aus der Charité an. »Fantastisch, was mit Professor Kochs mikrophotographischem Apparat alles möglich ist.«

»Ja. Nur hatte von Koschwitz auch noch für die Einstichstelle 'ne Begründung parat.« Bei dem Gedanken an den ignoranten Staatsanwalt wischte sich von Barnstedt ärgerlich die Krümel von der Weste. »Und seine Erklärung wäre sogar dann noch überzeugend, wenn man dieses Zeug direkt neben dem Toten gefunden hätte … Was glauben Sie noch mal, um was es sich dabei gehandelt hat?«

»Morphium. Klingt alles perfekt eingefädelt.« Reginald blies die Backen auf. »Immerhin gehören mindestens zwei kräftige Personen dazu, einen wehrlosen Menschen zu erhängen. Das heißt, wer immer von Emils Tod profitiert, hat nicht nur bei der Staatsanwaltschaft oder im Leichenkommissariat willige Helfer, der hat sogar jemand vom Wachpersonal in eurem Präsidium auf seiner Bestechungsliste.«

»Sieht so aus.« Jakob kritzelte gedankenverloren Strichmännchen in seine Notizkladde. »Das heißt, wenn wir trotz von Koschwitz' ausdrücklichem Verbot weiterermitteln, müssen wir höllisch aufpassen und können niemandem trauen.«

»Natürlich. Nur: Das verstehe, wer will«, grunzte von Barnstedt. »Was sollte der von Koschwitz für 'nen

Grund haben, den Mord an 'nem Kutscherjungen zu vertuschen?«

»Wahrscheinlich ist es eher so, dass Klingbeils Mörder sich ins Fäustchen lacht, weil er auf diese Weise ungeschoren davonkommt«, stellte Jakob fest, »aber von Koschwitz hat den Klingbeil mal garantiert nicht auf dem Gewissen. Natürlich werde ich trotzdem sein Alibi überprüfen.« Reginald kündigte an, nochmals mit den diensthabenden Sanitätern zu reden. »Vielleicht krieg ich irgendwie raus, wer meinen Autopsiebericht geändert hat.«

Auguste wurde langsam ärgerlich. Die Herren schienen davon auszugehen, dass ihr eigener Beitrag zu den heimlichen Ermittlungen mit den Fotografien abgeschlossen war. Man plante sie anscheinend für die Zukunft lediglich als Plätzchenlieferantin ein. Sie hob den Zeigefinger wie ein kleines Mädchen in der Schule und zirpte: »Darf ich vielleicht auch mal was zu dem, was ihr vorhabt, sagen?«

Jakob stöhnte leise auf. Den Tonfall kannte er, und er verhieß nichts Gutes.

Auguste konnte in dieser Nacht keinen rechten Schlaf finden. In Gegenwart von Reginald und von Barnstedt wäre es mehr als ungehörig gewesen, mit Jakob irgendwelche Zärtlichkeiten auszutauschen, und er hatte sich – keusch wie ein Schulbub – mit einem hingehauchten Kuss auf die Wange von ihr verabschiedet. Dabei hätte sie ein bisschen körperliche Nähe bitternötig gehabt. Es war nur allzu deutlich gewesen, dass ihre Pläne Jakob gegen den Strich gingen, und sie hielt sich nun mal gern an Huldas Devise, dass man über einen Streit nicht die Sonne untergehen lassen sollte. Schließlich versuchte sie sich damit zu trösten, dass die Sonne, als die Herren nach Hause fuhren, bereits untergegangen war und dass es im Grunde gar keinen richtigen Streit gegeben hatte. Von Barnstedt war sofort begeistert auf ihre Idee eingegangen und hatte Jakobs Einwände amüsiert vom Tisch gewischt. »Ihr Fräulein Fuchs ist nachgewiesenermaßen weder 'n scheues Reh noch 'ne Mimose! Wer nachts in Leichenhallen einsteigt, um den muss man sich tagsüber keine Sorgen machen! Und außerdem, Wilhelmi, ist das Ganze für 'nen guten Zweck!«

Eben!, dachte Auguste. Als sie auch dann noch nicht einschlafen konnte, stieg sie aus dem Bett, setzte sich an ihren Schreibtisch und stellte eine Liste auf: Links oben schrieb sie *Verdächtige* und rechts *Zeuginnen und Zeugen*. In der Mitte ließ sie eine Rubrik frei. Dorthin kamen die, die womöglich in beide Kategorien gehörten. Zum Beispiel Lina Hancke und Adele Freese.

Auch Jakob hatte schlecht geschlafen. Aber Auguste war nun mal Auguste und – wie er sich eingestehen musste – bei Weitem interessanter als die viel zu eng geschnürten jungen Dinger, die seine fürsorgliche Schwester ihm bei jedem Heimaturlaub vorzustellen pflegte. Dass er in Eckernförde als beliebter Heiratskandidat gehandelt wurde, war nicht zuletzt dem Erfindergeist eines gewissen Wilhelm Bartelmann und dessen geschäftstüchtiger Gattin Elise zuzuschreiben: Dank deren »aufrecht stehender Wäschekörbe« war Jakobs Vater vom einfachen Korbflechter zum erfolgreichen Unternehmer aufgestiegen, und Jakobs Schwester vermietete die im väterlichen Betrieb hergestellten Strandkörbe mit Erfolg an sonnenhungrige Sommerfrischler. Ihre Hoffnung, Jakob per Eheschließung mit einer Hotelierstochter an die Ostseeküste zurückzulocken, war allerdings nach seinem letzten Brief deutlich geschrumpft: *Liebe Mathilde, mit der reizenden Fotografin, von der ich Dir geschrieben habe, ist es mir ernst, auch wenn ich vor meiner Beförderung noch nicht an Familiengründung denken kann.*

Und überhaupt, dachte Jakob, was soll man als künftiger Kriminalkommissar in einem verträumten Fischerörtchen an der Ostseeküste? Andererseits fehlten ihm mitunter der Strand und das Meer und der Blick zum Horizont. In den immer dichter bebauten Straßen Berlins schrumpfte der Himmel zu einem schmalen Streifen über den Dächern zusammen, und hier, im Archiv des Polizeipräsidiums, gab es noch nicht einmal ein Fenster! Seufzend griff er zum nächsten Registrier-Ordner. Er hatte gleich am frühen Morgen Jacques Glück angerufen, doch der erklärte, er habe nicht die geringste Ahnung, wie Klingbeils frühere Assistentinnen mit bürgerlichem Namen hießen. »Der Klingbeil hat hier in Berlin jahrelang nur saisonweise gearbeitet. Ansonsten war der auf Tournee und hat mal hier, mal da gastiert, und da schleppt man ja nicht irgendein Mädelchen mit. Das heißt, der hat sich vor Ort jedes Mal 'ne andere Assistentin gesucht, nach der Devise: Hauptsache, die passen alle ins selbe Bühnenkostüm.«

Als Jakob ihn nach der Tänzerin fragte, die angeblich die jeweils »Neuen« für Klingbeil eingearbeitet hatte – »Lina Hancke oder Hancker …« –, wurde es still am anderen Ende der Leitung. »Hallo? Herr Glück? Sind Sie noch da?«

»Jaja. Das stimmt. Das Fräulein Hancke hat in den letzten Jahren öfter für Adolf Klingbeil Mädchen organisiert. Eins hübscher als das andere. Leider ist Fräulein Hancke ...«

»Moment mal! Wie denn das? So einfach kann das doch nicht sein. Ich meine: Wenn das meine Tochter wäre, würd ich die garantiert nicht für so was hergeben.«

Jacques Glück überhörte geflissentlich, dass Jakob sein Varieté als »so was« bezeichnete. »Manchmal auch Jungen.«

»Junge, Mädchen, egal. Ich wundere mich einfach, dass Eltern damit einverstanden sind, dass ihre Sprösslinge spätabends im Tingeltangel – Pardon! – im Varieté auftreten.«

»Na, da wundern Sie sich zu Recht. Aber die Waisenhäuser setzen ihre Zöglinge ja gleich nach der Konfirmation auf die Straße. Mit vierzehn! Da ist's nicht schwierig, willige Mitarbeiter zu rekrutieren.«

»Vierzehn?« Um ein Haar hätte Jakob sich verplappert, Ida war mit Sicherheit noch nicht mal zehn! Aber dass sie in Huldas und Augustes Obhut war, wollte er selbst dem freundlichen Herrn Glück nicht anvertrauen; lieber tat er so, als wisse er von nichts. »Sagen Sie, war die letzte Assistentin von Herrn Klingbeil nicht bedeutend jünger?«

»Herrje!« Jacques Glück stöhnte auf. »Waren Sie denn noch nie in der Palme oder in anderen Verwahranstalten für die ärmsten Luder von Berlin?«

»Wieso? Wie meinen Sie das?«

»Da wuseln Kinder rum, von denen keiner so genau weiß, wo sie herkomm' oder hingehören. Und wenn da 'n schicker Herr mit Gehrock und Zylinder auftaucht und so 'nem Wurm die Chance gibt, jeden Tag was Warmes in den Bauch zu kriegen und 'n Dach überm Kopf und vielleicht noch 'n Paar passende Lederschuhe, fragen die Mütter nicht mehr viel. Und mal unter uns: Wer will ihnen das verdenken?«

»Aber Kinderarbeit ist schließlich verboten!«

»Einbrechen, morden, Vergewaltigung und Totschlag sind das auch. Das heißt ja nicht, dass das im wahren Leben nicht mehr existiert.«

# Kapitel 10

Im Hinblick auf ihr Vorhaben widmete Auguste den beiden Schaukästen am Eingang des Theaters ein wenig Zeit: Links wurde neben zwei Jongleuren ein Herr Thurm-Silvaré als Damendarsteller angekündigt, und aus den anderen beiden Bildunterschriften ging hervor, dass man Bauchredner nicht Bauchredner, sondern »Ventriloquisten«, und Seiltänzer nicht Seiltänzer, sondern »Equilibristen« nannte. Im zweiten Schaukasten grinste sie ein »Grotesk-Clown« an, und neben der Fotografie einer leicht bekleideten Pudeldresseuse war ein eleganter Herr mit Schnauzbart zu sehen: Der mit »Le Pétomane, Flatulist« angekündigte Künstler stand in leicht gebückter Haltung da und hob den Zeigefinger, als wolle er zum Lauschen animieren. Aus seinem Hinterteil wehte ein Fähnlein mit Noten und Violinschlüssel.

»Pujol, der Darmwindkönig von Paris!« Ein rundlicher Mann mit Knubbelnase war hinter Auguste aufgetaucht und tippte auf das Bild. »Er kann die Marseillaise pupsen! Und sogar Tierstimmen! Und Kanonenschüsse!« Der Ankömmling grinste. »Und es stinkt nicht mal!«

»Ehrlich?«

»Ehrlich! Ich muss es schließlich wissen. Ich bin nach ihm dran.«

»Ach?«

»Jawoll! Ich bin der da!« Die Fotografie, auf die er deutete, wies den freundlichen Pummel als »Otto Reuter, Coupletsänger« aus. »Ich hab mir überlegt, mich in Zukunft mit zwei T zu schreiben. Wie ›nett‹, ›adrett‹ und ›Bügelbrett‹. Was meinen Sie?«

»Oder wie ›schönes Wetter‹«, Auguste warf einen bezeichnenden Blick in den wolkenverhangenen Himmel, »gute Idee!«

»Danke!« Der junge Mann musterte Auguste von oben bis unten. »Sagen Sie: Treten Sie auch hier auf?«

»Nee, ich bin ... die neue Bühnenfotografin.« Sofern Jacques Glück das erlaubt, setzte Auguste innerlich hinzu, aber das sagte sie natürlich nicht laut.

»Oh! Na, dann werd ich mich mal schleunigst 'n bisschen hübsch machen lassen!« Reuter zog seinen Hut und verschwand mit einer kleinen Verbeugung im Durchgang zum Innenhof. »Man sieht sich!«

Auguste war schon im Begriff, ihm zu folgen, als ihr ein kleines, handgeschriebenes Schild auffiel. Es war unter Lina Hanckes Bild als verführerische Kubanerin angebracht: *Den Solopart in Sebastián de Yradiers* La Paloma *übernimmt heute Rieke Pöschel.*

War das Zufall? War die Wortführerin der Mädchen, die Emil einen Mord anhängen wollten, entlassen worden? Oder hatte Lina Hancke selbst ihren Vertrag gekündigt? Vielleicht hatte man sie aber einfach aus künstlerischen Gründen umbesetzt. Auguste nahm sich trotz aller Neugier vor, nicht gleich mit der Tür ins Haus zu fallen und womöglich Jacques Glücks Argwohn zu erwecken. Erst einmal musste sie dem Theaterleiter ein Angebot machen, das er mit Sicherheit nicht ablehnen würde.

Da das Obdachlosenasyl in der Fröbelstraße erst am Abend öffnete, entschied sich Jakob für einen Besuch bei Adele Freese. Vielleicht wusste die ein wenig mehr über Klingbeils kindliche Mitarbeiter – speziell über die kleine Ida. Er war ganz selbstverständlich davon ausgegangen, dass die »lebende Boudoir-Puppe« mit dem Suffragettenhütchen in einem speziellen, für kleinwüchsige Menschen gebauten Haus lebte, doch die Adresse am Schöneberger Ufer 59 erwies sich als stattliches Mietshaus mit stuckverzierten Erkern und italienisch anmutenden Bogenfenstern. Auf dem Klingelschild stand zu Jakobs Überraschung ein zweiter Name: Friedel Roth. Eigentlich war das nichts Ungewöhnliches; vielen alleinstehenden Frauen blieb nichts anderes übrig, als sich die Wohnung mit einer Mitbewohnerin zu teilen oder Zimmer an Fremde zu vermieten. In diesem Fall ging Jakob davon aus, dass es sich bei der anderen Person um eine Kollegin vom Varieté handeln musste. Für kleinwüchsige Menschen war es sicher sinnvoll, sich die Ausgaben für das zu ihren Körpermaßen passende Mobiliar zu teilen.

»Ja bitte?« Der Mann, der im ersten Stock in der Wohnungstür stand, war einen halben Kopf größer als Jakob.

»Ähm … Herr …?«

»Roth. Was führt Sie zu mir?«

Jakob brauchte einen Moment, um sich zu sammeln. Den Namen Friedel trugen Männer und Frauen gleichermaßen – da hätte er auch gleich draufkommen können! Er schätzte sein Gegenüber auf Mitte vierzig: ein misstrauisch dreinblickender Kerl mit Stehkragen und Kneifer und raspelkurz geschorenen Haaren. Schulmeister, vermutete Jakob, oder Bürovorsteher. Wie das mit einer Varietékünstlerin zusammenpassen sollte, war ihm schleierhaft. »Mein Name ist Wilhelmi. Kriminalassistent. Ich würde gern mit Fräulein Freese sprechen.«

»Ich verstehe.« Der Mann warf einen Blick ins Treppenhaus, als fürchte er, jemand könnte das Zusammentreffen belauschen. »Tja … Wie auch immer: Dann kommen Sie mal rein.«

In der Wohnung befand sich kein einziges der erwarteten Kindermöbel. Das Erkerzimmer war in hellem Kirschbaumholz gehalten, und anstelle der üblichen stuckgerahmten Landschaften und Stillleben hingen schlichte japanische Holzstiche an den Wänden. Auf den ersten Blick wirkte das Ambiente seltsam unvollständig; Zierrat wie Beistelltischchen oder Blumensäulen fehlten ebenso wie die üblichen schweren Samtvorhänge vor den Fenstern. Auf den zweiten Blick jedoch war Jakob von der ungewohnten Leere regelrecht begeistert. Das musste er Auguste erzählen! Genauso großzügig und luftig könnte irgendwann mal ihr gemeinsames Zuhause aussehen!

»Tee, Portwein, Kaffee oder Limonade?«

»Ähm, wie bitte?« Jakob schrak zusammen. Er war mit seinen Gedanken bereits bei der künftigen Schlafzimmereinrichtung gelandet.

»Milch? Heiße Schokolade? Oder vielleicht 'nen kleinen Aquavit? Ich hätte da 'nen schönen, eisekalten Bommerlunder!« Friedel Roth wirkte plötzlich überhaupt nicht mehr wie ein vertrockneter Büromensch. Er amüsierte sich königlich über Jakobs konsternierten Gesichtsausdruck. »Keine Angst, ich verpetz niemanden! Vielleicht genehmigen wir beide uns 'n leckeres Schlückchen Schampus? Oder womit kann ich Sie, bis Adele kommt, bei Laune halten?«

»Ein Glas Limonade vielleicht?«

»Wird gemacht!« Friedel Roth forderte Jakob mit einer Handbewegung auf, sich auf das Sofa zu setzen, und verschwand in Richtung Küche.

Jakob schämte sich. Er hatte sich Adele Freeses Heim wie eine Puppenstube vorgestellt – als seien kleinwüchsige Menschen so etwas wie erwachsen aussehende Kinder. Im Nachhinein war ihm bewusst, dass schon Adeles Suffragettenhütchen eine gänzlich andere Sprache sprach.

»Wissen Sie«, Friedel Roth rumorte in der Küche und redete dabei einfach weiter, »Adele ist noch unterwegs und macht Besorgungen. Aber vielleicht kann *ich* Ihnen ja weiterhelfen.«

Inzwischen hatte Auguste ihren sorgsam vorbereiteten Monolog beendet, und Jacques Glück klatschte vor Begeisterung in die Hände.

»Und all das ohne Bezahlung?«

»Künstlerporträts und Aufnahmen von Bühnenauftritten sind nun mal meine ganze Leidenschaft«, log Auguste, »und wenn Sie mir an Ihrem Haus Gelegenheit zum Üben geben würden, dann wäre das für mich wie ein Geschenk des Himmels.«

Nun übertreib mal nicht, rief sich Auguste innerlich zur Ordnung, aber der Prinzipal schien gegen Pathos nichts zu haben. »Wie wunderbar! Die Künstler sind mit Sicherheit sofort bereit, sich gratis ablichten zu lassen!«

Glaub ich sofort, dachte Auguste. Sie musste selbstverständlich weder üben noch stellten ihrer Ansicht nach Artisten oder lieblich lächelnde Soubretten ein ganz besonders lohnendes Motiv für ihre Kamera dar. Aber ihr Plan, sich unauffällig im Theater umzuhören, war bei von Barnstedt sofort auf Zustimmung gestoßen, und Jakobs Bedenken waren auf der Habenseite schließlich ein Beweis für seine Zuneigung. Das Ganze ließ sich zudem wunderbar mit ihrem ganz normalen Arbeitstag verbinden. »Herr Glück, ich würde die Solistinnen und Solisten einzeln für Porträts ins Atelier einladen, und spätnachmittags und abends würd ich dann gerne Szenen und Tableaus vor Ort aufnehmen, wenn alle in Kostümen und geschminkt sind.«

»Perfekt!« Jacques Glück hielt es vor Begeisterung nicht mehr in seinem Sessel. »Wenn es so was wie Sie nicht gäbe, dann müsste man es glatt erfinden!«

Schön, dass sich jemand so über mein Dasein freuen kann, dachte Auguste, aber das Einzige, was mich an all den Überstunden interessiert, ist die Gelegenheit, mal mit dem Bauchredner, den Mädchen vom Ballett, dem netten Otto Reuter mit demnächst zwei T und dem hübschen Schnürmeister zu plaudern. Oder auch mit Pujol, dem Kunstfurzer.

Jacques Glück half Auguste in den Mantel und küsste ihr zum Abschied beide Hände. »Sie sind ein Engel!«

Auguste lächelte huldvoll und ließ sich nichts anmerken. Natürlich würden bei der ganzen Angelegenheit auch jede Menge Gratisbilder für die Schaukästen vor dem Theatereingang abfallen. Aber Jacques Glück wäre kein guter Prinzipal, wenn er sich über eine Chance, Kosten einzusparen, nicht diebisch freuen würde.

Bei dem Gedanken an die Schaukästen fiel Auguste das Schildchen wieder ein. »Sagen Sie, Herr Glück, was ist denn mit Lina Hancke los? Ich hab gesehen, dass die Habanera jetzt ein anderes Mädchen übernommen hat.«

»Ach herrje. Wie soll ich das jetzt sagen?« Jacques Glück druckste herum. Einerseits wollte er die gute Stimmung nicht verderben, andererseits konnte er Augustes Frage schwerlich ausweichen. »Sie ist … von uns gegangen.«

»Was soll das heißen? In ein anderes Engagement?«

»Wenn Sie so wollen …«

»*Ich*? Wieso?«

»Nun ja. Sie singt und tanzt jetzt praktisch … oben.«

»Wo?«

»Im Himmel.«

»Ich versteh noch immer nicht.«

Glück stöhnte angesichts Augustes offensichtlicher Begriffsstutzigkeit leise auf. Aber da er nun einmal damit angefangen hatte, sah er sich genötigt, bei seiner Metapher zu bleiben. »Na, für den lieben Gott.«

»Oh Gott!«

Glück sah ein, dass sein Versuch, die gute Stimmung zu erhalten, kläglich gescheitert war. »Ich hoffe, dass der Herr im Himmel Habaneras mag«, setzte er kleinlaut hinzu.

Jakob musste zugeben, dass es unangenehmere Hausbesuche gab. Friedel Roth erwies sich als ausgesprochen geistreicher Plauderer. Er schrieb Liedertexte für verschiedene Theater. »Gelegentlich verfass ich auch das eine oder andere Libretto. Nur leider schafft nicht jeder Komponist mit seinem Werk den Sprung auf eine Opernbühne.«

»Oje. Und dann ist all Ihre Arbeit umsonst gewesen?«

Roth zuckte grinsend mit den Achseln. »Umsonst vielleicht. Aber was mich betrifft: auf jeden Fall nicht gratis.«

Aha, daher das ausgesprochen gediegene Ambiente, dachte Jakob und nahm sich vor, seinen Bildungshorizont in Sachen zeitgenössische Musik gelegentlich ein wenig zu erweitern.

Er trank bereits seine zweite Limonade, als ein Schlüsselbund klirrte und die Wohnungstür aufgeschlossen wurde. »Liebster? Ich bin wieder da!«, rief Adele Freese. »Und ich hab dir frische Leberwurst mitgebracht! Von der Fleischerei Naujocks am Alex …« Sie stockte mitten im Satz, als sie den Salon betrat. »Oh«, murmelte sie erschrocken, »ich wusste nicht, dass wir Besuch haben.«

»Tja. Dann ist es jetzt halt raus.« Friedel Roth hob in gespielter Verzweiflung die Schultern. »Aber es wäre schön, Herr Kommissar, wenn Sie nicht rumerzählen würden, dass wir ein Paar sind.«

»Kriminalassistent«, korrigierte Jakob mechanisch und gab sich Mühe, nicht allzu verdattert dreinzuschauen.

»Sie wissen doch: Die Leute reden …« Adele legte ihr Suffragettenhütchen ab, und Roth half ihr galant aus ihrem Mantel. »Friedel und ich haben vor beinah zwanzig Jahren in Marienbad geheiratet. Und bisher – stell'n Sie sich mal vor! –, bisher hat niemand das rausgefunden.«

»Dann wird das auch so bleiben, das versprech ich Ihnen.« Jakob konnte sich einer gewissen Rührung nicht erwehren, als Friedel Roth seinen Arm um Adeles Schultern legte. Wie traurig, dass die beiden sich nicht wagten zuzugeben, dass sie ein Paar waren. Aber die Angst vor Spott und Häme war leider nur zu berechtigt. Selbst Jakob war, wie er sich eingestand, nicht frei von Vorurteilen.

Adele hob demonstrativ ihren Einkaufskorb und eilte in die Küche »Ich bin gleich wieder da, Herr … Wie war doch der Name?«

»Wilhelmi.«

»Danke! Und Sie sind was? Ein Kommissarsassistent?«

»Kriminalassis… Ähm. Ja, genau.«

Schlagartig wurde Jakob klar, dass Adele Freese so tat, als sei sie ihm noch nie begegnet. Hatte sie ihrem Mann womöglich gar nicht erzählt, dass sie sich selbst des Mordes an Klingbeil bezichtigt und damit eine Verurteilung zu Zuchthaus oder Todesstrafe riskiert hatte?

Als sie aus der Küche zurückkam, signalisierte ihr Jakob mit einem beinahe unmerklichen Kopfnicken, dass er verstanden hatte. »Frau Freese, weshalb ich hier bin …«

»Ja?« Ihre Augenlider flackerten; ganz sicher, dass sie sein Signal richtig gedeutet hatte, war sie scheinbar nicht.

»Es geht um eine reine Routinefrage. Die kleine Bühnenassistentin von Herrn Klingbeil … es hieß, dass Sie sich abends im Theater immer nett um sie gekümmert haben.«

»Ida Lehmann?«

»Richtig.«

Endlich ein Nachname, dachte Jakob. Nur leider gab es in Berlin Lehmanns wie Sand am Meer.

»Was ist mit dem Mädelchen? Um Himmels willen! Sagen Sie mir, dass das Kind in Sicherheit ist!«

Einen Moment lang überlegte Jakob, ob er Adele Freese in alles einweihen sollte. Doch sie kam ihm zuvor. »Als ich den Tag, an dem das mit Klingbeil passiert ist, zur Vorstellung gekommen bin, hab ich gesehen, wie die junge Frau, die im Theater fotografiert hat, mit Ida gesprochen hat. Und mit der ist sie anschließend verschwunden.«

Jakob sah sich um: ein freundlicher Raum mit freundlichen Menschen. Und Adeles Sorge um Ida wirkte echt. »Die Kleine ist in Sicherheit, so viel kann ich Ihnen verraten.«

»Oh, das beruhigt mich! Danke, Herr Wilhelmi.«

Jakob nahm sich vor, ein andermal – und zwar allein – mit Adele Freese über die Geschehnisse um Klingbeils

Tod zu reden. Sie hatte sicher ihre Gründe, den Auftritt im Präsidium vor ihrem Mann geheim zu halten.

Jakobs anschließender Besuch im städtischen Obdachlosenasyl bestätigte Jacques Glücks Behauptung: Wer hier landete, hatte nichts mehr zu verlieren. Womöglich wollten manche Eltern gar nicht so genau wissen, in wessen Hände und zu welchem Zweck sie ihre Kinder hergaben.

In der ersten Etage des Hauses in der Adalbertstraße standen die Jungen und Mädchen ordentlich in Reih und Glied.

*»Froh zu sein bedarf es wenig und wer froh ist, ist ein König.«*

Die Kinder sprachen den Text ohne erkennbare Gemütsregung nach. Dann setzte sich der Korrepetitor an den Flügel und spielte ihnen die Melodie so lange vor, bis sie August Mühlings launiges Liedchen so weit beherrschten, dass sie es später als Kanon singen konnten.

Eigentlich hatte der Korrepetitor von einer Zukunft als Konzertpianist geträumt, aber nachdem er in seinem Leben ein paar falsche Abzweigungen genommen hatte und seine Wirtin nicht länger bereit gewesen war, ihm die Miete zu stunden, hatte er sich nolens volens um eine sichere Einnahmequelle kümmern müssen. Nach etlichen vergeblichen Versuchen hatte ihm die Leiterin des Hauses in der Adalbertstraße ein Angebot gemacht, von dem er als erfolgloser kleiner Klavierspieler nur träumen konnte: ein wenig Musikunterricht, ein wenig Tanzunterricht, ein wenig Sprech- und Benimmunterricht. Und ungemein folgsame Kinder.

Dass die ihm anvertrauten Jungen und Mädchen in seiner Anwesenheit nie miteinander redeten und alle seine Anweisungen widerspruchslos befolgten, erleichterte die Arbeit enorm, und er hütete sich, seine in jeder Hinsicht ideale Arbeitsstelle durch Fragen zu gefährden. Gewiss war es merkwürdig, dass seine Schülerinnen und Schüler nur sprachen, wenn er ihnen – meist in Form von Höflichkeitsfloskeln und allerlei gefälligen Plattitüden – gepflegtes Hochdeutsch beibrachte. Und dass sie bei jedem Türgeräusch zusammenzuckten, bedurfte eigentlich einer Erklärung. Aber seine neue Bleibe kostete doppelt so viel wie die schäbige Junggesellenbude, die er sich noch vor ein paar Monaten kaum hatte leisten können. Da stellte man am besten keine dummen Fragen.

Eine knappe Stunde später war der Kanon eingeübt; gerade rechtzeitig für den hohen Besuch. Die Kinder stellten sich in einer Reihe auf und blickten zu Boden. Aber das war nicht das, was man von ihm erwartete, und der Korrepetitor wedelte wild mit den Armen, als sich Schritte näherten. »Lächeln, Kinder! Lächeln!«, wisperte er beschwörend, »das Lied soll doch fröhlich stimmen!« Als die Tür aufging, hoben die Kinder folgsam die Köpfe und strahlten.

Der Korrepetitor zählte bis vier, und die Kinder sangen ihr soeben gelerntes Liedchen. Fehlerlos.

Babette von Koschwitz faltete entzückt die Hände vor der Brust. »Ein wahres Wunder, was Sie an den Kindern vollbringen«, flüsterte sie. »Meine Liebe, ich darf Ihnen versichern: Ich werde nicht müde, an höchster Stelle zu betonen, mit welch enormem Einsatz Sie Ihr segensreiches Werk zu führen pflegen.«

»Ich tu nur meine Christenpflicht.« Gertrud Hessling knickste, und nachdem die Kinder geendet hatten und die Baronin allen ein Jesus-Bildchen in die Hand gedrückt hatte, führte sie ihre Gönnerin in ihr Büro. Die Übergabe des allmonatlichen Schecks erfolgte in gewohnter Diskretion; die Dialoge waren stets dieselben, und Gertrud Hessling spielte ihre Rolle jedes Mal mit absoluter Perfektion. Hier wurden unter ihrer Aufsicht Kinder aus den schrecklichsten Verhältnissen genährt, gekleidet und zu guten Staatsbürgern erzogen. Was die von Koschwitz sonst noch wissen mochte, war nicht von Belang. Gott sei Dank interessierte sie sich nicht für die anderen Räumlichkeiten.

Nachdem Auguste ihm von Lina Hanckes Tod berichtet hatte und Jakob unterwegs war, blieb von Barnstedt nichts anderes übrig, als sich selbst um die Angelegenheit zu kümmern. Nach einigem Hin und Her hatte Mielke für ihn die Adresse herausgefunden: Arndtstraße 14, Souterrain, bei Witwe Erna Ploddeck.

Lina Hanckes Vermieterin öffnete erst nach mehrfachem Läuten. »Ja?«

Von Barnstedt zog höflich den Hut und stellte sich vor. Er hatte das Wort »Kriminalkommissar« kaum ausgesprochen, da – zack! – flog die Tür vor seiner Nase wieder ins Schloss. Von Barmstedt wurde nicht zum ersten Mal schmerzlich bewusst, wieso er solche Nachforschungen gewöhnlich Jakob überließ. Er hasste den Geruch in fremden Häusern – egal ob Bohnerwachs und Teppichstaub in herrschaftlichen Villen oder Schimmel- und Kohlgeruch in Arme-Leute-Häusern. Und dass gemeinhin neun von zehn Bewohnern von seinem Auftauchen als Kriminaler nicht begeistert waren, schlug ihm an manchen Tagen richtig aufs Gemüt. Er nahm all seine Geduld zusammen und klopfte erneut. »Frau Ploddeck, selbstverständlich haben Sie nichts zu befürchten. Es sei denn, Sie verweigern mir die Auskünfte zum Tod von Fräulein Hancke und machen sich dadurch verdächtig.«

Die Witwe Ploddeck brauchte offenbar einen Moment, um das Gesagte zu verdauen. Schließlich raschelte es – von Barnstedt nahm an, dass sie irgendetwas verschwinden ließ –, dann machte sie die Tür auf. »Ich hab nichts gesehen oder gehört!«

So wie sie vor von Barnstedt stand, die Hände in die Hüften gestemmt und mit kampflustig vorgeschobenem Unterkiefer, war sie in seinen Augen der Inbegriff einer der berüchtigten, raffgierigen Berliner Vermieterinnen. »Komm Se rein«, grunzte sie.

Von Barnstedt folgte Erna Ploddeck in eine düstere Wohnküche. Die Zimmerwirtin wischte den Küchentisch ab und spülte den ausgefransten Lappen über dem Ausguss aus. »Wolln Se 'n Kaffee?«

Von Barnstedt glaubte in Witwe Ploddecks Putzlumpen das Fragment einer Herrenunterhose zu erkennen, und die Brühe, die herausfloss, war von einem milchigen Bleigrau. »Nein danke«, murmelte er.

Während sie sich ihrer halb vollen Tasse widmete, stellte er ihr die herkömmlichen Fragen: Wie lange hatte Lina Hancke bei ihr gewohnt, wann hatte sie die Tote entdeckt und so weiter. Er machte keinen Hehl aus seiner Antipathie.

»Und es gab im Lauf der Nacht keinerlei Anzeichen dafür, dass Fräulein Hancke ärztliche Hilfe benötigt hätte?«

»Was denn für Anzeichen?«

»Schreie, Hilferufe, Schmerzenslaute? Ich mein: Ihre Wohnung befindet sich schließlich direkt über dem Zimmer der Verstorbenen.«

Erna Ploddeck zog die Mundwinkel noch weiter herunter und schielte angelegentlich zur Zimmerdecke. So schlecht kann selbst ein gänzlich unbegabter Schauspieler nicht »Nachdenken« fingieren, dachte von Barnstedt.

»Ich hab wie immer fest geschlafen«, erklärte Erna Ploddeck nach einer deutlich zu lang geratenen Pause, »ich bin ja schließlich eine viel beschäftigte Frau.«

Dusselige Kuh! Beinahe hätte von Barnstedt das laut gesagt. Er konnte sich gerade noch beherrschen. Mit Sicherheit hatte die Witwe Ploddeck irgendwas gehört und sich ganz einfach nicht darum gekümmert.

»Is sonst noch was?« Ihr Atem roch nach Kaffee und nach lange nicht geputzten Zähnen.

»Nein danke.« Von Barnstedt setzte seinen Hut auf und wandte sich zum Gehen. Die Frau war kaltschnäuzig und log, dass sich die Balken bogen, wenn es um ihren eigenen Vorteil ging; von daher war es müßig, sich auf dem derzeitigen Stand der Ermittlungen noch weiter mit ihr abzugeben.

»Aber, Frau Ploddeck, eine letzte Frage hätt ich noch: Wie heißt der Arzt, der Fräulein Hancke untersucht hat?«

»Von Riebenow. Wenn Se rauskomm', links übern Damm, das zweite Haus. Aber da is heut keiner mehr. Da müssen Se wohl morgen wiederkommen.«

# Kapitel 11

Als Henrietta am nächsten Morgen im Zug nach Berlin Platz nahm, lag eine vergessene Illustrierte im Abteil. *Von Geisterhand erschlagen?*, hieß es auf der Titelseite. Sie schenkte der Schlagzeile und dem Bild einer verschwommen erkennbaren Gestalt keinerlei Aufmerksamkeit und blätterte weiter. *Émile Mayade gewinnt das Rennen Paris-Marseille-Paris.* Das war schon eher nach Henriettas Geschmack und half, wenigstens für eine kurze Zeit nicht an Sonne, Sand und Kokospalmen und Ferdinand Wohlgemuths leidenschaftliche Umarmungen zu denken. Automobile waren Hatties neue Leidenschaft; sie hatte ihre schicke Dog Cart Car nur ungern in England zurückgelassen. »Die holen wir nach, sobald wir da unten einigermaßen Fuß gefasst haben«, hatte Ferdinand versichert. Sie waren nach Mombasa gereist, glücklich und verliebt und auf dem Weg in eine strahlende gemeinsame Zukunft in Britisch-Ostafrika; vielleicht als Plantagenbesitzer. Die

Pflanzer sollten anständig behandelt und bezahlt werden, und Henrietta hatte vor, eine eigene Schule und – sobald Reginald Wündrich sein Arztexamen hatte – eine Krankenstation zu gründen. Doch der Traum war ausgeträumt. Im Grunde konnte sie ihrem gestrengen Butler dankbar dafür sein, dass er ihren Beinahe-Verlobten als Bigamist entlarvt hatte; immerhin hatte Cedric damit den größten Teil ihres Vermögens gerettet. Andererseits war es Ferdinand vielleicht Ernst damit gewesen, mit ihr ein neues Leben anzufangen. Vielleicht wäre noch alles gut geworden, hätte man ihn nicht gleich bei der Ankunft in Mombasa festgenommen. Auch wenn Hatties Verstand ihr sagte, dass sie gerade noch mit heiler Haut davongekommen war – ihr Herz konnte sich einfach noch nicht dazu durchringen. Seufzend wandte sie sich wieder dem Rennbericht zu. Die Fahrer hatten in zehn Tagen insgesamt 1711 Kilometer bewältigt, von Paris über Dijon, Lyon und Marseille und wieder zurück. Es hieß, ein Fahrer sei dabei sogar von einem wilden Stier verfolgt worden! Hattie schmunzelte. Bei einem Durchschnittstempo von immerhin rund fünfundzwanzig Stundenkilometern war dem Stier vermutlich irgendwann die Puste ausgegangen.

Die Modebeilage bot nichts Interessantes, sah man von einer über und über mit Stoffschmetterlingen verzierten »Theater- und Gesellschaftsbluse« ab. Hattie riss die entsprechende Abbildung aus der Illustrierten: So etwas sollte sie sich unbedingt von Fräulein Velten – Hulda Preissings Schneiderin – nähen lassen. Die Gute musste ohnehin eine komplette Herbst- und Wintergarderobe für sie anfertigen. Die Kleider, Mäntel, Hüte und Accessoires, die sie für Afrika gepackt hatte, waren auf die Dauer für Berliner Temperaturen ungeeignet. Hattie fröstelte jetzt schon bei der Aussicht auf den durch Mark und Bein gehenden, kalten Ostwind und die langen, dunklen Wintertage mit Eisblumen am Fenster.

Als sie die Illustrierte wieder ordentlich zusammenlegte, streifte ihr Blick erneut die Titelseite und die sogenannte Geisterfotografie. *Von der Kamera festgehalten: Das nichtmenschliche Wesen im Augenblick des Mordanschlags*, hieß es in der Bildunterschrift.

»Nonsense!« Hattie schüttelte indigniert den Kopf und wollte das Blatt schon beiseitelegen. Aber außer ihr war niemand im Abteil – an eine kurzweilige Reisekonversation war also nicht zu denken –, und ihre beiden Reclamheftchen mit Auguste Groners Kriminalnovellen hatte sie schon während der Fahrt durch den Suezkanal ausgelesen. Sie seufzte und vertiefte sich in den Artikel. Vielleicht war das, was sich der Zeitungsfritze ausgedacht hatte, genauso spannend wie die Abenteuer von Auguste Groners Wiener Kommissar. Nach wenigen Zeilen hielt sie erschrocken inne: *Der ermittelnde Kommissar Hubert von Barnstedt war offenbar zu schnell mit einer Lösung des Falles bei der Hand.*

In Berlin schlug die Autotypie von Augustes Momentaufnahme wie eine Bombe ein: *Von Geisterhand erschlagen. Der wahre Täter: Ein Gespenst*? Von Koschwitz schäumte vor Wut und rief sofort bei Dienstbeginn den Polizeipräsidenten an. »Ich verlange von Barnstedts umgehende Suspendierung!«

»Aber verehrter Herr Kollege, nu man langsam!« Von Windheim lachte jovial. »Nichts wird so heiß gegessen, wie's gekocht wird!« Er hatte längst von der gestohlenen Fotografie erfahren, und er maß generell Geschichten über Übersinnliches nicht allzu viel Bedeutung bei – auch wenn derzeit alles, was sich um Geister und um Botschaften Verstorbener drehte, bei den Berlinerinnen und Berlinern auf große Begeisterung stieß.

»Der von Barnstedt hat das Ganze doch lanciert! Damit er Grund hat, in der Sache weiterzuermitteln!«, zeterte von Koschwitz weiter. »Der hält sich doch für allwissend! Dem ging die Anordnung, den Klingbeil-Fall als abgeschlossen zu betrachten, von Anfang an gegen den Strich!«

»Ach? Dann erzähl'n Se mal.«

Von Koschwitz wusste nicht, dass Präsident von Windheim ihn trotz »lieber Freund« und »hochverehrter Herr Kollege« nicht ausstehen konnte, und so bramarbasierte er eine geschlagene Viertelstunde lang vor sich hin. Vornehmlich über sich und seine eigene Unfehlbarkeit und nebenbei über von Barnstedts Dummheit, Insubordination und Mangel an ermittlerischer Kompetenz. Von Windheim ließ ihn reden; seine Entscheidung stand schon fest, seitdem er von der Weigerung des Staatsanwalts erfahren hatte, Ermittlungen im angeblichen Freitod Emil Krauses einzuleiten. »Mein lieber Koschwitz, trotzdem müssen wir an unsere Reputation denken. Ich werde also öffentlich bekanntgeben, dass wir bei allem Zweifel an der Relevanz der Aufnahme durchaus bereit sind, Hinweisen aus der Bevölkerung nachzugehen.«

»Aber das muss ja nun nicht zwingend der von Barnstedt überneh...«

»Verzeihen Sie: Das ist bereits geschehen«, unterbrach ihn von Windheim.

»Dagegen möchte ich energisch protestie...«

Doch Präsident von Windheim hatte bereits aufgelegt.

»Ob ich was?« Henrietta hatte kaum die Droschke bestiegen, mit der Auguste sie vom Lehrter Bahnhof abgeholt hatte, da überfiel ihre Nichte sie schon mit Fragen über Fragen: Wie lange sie denn bleiben könne – ungewöhnlich, dachte Henrietta, denn so was fragt man doch aus Höflichkeit nicht gleich am ersten Tag –, ob es ihr nicht ganz besonderen Kummer mache, dass sie den Plan, in Afrika eine private Schule zu errichten, nicht in die Tat umsetzen konnte, und ob sie eigentlich daran gedacht hatte, in dieser Schule selbst zu unterrichten. »Das heißt, den Kindern Lesen, Schreiben, Rechnen und so weiter beizubringen.«

»Ich weiß, was Unterrichten heißt! Und selbstverständlich hatte ich das vor! Oder glaubst du etwa, in Afrika muss man nur in der Zeitung inserieren, und schon hat man für so was Personal? Bis sie da unabhängig von den Missionaren eigene Schulen bauen und Lehrkräfte ausbilden können, wird leider reichlich Wasser den Pangani runterfließen.«

»Hm.« Erstaunlicherweise hielt Auguste plötzlich in ihrem Redeschwall inne. Sie hatte die Lippen zusammengepresst, als gälte es, das, was sie sagen wollte, mit Gewalt zurückzuhalten.

Henrietta grinste. »Übrigens: danke für deine Nachfrage! Ja, ich hab die Fahrt gut überstanden, und nein, ich war weder seekrank noch hatte ich, wie du dir nach dem Desaster mit dem guten Ferdinand wohl denken kannst, auch nur die geringste Lust auf Reisebekanntschaften.«

»Ach herrje! Tante Hattie, ich bin furchtbar!« Auguste wurde rot und wollte schon zu einer längeren Entschuldigungstirade ansetzen, als ihre Tante sie lachend unterbrach: »Du warst schon als ganz kleines Mädchen furchtbar, und wenn du mich fragst, solltest du genauso furchtbar bleiben! Dass ich gut angekommen bin, siehst du ja, und dass dir etwas auf der Seele liegt, das hab ich bereits gemerkt, als du mich auf dem Bahnsteig abgeholt hast. Also jetzt einfach raus damit, eh du dran erstickst!«

Auguste holte tief Luft. »Sie heißt Ida, und sie ist sieben. Oder vielleicht auch acht …«

»Aha?«

Jakob hätte sich liebend gerne ein, zwei Stunden freigenommen, um Henrietta zu begrüßen, doch da von Barnstedt sich bei Präsident von Windheim in der obersten Etage einzufinden hatte, blieb ihm nichts anderes übrig, als seinerseits den Arzt aufzusuchen, der Lina Hanckes Tod bescheinigt hatte.

Doktor von Riebenow hatte seine Praxis im Quergebäude des Hauses Arndtdtraße 11. Im Flur stank es penetrant nach Katzenurin, und im Hof harrte ein durchgesessenes Kanapee offenbar schon seit längerer Zeit seiner Verarbeitung zu Brennholz. Die Krankenschwester, die Jakob die Tür öffnete, war sichtlich erschrocken, als er sich als Kriminalassistent vorstellte. »Doktor von Riebenow ist im Behandlungszimmer. Ein längerer Eingriff. Wenn Sie wirklich so lange warten wollen?« Die Schwester machte aus ihrer Hoffnung, dass Jakob es sich daraufhin anders überlegen könnte, keinen Hehl. Doch Jakob blieb.

Im Wartezimmer saßen bis auf einen schmuddeligen alten Mann ausschließlich Frauen. Einige hatten ihre kleinen Kinder mitgebracht, und in der Ecke stillte ein Mädchen, das nach Jakobs Schätzung nicht viel älter war als vierzehn, einen Säugling. Die Luft im Raum war verbraucht, es roch nach Schweiß und faulen Zwiebeln, und Jakob hatte das dringende Bedürfnis, das Fenster aufzureißen. Doch eine Phalanx halb verdorrter Zimmerpflanzen signalisierte, dass dies weder üblich noch erwünscht war. Er setzte sich auf den letzten freien Stuhl, nahm seine Kladde aus der Manteltasche und gab vor, darin zu lesen.

»Ey, Hannefatzke, haste ma'n Daler?« Einer der kleinen Jungen zupfte auffordernd an Jakobs Hosenbein. Ein zweiter kam hinzu und hielt die Hand auf, und im Nu folgte die gesamte Kinderschar. »Kiekt euch den feinen Pinkel an!«, krakeelte der älteste der Jungen, »der sieht nich aus, als wär er klamm!«

»Kinder, tut mir leid, aber ich hab nur das Kleingeld für die Rückfahrt in der Tasche.« Seinem knurrenden Magen zuliebe verschwieg Jakob die acht Groschen für den geplanten Zwischenhalt beim Wurstmaxe auf dem Potsdamer Platz.

»Erzähl uns nix! Wer so feine Drecktreter anhat, der hat ooch Asche!«

Jakob schaute Hilfe suchend zu den Müttern hinüber, doch von deren Seite war eindeutig keinerlei Hilfe zu erwarten.

»Nu sein Se man nich so kreepelig!«, brummte das Mädchen mit dem Säugling. »Een Jroschen für jeden wer'n Se doch wohl übrig ham.«

Seufzend kramte Jakob für jedes der Kinder eine Münze aus der Tasche, exakt den Gegenwert einer Droschkenfahrt zum Alexanderplatz.

Die Kinder tobten triumphierend durch das Wartezimmer und rannten beinahe das junge Mädchen um, das just in dem Moment den Raum betrat. Es war aschfahl und hielt sich schwankend am Türrahmen fest. »Papa? Wir könn jetzt jeh'n.«

Der alte Mann stand auf, zog seine Jacke an und legte seiner Tochter im Herausgehen fürsorglich den Arm um die Schulter. »Nu heul man nich, meene Kleene. Sei froh, det de't los bist.«

Der Kittel der Krankenschwester war blutbefleckt. »Herr Kriminalassistent? Der Herr Doktor lässt bitten.«

In der Friedrichstraße stand inzwischen das ganze Haus zu Henriettas Begrüßung bereit. Luis und Huldas Kaltmamsell Dorchen hatten es sich nicht nehmen lassen, an Meta Riedels Blumenstand ein Sträußchen Astern zu erstehen, und Hulda hatte Ida in ihr schönstes neues Kleid gesteckt. Julius kämpfte mit den Tränen, als er Henrietta zur Begrüßung in die Arme schloss. »Na, du Unglücksrabe?« Er drückte ihr einen herzhaften Kuss auf beide Wangen. »Verlass dich drauf: Wir kriegen dich schon wieder auf die Beine!«

Ida staunte die fremde Frau mit offenem Mund an. »Bist du dem Opa Fuchs seine Frau?«, wisperte sie ehrfürchtig.

»Nee«, Henrietta schmunzelte, »ich bin dem Opa Fuchs seine Frau ihre Schwester.«

»Warum bist du dann nicht alt?«

»Weil ich dem Opa Fuchs seine Frau ihre *jüngere* Schwester bin.«

Oje, dachte Auguste, so wird das mit dem Unterrichten aber nichts. Doch bisher wusste Henrietta ja noch nichts von ihrem Glück.

Jakob gab sich alle erdenkliche Mühe, die Form zu wahren, aber Doktor Riebenow zuckte auf seine Fragen hin lediglich mit den Schultern. »Die Weiber machen mit den Kerlen rum, als hätten se noch nie gehört, wie 't Kindermachen geht. Aber rein geht's nun mal leichter als wieder raus.«

Jakob wusste nicht, was ihm mehr Übelkeit verursachte: der alles überlagernde Geruch von frischem Blut im Behandlungszimmer oder die Kaltschnäuzigkeit, mit der von Riebenow über seine Patientinnen sprach.

»Was war mit Lina Hancke?«

»Mit wem?« Der Doktor legte die Beine auf die Schreibtischplatte, ließ sich von der Schwester einen heißen Kaffee reichen und nippte vorsichtig daran. »'n bisschen genauer müssten Sie schon werden. Ich kann ja nu nicht alle, die hier zu mir kommen, mit Namen kennen.«

Wahrscheinlich fragst du sie noch nicht einmal danach, solange sie im Voraus zahlen, dachte Jakob. Laut sagte er: »Das war die Untermieterin von Witwe Ploddeck. Die junge Frau, die dort im Souterrain gestorben ist.«

»Ach so! Hatte die denn was Kriminelles angestellt? Oder wieso ist das so wichtig?«

»Sie haben als Todesursache Hypovolämie angegeben.«

»Richtig. Falls Ihnen das nichts sagt: Sie ist verblutet.«

Jakob zückte seine Kladde. »Infolge von ...?«

»Ist das Ihr Ernst?« Dr. Riebenow schüttelte den Kopf, als habe er nicht richtig gehört. »Na, Sie sind vielleicht 'n Spaßvogel! Die Mädchen lassen sich mit ihren Freiern doch auf alles ein, was Geld bringt! Vielleicht hat einer ihr seinen Spazierstock oder weiß ich was reingeschoben. Oder sie hat sich mit dem Rohr vorn an der Mutterdusche selbst den Unterleib zerstochen«, er zuckte erneut mit den Achseln. »Kommt letzten Endes doch aufs selbe raus.«

»Nur dass das eine ein Versehen und das andere eine dem Opfer willentlich zugefügte, schwere Körperverletzung wäre.«

»Ach Gott, Sie ham ja keine Ahnung! Was glauben Sie, was mir hier manchmal auf den Tisch kommt?« Er deutete mit dem Daumen auf eine Liege, an deren Ende rechts und links ein sogenannter Beinhalter angeschraubt war. »Je nach Geburtenzahl und Häufigkeit des Einsatzes könnten Sie da den halben Unterarm reinstecken, ohne groß Schaden anzurichten.«

Es war eindeutig sinnlos, weiter mit von Riebenow zu reden. Jakob war froh, als er wieder draußen auf der Straße stand. Nach kurzer Überlegung entschied er sich dafür, seine verbliebenen acht Groschen in ein Telefonbillet zu investieren; der Appetit auf einen Imbiss beim Wurstmaxe war ihm ohnehin vergangen. Am Telefonkiosk rief er Reginald Wündrich an. »Du müsstest nach ihr suchen, da, wo die mittellosen Toten für die Armenbegräbnisse aufgebahrt sind. Lina Hancke. Ich schätze Ende zwanzig.«

»Ohne polizeiliche Anordnung kann ich aber nichts unternehmen.«

»Ich weiß, aber wenn irgend möglich, sorg dafür, dass sie nicht heute schon unter die Erde kommt.« Jakob dachte mit Grauen an die Einäscherungsanstalten in Gotha, Heidelberg und Hamburg. Es würde nicht mehr lange dauern, bis man auch in Berlin Tote einfach verbrennen lassen konnte. In seinen Augen gab es keine bessere Gelegenheit, eine Gewalttat zu vertuschen: War eine Leiche erst einmal kremiert, war sogar Reginald mit seiner Kunst am Ende.

Der unfreiwillige Fußmarsch von der Arndtstraße zum Präsidium tat gut. Der Herbstwind hatte die Wolken vertrieben, und die Sonne spiegelte sich in den Regenpfützen. Jakob dachte an Auguste und ihre Idee, sich unter einem Vorwand im Theater einzuschleichen, um die Leute auszuhorchen. Er hätte von Barnstedt am liebsten erwürgt, als der diesem idiotischen Plan zugestimmt hatte! Andererseits musste er zugeben, dass es bisher weder eine Spur im Mordfall Klingbeil noch Hinweise zu Emil Krauses angeblichem Freitod gab.

Als Jakob nach einer guten Stunde im Präsidium eintraf, stürmte ihm Friedhelm Mielke auf dem Gang bereits entgegen. Er war aschfahl, und seine Lippen zitterten. »Herr Kriminalassistent! Gut, dass Sie …«, seine

Stimme brach, und er setzte von Neuem an: »Gut, dass Sie da sind! Kommissar von Barnstedt, er hat …«

»Was? Hat sich von Koschwitz etwa durchgesetzt und er ist suspendiert?«

Mielke schüttelte stumm den Kopf und scharrte mit der Stiefelspitze auf dem Fliesenboden.

»Herrgott noch mal, Mielke! Jetzt rücken Sie schon raus mit der Sprache!«

»Wir warten noch auf eine Nachricht aus der Charité …«

# Kapitel 12

An diesem Abend hatte die Zusammenkunft im Fuchs'schen Hofgarten keinerlei Ähnlichkeit mehr mit einem Verschwörertreffen. Selbst Luis schwieg, während er mit Auguste ins Parterre fuhr. Er hatte von Barnstedt stets als typischen »Woll-Onkel« betrachtet: So nannte man bei ihm zu Hause spöttisch jene Landadeligen, die im Sommer ihre Schafschur zum Verkaufen in die Hauptstadt brachten. Sie galten als langsam im Denken und provinzlerisch. Jedoch in letzter Zeit war der Kommissar in Luis' Achtung gestiegen: Wenn von Barnstedt in den Lift stieg, blaffte er ihn schon lange nicht mehr an, als sei Luis ein Rekrut auf dem Kasernenhof, und er behandelte Auguste neuerdings mit deutlich mehr Respekt.

Im Erdgeschoss angekommen, legte Luis Auguste die Hand auf den Arm, bevor sie ausstieg. »Nu sag ma ehrlich: Wird der wieder?«

Auguste hob die Schultern. »Ganz ehrlich? Ich weiß es nicht.«

Als sie den Hof betrat, war Jakob gerade dabei, Reginald von den jüngsten Ereignissen zu berichten. »Ein unbekannter Anrufer hat ihn zu 'ner Adresse in der Luisenstadt gerufen, nicht weit von der Michaelbrücke. Aber da ist er nie angekommen. Stunden später haben ihn zwei halbwüchsige Jungs gefunden. Die dachten, er wär tot, und haben ihm erst mal die Taschenuhr, den Siegelring und die Geldbörse abgenommen.«

Reginald verzog das Gesicht. »Nicht weiter verwunderlich bei der Gegend.«

»Glücklicherweise hat 'n Schutzmann sie dabei erwischt. Und der hat bei von Barnstedt noch 'nen Puls feststellen können und die Sanitäter gerufen. Wie lange er bis dahin schon mit seinem Schädelbruch in der Gosse gelegen hat, weiß kein Mensch.«

»Das heißt, es war 'n Überfall? Hatten die beiden Jungens ihm vielleicht …?«

»Nee, als der Schupo von Barnstedt gefunden hat, war er schon bis auf die Knochen nass vom Regen. Das heißt, er hat womöglich stundenlang da gelegen. Und der Verletzung nach vermutet man, dass eine Droschke ihn erfasst und zu Fall gebracht hat.«

»Etwa mit Absicht?«

Jakob hob wie entschuldigend die Hände. »Das lässt sich beim besten Willen nicht mehr feststellen. Das müsste uns von Barnstedt selber sagen.«

»Und jetzt?«

»Die Ärzte wissen noch nicht, wie es weitergeht. Er hat, seitdem man ihn gefunden hat, nicht wieder das Bewusstsein erlangt.«

Auguste schenkte allen ein Glas Stobbes Machandel ein.

»Auf Kommissar von Barnstedt!« Reginald hob sein Glas und trank es in einem Zug aus. »Momentan hält eine gewisse Karolina Olsson den Rekord. Die ist anno 1876 nach einem Unfall in tiefe Bewusstlosigkeit gefallen. Koma nennt man das in der Medizin.«

»Und wann ist sie wieder aufgewacht?«

»Gar nicht. Bis jetzt.«

»Das heißt, sie schläft seit zwanzig Jahren?«

Reginald nickte bekümmert und hielt auffordernd sein Glas für eine zweite Runde hin.

Von Barnstedts Unfall änderte auf einen Schlag sämtliche Pläne. Jakob wurde als vorläufiger Leiter der Ermittlungen in Sachen »Mordgespenst« eingesetzt – wenn auch eher, um das Gesicht der Kriminalabteilung zu wahren. Das Bild des »Mörderwesens« in der Illustrierten hatte hohe Wellen geschlagen: Ganz Berlin war schier versessen auf Gespenster, Poltergeister und das Übersinnliche an sich. Es wäre tödlich für das Ansehen der Polizei gewesen, wenn sie die Hinweise der selbst ernannten Jenseitsspezialisten, die sich ihnen infolge des Artikels andienten, als Humbug in den Wind geschlagen hätte. Also hörte sich Jakob geduldig die verschiedensten Theorien zu dem an, was die Herren in Augustes Fotografie zu erkennen glaubten. Ein junger Goetheforscher kam extra aus Weimar angereist, um darzulegen, dass die obskure, nebelförmige Gestalt der sogenannte Astralleib eines Verstorbenen sei. »Und sehen Sie: Dieser Empfindungsleib birgt selbstverständlich auch die niederen Triebe des abgelegten Erdenlebens in sich …«

»Ach? Und da denkt sich so 'n Astralleib: Menschenskind, den Klingbeil konnt ich noch nie leiden, da schmeiß ich ihm doch jetzt mal schnell 'nen zentnerschweren Taubenkäfig auf'n Kopf?«

»Sie nehmen mich nicht ernst!«

»Doch doch, Herr Steiner …«

»Doktor Steiner!«

»Pardon! Herr Doktor Steiner. Aber wenn Sie damit insinuieren wollen, dass ich Adolf Klingbeils Mörder unter den Toten suchen muss, dann fehlen mir dazu bedauerlicherweise die Mittel und die Möglichkeiten.«

»Ich sag's noch mal: Sie nehmen mich nicht ernst!« Rudolf Steiner zog pikiert von dannen, und Jakob leistete kurz darauf bei ihm innerlich Abbitte, denn das, was andere Gelehrte von sich gaben, hatte noch weniger Hand und Fuß als die Geschichte mit dem rachsüchtigen Astralwesen.

»Das war ein Engel!«

»Nein, ein Dämon!«

»Unsinn! Eine Lamia!«

Für Letzteres musste Jakob sogar *Meyers Konversationslexikon* bemühen.

> Lamia, nach griechischem Aberglauben ein weibliches kinderraubendes, schreckhaft häßliches Gespenst, ursprünglich eine Geliebte des Zeus, die, von der Hera ihrer Kinder beraubt, in Wildheit verfiel.

Jakob stöhnte. Erstens war das verdammt lange her, zweitens war dieser Zeus bekanntermaßen ein notorischer Verführer und Ehebrecher, und drittens dürfte

Hera das gewusst haben und hätte sinnigerweise eher ihm als der armen Lamia die Hölle heiß machen sollen. Und auf dem Rollboden des Apollo-Theaters hatte diese Lamia mit Sicherheit nichts verloren. Es half alles nichts: Jakob steckte fest, sowohl was Klingbeils Tod als auch was Emils fingierten Selbstmord betraf. Der diensthabende Arzt und das Gefängnispersonal bestätigten – auch wenn Jakob davon ausging, dass sie von irgendjemandem dazu gezwungen wurden – von Koschwitz' Version, und auch Reginald stand mit leeren Händen da. Als er im Leichenschauhaus ankam, hatte man ihm erklärt, dass Lina Hancke bereits auf dem Armenfriedhof beigesetzt worden war. Die Eile, in der das vonstatten gegangen war, schien zwar höchst verdächtig, aber für eine Exhumierung fehlte ein justitiabler Anlass.

Die einzig vielversprechende Spur verfolgte Auguste: Sie hatte als erstes Ensemblemitglied Adele Freese zu einer Porträtsitzung gebeten. Zwar tat es ihr von Herzen leid, dass Ida nicht ins Atelier hochkommen durfte, während Kundschaft im Haus war, aber es schien ihr sicherer zu sein, dass niemand – auch Menschen, die es offensichtlich gut mit ihr meinten – von Idas Aufenthalt im Haus erfuhr. Glücklicherweise waren Henrietta und Ida vollauf mit »A wie Apfel, B wie Birne und C wie Citrone« beschäftigt: Tante Hattie, wie Ida sie mittlerweile nannte, lief als Lehrerin zu Hochform auf! In ihrem Zimmer standen seit dem frühen Morgen eine aufklappbare Tafel und eine veritable Schulbank, und Ida war mit Tornister, Griffelkasten, Fibel und Rechenbuch ausstaffiert. Als Tüpfelchen auf dem i hatte Hulda in einem nächtlichen Handarbeitsmarathon sogar das obligate Tafelläppchen gehäkelt, das nun, wie es sich für Erstklässler gehörte, an einem Luftmaschenband an Idas Schiefertafel hing.

Bevor Auguste hoch ins Atelier fuhr, lauschte sie noch kurz an Henriettas Tür.

»Tante Hattie, können wir statt Apfel, Birne und Citrone nicht noch andere Wörter mit Buchstaben aus 'm ABC finden?«

»Natürlich. Wie wär's mit O wie Obst?«

Auguste schmunzelte und machte sich zufrieden auf den Weg nach oben. Kaum hatte sie die Kamera in Position gebracht und die Vorhänge zurückgezogen, um Tageslicht hereinzulassen, erschien Adele Freese, hübsch zurechtgemacht und mit frisch ondulierten Haaren. Luis entließ sie mit einer galanten Verbeugung aus dem Fahrstuhl. »Voilà, Mademoiselle: unser Atelier.«

Dass Luis das Atelier als »unser« bezeichnete, war rührend, und Auguste schickte ein stummes »Danke« zu ihm hinüber, denn sein »Mademoiselle« erinnerte sie daran, Adele Freese auf keinen Fall als »Frau«, sondern als »Fräulein« anzusprechen. Schließlich sollte diese nichts von einer Verbindung zu Jakob erfahren und unbefangen plaudern können.

Natürlich war Adele weder die berühmte Geisterfotografie noch die Tatsache, dass Auguste den Schauplatz des Klingbeil-Mordes fotografiert hatte, entgangen. Und sobald sie ihren Mantel abgelegt hatte und Auguste sie in Positur stellte, kam sie prompt auf das Thema zu sprechen. »Sagen Sie, meine Beste, stammt dieses ominöse Gespensterbild aus der Illustrierten von Ihnen?«

»Ja«, Auguste hasste es zu lügen, »aber wer oder was das seltsame Nebelwesen darauf sein soll, kann ich Ihnen beim besten Willen nicht erklären.«

»Ach, wissen Sie: Der Rest der Welt – mich eingeschlossen – kann diesem seltsamen Nebelwesen nur dankbar sein …«

»Tatsächlich?« Statt zu fotografieren, fuhrwerkte Auguste länger als nötig an der Blitzpfanne herum, um Adele nur ja nicht zu unterbrechen. »Inwiefern?«

»Der Klingbeil war ein übler Mistkerl, das kann ich Ihnen sagen!«

Na gut, ein bisschen genauer wäre nett, dachte Auguste. Laut sagte sie: »Kleinen Moment, ich würde gern vermeiden, dass ein Schatten auf Ihren Hinterkopf fällt.«

Natürlich gab es auf Adeles Hinterkopf keinen Schatten, aber sie ließ sich geduldig zwei Schritte vor und anschließend zentimeterweise wieder zurück auf die ursprüngliche Position schieben: Zeit genug für Augustes Fragerei. »Wie übel war der Mistkerl denn? Ich meine, miese, fiese Kerle gibt's wie Sand am Meer. Wenn man die alle um die Ecke bringen wollte, hätte man viel zu tun.«

Adele kicherte. »Na, na, wie Sand am Meer is doch 'n bisschen übertrieben.«

Auguste stellte fest, dass sie das Suffragettenhütchen in dieser Hinsicht offenbar falsch eingeschätzt hatte. »Was hat der Klingbeil denn Böses gemacht?«

»Mal abgesehen davon, dass ich mich frage, wie er es an den Behörden vorbeigeschafft hat, sich ständig blutjunge Dinger – oder sogar Kinder! – als Assistenten oder Assistentinnen zu holen: Was glauben Sie denn, was aus denen wird, wenn die Nächsten dran sind?

Aber darum hat sich dieser halbseidene Taschenspieler einen Dreck geschert!«

»Na, die Kinder haben doch Eltern. Wenn die es ihren Töchtern und Söhnen erlauben, spätabends noch auf der Bühne zu stehen, dürfte dem Gesetz Genüge getan sein. Schließlich gibt es Artistenfamilien, bei denen die Kleinsten schon, wenn sie gerade erst laufen können, bei den Auftritten mitmachen.«

»Tz, ha!« Adele lachte unfroh auf. »Da wird aber auch zusammengehalten! Da wird sich um die Kinder gekümmert! Aber der Klingbeil hat 'n Deibel drum gegeben, was mit den Jungs und Mädchen passiert! Und wenn sie aufgemuckt haben, waren sie ganz schnell weg vom Fenster. Und schwupp, hat Lina Hancke die Nächsten eingewiesen.«

»Lina – wer?« Auguste tat, als höre sie den Namen zum ersten Mal.

»Hancke. Leider vor ein paar Tagen von uns gegangen. Unter recht eigenartigen Umständen, wenn Sie mich fragen. Tänzerin und Gelegenheitsprostituierte, so wie die meisten Mädels vom Ballett.«

»Gelegenheitsprostituierte? Das ist nicht Ihr Ernst!«

»Och, Kindchen«, Adele schüttelte ungläubig den Kopf, »wie naiv kann man denn sein?«

Reginald setzte sich im Hörsaal in die allererste Reihe, obwohl das mulmige Gefühl in seiner Magengegend mit Macht versuchte, ihn davon abzuhalten. Dass da ein Mensch, den er gut kannte – den er inzwischen fast als Freund betrachtete –, auf dem OP-Tisch lag, war neu für ihn.

»Schädeltrepanationen hat der Mensch, so wie es aussieht, schon in der Steinzeit vorgenommen«, begann Professor von Bergmann seinen Vortrag, »ich nehme an, dass unsere Vorfahren glaubten, man könne durch ein Loch im Kopf Dämonen rauskomplimentieren. Oder – je nach Bedarf – gute Geister rein.«

Wer weiß, vielleicht funktioniert das tatsächlich, dachte Reginald. Andererseits war er froh, dass hier kein Steinzeitmensch, sondern der Leiter der Chirurgischen Abteilung höchstselbst den Eingriff vornahm.

Von Barnstedts Körper war vom Hals bis zu den Füßen mit einem Operationstuch bedeckt; er wirkte wie tot. Ob sich sein Brustkorb hob und senkte, war nicht erkennbar. Reginald sandte ein Stoßgebet zum Himmel und wischte sich die schweißnassen Hände an den Oberschenkeln ab.

»Im vergangenen Jahrhundert ließ man sich in England und Frankreich sogar den Schädel anbohren, wenn es gar keinen Anlass dafür gab«, fuhr der Professor fort, »zur Vorbeugung, wie es hieß. Das Loch im Kopf für alle Fälle.«

Gedämpftes Gelächter im Auditorium.

»In *diesem* Fall haben wir es jedoch mit einem geradezu klassischen Schädeltrauma infolge eines Sturzes zu tun. Der gute Mann hier ist seit seinem Unfall nicht mehr aufgewacht. Das heißt, es ist von einem epiduralen Hämatom auszugehen. Will heißen? Wündrich?«

Reginald schrak zusammen. »Blutungen innerhalb des knöchernen Schädels führen zu einer Raumbeengung des Gehirns«, antwortete er mechanisch, »das heißt, eine entlastende Schädeltrepanation und ein Absaugen des Koagulats sind angezeigt.«

Der Professor nickte und dozierte weiter, doch Reginald hörte nur noch mit halbem Ohr zu. Ernst von Bergmann hatte zwar in drei Kriegen reichlich Erfahrungen mit Kopfverletzungen gesammelt und galt als »Vater der Asepsis«, doch der Eingriff blieb trotzdem eine heikle Sache: Wenn es ihm nicht gelang, den Hirndruck zu reduzieren, musste man mit Langzeitfolgen bis zum Verlust der Denk- und Handlungsfähigkeit rechnen.

Einer der Assistenzärzte träufelte Äther in die Betäubungsmaske und legte sie von Barnstedt über Mund und Nase. Von Bergmann nahm ein Skalpell aus der Sterilisiertrommel und zog einen halbkreisförmigen Schnitt quer über von Barnstedts kahl rasierten Schädel. Der zweite Assistent schob Kopfhaut, Muskulatur und Hirnhäute zur Seite, dann griff der Professor zum Bohrer. Das Gerät erinnerte Reginald an eines jener hochmodernen mechanischen Handrührgeräte, mit denen man Eiweiß oder Sahne in einem Bruchteil der normalen Zeit steif schlagen konnte. Nach dem zweiten Loch setzte von Bergmann die Gigli-Säge an, ein Stahlband mit je einem T-förmigen Griff an beiden Enden. Er entfernte ein trapezförmiges Knochenfragment, und als das geronnene Blut abgesaugt und das herausgeschnittene Knochenteil wieder eingelegt war, nähte einer der Assistenten die Kopfschwarte wieder zu.

Im Auditorium wurde dezent applaudiert.

Draußen vor der Tür schnappte Reginald wie ein Fisch auf dem Trockenen nach Luft. Es war überstanden, und die nächsten Tage würden zeigen, ob der Eingriff ein Erfolg war. »Tief durchatmen«, ermahnte er sich. Als er sich wieder einigermaßen beruhigt hatte, stand sein Entschluss fest: Der Plan, mit Henrietta Droydon-Jones eine Krankenstation in Afrika zu gründen, war an ihrem Hallodri von Liebhaber gescheitert, und das hieß, nichts auf der Welt konnte ihn davon abhalten, auch nach seinem Examen der Forensischen Pathologie treu zu bleiben. Da konnte man zwar, wie in jeder Disziplin, katastrophale Fehler machen, aber zumindest konnte daran niemand sterben!

»'n Loch in'n Schädel jesägt?« Luis kicherte und machte keine Anstalten, den Lift in Bewegung zu setzen. »Och, Guste, nu verkohl mir nich'!«

»Wenn ich's dir doch sage!«

»Aber, da stößt man doch direktemang uff 't Jehirn!«

»Die sägen ganz besonders vorsichtig, Luis.«

»Und da biste sicher? Weil: So 'n Hirn is doch der reene Glibber! Meene Mutter hat uns Kindern nämlich, wenn jeschlachtet wurde, det Hirn von unsern Schwein in Butter jebraten. Bissken Salz und Pfeffer und uff Schrippe: schmeckt schön!«

»Ach ja?« Auguste drehte die Vorstellung von Hirn auf Schrippe schier den Magen um.

»Und daher weeß ick, det so 'n Hirn wie Pudding is. Eenmal mit die Säge ausjerutscht, und – zack! – biste für den Rest des Lebens blöde!«

»Ich glaub nicht, dass die 'nen Chirurgen, der nicht ordentlich mit der Knochensäge umgehen kann, an den Kopf von 'nem Patienten lassen.«

»Reicht doch, wenn er besoffen is.«

»Luis!!!«

»Na, wat? Gloobst du etwa, bloß weil die Herren weiße Kittel tragen, pichelt sich keener mal 'n Schnäpschen nebenbei?«

Luis' grässliche Vorstellung von angetrunkenen Chirurgen und glibberigen Hirnen verfolgte Auguste bis in die Küche und verdarb ihr nachhaltig den Appetit.

»Viktor, Sie enttäuschen mich!«

Der Kutscher zuckte mit den Schultern »Ich hab überall nachgefragt, in den Ateliers in der Friedrichstraße und der näheren Umgebung gibt's bisher keine Spur von einer jungen Fotografin. Die ist nach wie vor wie vom Erdboden verschluckt.«

»Aha. Und die Kleine ist auch nach wie vor wie vom Erdboden verschluckt, ja?« Der Kommerzienrat äffte den Tonfall seines Kutschers mit einer hämischen Grimasse nach.

»So ist es.« Viktor Merthin ließ sich nichts anmerken. Er schätzte es gar nicht, wie ein dummer Junge abgekanzelt zu werden, aber wie er seinen Arbeitgeber kannte, war es besser, ihn in solchen Situationen nicht durch Widerspruch oder Beschönigungen zusätzlich zu reizen.

»Na großartig!« Oehlschlegel goss sich ein weiteres Glas Portwein ein. »Und die Sache mit dem Zeitungsartikel hilft ja nun auch niemandem weiter!«

»Nein.«

Der Kommerzienrat versuchte vergeblich, sich damit zu beruhigen, dass Lina Hancke keine Gefahr mehr darstellte und der lästige Kommissar zumindest vorläufig außer Gefecht war. Aber das sogenannte Geisterfoto hatte die ganze Klingbeil-Sache auf unerwartete Weise wieder aufgerührt. Irgendwann würde Gertrud Hessling womöglich eins und eins zusammenzählen und lästige Fragen stellen. Und nicht nur das verschwundene Mädchen war in dieser Hinsicht ein unkalkulierbares Risiko.

»Erledigen Sie das mit dem Jungen.«

»Der hat bisher nichts gesagt. Und der wird auch weiterhin nichts sagen.«

»Darauf möcht ich mich nicht verlassen.«

»Sehr wohl.« Viktor dienerte wie gewohnt und setzte seinen Zylinder wieder auf. Auf dem Weg zur Tür verlangsamte er seine Schritte und blieb dann stehen.

»Ist noch was, Viktor?«

»Ich mein: Was soll der Kleine schon groß sagen? Und wenn, glaubt ihm das Ganze sowieso kein Mensch.«

»Dann sehen Sie die Sache als 'ne Art Erlösung an.«

Im Keller in der Adalbertstraße saßen die Mädchen und Jungen dicht zusammengedrängt in einer Ecke. Sie warteten auf »Tante Trudi«. Es hatte schon seit einer ganzen Weile keine Besucher mehr gegeben. »Eine Vorsichtsmaßnahme«, hatte Gertrud Hessling kurz angebunden erklärt, »bis der Tod von Herrn Klingbeil aufgeklärt ist.«

Das war einerseits wunderbar, andererseits machte es den Kindern Angst.

»Was, wenn sie mit den Schönen oben abhaut?«

»Wieso? Wenn sie mit denen abhaut, nimmt sie uns doch mit!«

»Tz. Bestimmt nicht. So was wie uns findet die an jeder Straßenecke.«

»Und wenn sie nie wiederkommt?«

»Dann wer'n wer hier verhungern.«

»Vielleicht.«

»Ich glaube, vorher tut man verdursten.«

Einer der Jungen begann leise zu wimmern. Dann hörte man – weit entfernt – eine Tür ins Schloss fallen, und der Junge biss in seinen Handrücken, um jeden weiteren Laut zu ersticken.

»Sollste doch nich machen, Paulchen.« Eines der älteren Mädchen tupfte sanft das Blut von der Wunde. Die neueren Bissverletzungen auf der Hand des Jungen waren kaum verheilt, die Narben darunter begannen bereits zu verblassen.

Oben im Erdgeschoss wurde der Schrank von der Bodenklappe gezogen, und ein Lichtstrahl fiel in den Raum.

»Essen!« Jemand stellte einen dampfenden Topf auf der Kellertreppe ab. Dann schloss sich die Luke.

Der kleine Junge stand mechanisch auf, nahm seine Blechschale und ging mit den anderen auf die Treppe zu. Mit seiner verkrümmten Wirbelsäule war er der Kleinste von allen. Dabei war er schon neun.

Auf dem Weg zu Jakob in die Diedenhoferstraße ließ sich Auguste noch einmal durch den Kopf gehen, was sie am Nachmittag erfahren hatte. Sie hatte Mademoiselle Adèle im Anschluss an die Porträtaufnahmen zu einer heißen Schokolade eingeladen und Dinge über die Gepflogenheiten an den Varietébühnen in Erfahrung gebracht, von denen sie bisher nicht einmal etwas geahnt hatte. Offenbar verdienten die Kleindarstellerinnen und Tänzerinnen dort so wenig, dass etlichen von ihnen gar nichts anderes übrig blieb, als sich zu prostituieren. »Oft sind das uneheliche Mütter, die tagsüber ihr Kind – oder auch mehrere – zu versorgen haben«, hatte Adele Freese ihr erklärt, »da können die Mädchen natürlich weder im Haushalt in Stellung gehen noch in der Fabrik arbeiten.«

Die kleine Suffragette kannte sich erstaunlich gut in den entsprechenden Verhältnissen aus. Das stand, wie Auguste fand, in krassem Widerspruch zu dem bürgerlichen Ambiente, in dem sie lebte und das Jakob so beeindruckt hatte. Am Ende hatte Adele sich sehr herzlich von ihr verabschiedet. Was blieb, war das Gefühl, dass die ihr irgendwas verschwieg.

# Kapitel 13

Auguste saß in Jakobs Junggesellenbude auf der Bettkante und zog einen Flunsch. »Die ganze Heimlichtuerei für nichts und wieder nichts«, maulte sie. Jakob legte ihr tröstend den Arm um die Schultern und ließ die Schachtel mit den Kondomen diskret wieder in seiner Jackentasche verschwinden. Sie hatten sich beide auf ein wenig ungestörte Zweisamkeit gefreut, doch jetzt, da dem nichts mehr im Wege stand, war beiden die Lust am erotischen Teil ihres Tête-à-Têtes vergangen. Auguste hatte sich extra Huldas schwarzes Wolltuch ausgeliehen, um auf dem Weg ins Dachgeschoss den Eindruck einer alten Frau zu vermitteln. »Damenbesuch unerwünscht«, hieß es in Jakobs Mietvertrag, aber damit war natürlich nicht die Stippvisite der lieben Großmama, als die Auguste sich verkleidet hatte, gemeint.

Die beiden kuschelten sich eng umschlungen auf Jakobs schmales Eisenbett und hingen schweigend ihren

Gedanken nach, bis die Glocke der nahe gelegenen Immanuelkirche sechs Uhr läutete.

»Jakob? Schläfst du?«

»Mmm.«

»Meinst du, wir dürfen morgen zu ihm?«

»Ich denke schon.«

»Ich hab für vormittags alle Porträtsitzungen abgesagt.«

»Dann treffen wir uns doch um acht am Haupteingang der Charité. Wir müssen ja erst fragen, wo von Barnstedt liegt.«

»Natürlich. Gut, so machen wir's.« Auguste stand auf, richtete, so gut es ging, ihren zerknitterten Rock und fuhr sich mit allen zehn Fingern durch die Haare, um die widerspenstigen Strähnen unter Huldas Wolltuch zu verstecken.

Die beiden küssten sich zum Abschied lange und ausgiebig, aber auch wenn daraus durchaus mehr hätte werden können – das Risiko, im Treppenhaus erwischt zu werden, stieg mit jeder weiteren Minute: Die Leute kamen von der Arbeit heim, und Huldas Wolltuch täuschte aus der Nähe nicht darüber weg, dass sich ein junges Fräulein in die Wohnung des ansonsten reputierlichen Herrn Kriminalassistenten geschlichen hatte.

Als Auguste am Wasserturm vorbei die Treskowstraße hinunterfuhr, begann es zu nieseln, und in der Prenzlauer Allee pfiff ihr ein eiskalter Wind ins Gesicht. Sie stieg vom Fahrrad und knotete Huldas Wolltuch unter dem Kinn fest; das sah zwar nicht gerade elegant aus, aber es schützte wenigstens eine Zeit lang vor dem Regen.

Glücklicherweise ging es bis zum Alexanderplatz bergab. Als sie die Kaiser-Wilhelm-Brücke überquerte, hörte es zwar endlich auf zu regnen, aber die Kandelaber waren trotz der Dunkelheit noch nicht erleuchtet, und über der Spree waberte dichter, grauer Nebel. An der Ecke Unter den Linden/Friedrichstraße zog Auguste das Tuch vom Kopf. Es war klitschnass, und sie war bis auf die Knochen durchgefroren. Ihr graute davor, sich nach dem Abendessen nochmals aufraffen zu müssen, um ins Theater zu fahren. »Aber ganz sicher nicht per Fahrrad«, murmelte sie und trat grimmig in die Pedale.

In der Küche duftete es anheimelnd, und Hulda wedelte bereits mit einem Frottiertuch. »Erst mal ziehst du dir was Trockenes an! Und dann hab ich dir den Rest von heute Mittag warm gemacht. Gürkchen sind in der Speisekammer.«

Auguste ließ sich dankbar von Hulda umsorgen, und sie hätte sonst was dafür gegeben, sich von ihr – gleichzeitig mit Ida – ins Bett bringen zu lassen; selbst um den Preis von *Heidi* statt *Winnetou* als Gutenachtgeschichte.

Stattdessen fotografierte sie – wie verabredet, bevor die Vorstellung begann – die marmorgrau geschminkte »Neptunbrunnen«-Gruppe. Doch weder von den Mädchen noch vom Darsteller des Meeresgottes war Neues über Adolf Klingbeil zu erfahren. Sie war todmüde, und nicht einmal die Aussicht auf ein bisschen Schäkern mit dem flotten Schnürmeister Conradi konnte sie dazu bringen, noch länger im Apollo-Theater zu bleiben. Sie war bereits in Hut und Mantel, als Jacques Glück in den Bühnenraum stürmte, gefolgt von einer seltsamen Gestalt in wallenden Gewändern. »Fräulein Fuchs, darf ich

Sie mit unserer neuesten Sensation bekannt machen? Voilà: Mandragor, der einzig wahre Magier!«

Der als Mandragor vorgestellte junge Mann deutete eine Verbeugung an. Offensichtlich war ihm das Getue, das der Theaterdirektor um ihn machte, unangenehm.

»Dagegen sind die Adolf Klingbeils dieser Welt nichts weiter als bedeutungslose Taschenspieler«, fuhr Glück unbeeindruckt von Mandragors demonstrativer Zurückhaltung fort, »und da es leider keine aktuelle Fotografie von ihm gibt, wollte ich Sie, meine Liebe, fragen, ob Sie vielleicht noch einen Augenblick Ihrer kostbaren Zeit opfern könnten?«

Glück strahlte sie erwartungsvoll an, und Auguste brachte es einfach nicht übers Herz, Nein zu sagen, obwohl sie hundemüde war.

»Ewig Dank!« Jacques Glück warf ihr eine Kusshand zu und verschwand in Richtung Foyer.

Der Magier, der von nun an Klingbeils Stelle einnehmen sollte, trug eine bodenlange Tunika aus dunkelblauer Seide. Sein bartloses Gesicht war weiß geschminkt und die Augen schwarz umrahmt. Das Haar wurde von einem kunstvoll um den Kopf geschlungenen blutroten Seidenschal verdeckt, und seinen Hals umschloss ein goldener, mit bunten Steinen besetzter Kragen, wie man sie im alten Ägypten trug; zumindest hatte Auguste so etwas auf einer Illustration zu einem Ausgrabungsbericht in einer von Huldas *Gartenlaube*-Ausgaben gesehen.

»Möchten Sie irgendwas mit auf dem Bild haben? Vielleicht ein spezielles Requisit?«

Der Magier schüttelte den Kopf. »Ich arbeite nicht mit Requisiten. Aber danke, dass Sie fragen.«

Erstaunlich, dass ein Mensch, der Abend für Abend auf der Bühne steht, so zurückhaltend – geradezu schüchtern – ist, dachte Auguste. Sie stellte Stativ und Kamera auf und platzierte Mandragor vor einem schwarzen Samtvorhang. »Möchten Sie für das Schaukastenbild eine typische Haltung einnehmen oder eine signifikante Geste machen?«

Mandragor schüttelte erneut den Kopf. »Ich mach bei meinen Auftritten keine besonderen Gebärden.« Er stellte sich auf den ihm zugewiesenen Platz, verschränkte die Arme vor der Brust und riss nicht einmal die Augen auf, wie es manche Zauberkünstler taten, um ihren alles durchdringenden, magischen Blick zu dokumentieren.

Langsam wurde Auguste neugierig: ein Zauberer, der weder hintergründig guckte noch pompöse Beschwörungsgesten machte, war mehr als ungewöhnlich. Er lächelte sogar auf einigen der Aufnahmen. »Wann treten Sie denn heute auf, Herr Mandragor? Noch vor der Pause?«

Mandragor schmunzelte. »Das ›Herr‹ können Sie weglassen, Fräulein Fuchs. Und: Ja, ich bin heut ausnahmsweise vor der Pause dran. Die konnten hier so schnell den Bühnenhintergrund nicht ändern. Ab morgen bin ich dann die Schlussnummer in Jacques' Programm.«

Auguste überlegte. Sie war zwar zum Umfallen müde, aber der Mann hatte sie neugierig gemacht. Das kräftige Kinn und die gerade Aristokratennase gaben ihm etwas Würdevolles, die sanfte, ungewöhnlich hohe Stimme und die Art, sich zu bewegen, hingegen hatten etwas Weiches, geradezu Feminines. »Was meinen Sie: Ob ich wohl von der Seitenbühne aus bei Ihrem Auftritt zuschauen kann? Oder entzaubere ich dabei den einen oder anderen Ihrer Bühnentricks?« Sie dachte an die Hebevorrichtung, die die Illusion vermittelt hatte, dass Adolf Klingbeil ein kleines Mädchen – Ida – an einem einzelnen Haar hochhob.

»Ich arbeite nicht mit Bühnentricks«, Mandragor schmunzelte erneut, »Sie können also gerne zuschau'n. Würd mich freuen!«

In Augustes Schlafzimmer hörte Ida derweil kichernd Heidis unfreiwilligen Attacken auf Fräulein Rottenmeiers Nerven zu: Hulda mimte beim Lesen virtuos die exaltierte Hausdame.

> »Adelheid«, begann sie mit strengem Ton, »ich weiß nur *eine* Strafe, die dir empfindlich sein könnte, denn du bist eine Barbarin; aber wir wollen …«

»Tante Hulda, was ist eine Barbarin?«

Hulda zuckte mit den Achseln. »Auf jeden Fall eine Frau, die sich nicht an Fräulein Rottenmeiers Regeln hält.«

Ida kicherte erneut. »Ich würd mich auch nicht daran halten! Liest du weiter?«

»Natürlich! Also:

> »… wir wollen sehen, ob du unten im dunklen Keller bei Molchen und Ratten nicht zahm wirst …«

»Nein!« Ida schrie auf und schlug sich die Hände vor's Gesicht. »Nicht in den Keller!«

»Gott, Kind? Was ist denn los?« Hulda legte erschrocken das Buch beiseite und nahm das Mädchen in den Arm.

Ida begann zu zittern. »Sie darf Heidi nicht in den Keller sperren«, wisperte sie mit angstgeweiteten Augen. »Bitte sag, dass Heidi nicht in den Keller muss!«

»Nein, keine Bange, das muss sie nicht.« Hulda erinnerte sich zwar nicht mehr daran, wie die Geschichte weiterging, aber sie beschloss, im Zweifelsfall eine entsprechende Passage zu überspringen. »Ida, mach dir keine Sorgen. Das sagt das strenge Fräulein Rottenmeier nur, um Heidi davon abzuhalten, irgendwas zu tun, das ihr nicht passt.«

Als Ida sich einigermaßen beruhigt hatte, beschloss Hulda, es für heute mit dem Vorlesen bewenden zu lassen. Stattdessen sang sie mit ihr, um sie aufzuheitern, das Lied von der Flunder und dem *Harung jung und schlank* und versprach, das Licht anzulassen. »Und weißt du, Ida, wir haben einen wunderschönen Keller hier. Der Opa Fuchs lagert da seinen Wein, und es gibt ein großes Regal mit Marmelade und Eingemachtem. Und elektrisches Licht gibt es auch. Wollen wir uns das morgen mal zusammen angucken? Damit du siehst, dass da keine Ratten und Molche sind?«

»Auch keine bösen Männer?«

»Was denn für böse Männer?«

Statt einer Antwort presste Ida erschrocken die Lippen zusammen. Davon durfte sie doch niemandem erzählen! In den Keller kamen die größeren Jungen und Mädchen. Und die, die nicht so hübsch aussahen. »Die taugen nur für den Keller«, hieß es, wenn eins von den

Kindern kaputte Zähne hatte oder Ausschlag oder einen Buckel. Nur die Schönen durften oben wohnen. Und nur die durften was lernen. Tanzen und Tischmanieren, zum Beispiel. »Die im Keller sind für das gemeine Volk. Das nimmt's nicht so genau«, hatte es geheißen. Aber das alles durfte keiner wissen, das hatte man ihr immer wieder eingebläut. Das durfte sie selbst Tante Hulda auf keinen Fall erzählen! Oder Tante Hattie. Oder Auguste. Nicht einmal Opa Fuchs!

»Und jetzt: Mandrrragoooor!« Der Hausherr persönlich ließ es sich nicht nehmen, seine neueste Sensation anzukündigen.

Auguste saß auf einem Hocker in der zweiten der durch schmale Vorgänge voneinander abgetrennten Gassen rechts und links der Bühne. Den Ausdruck »Gasse« hatte ihr Hinnerk Conradi beigebracht: »De eerste Gass heet Nullgass, wiel dar de Füürwehrmann sitt, un de sien Ahnung vun Kunst is keen Schiet mehr as Null.«

Auguste grinste. Der Schnürmeister war ein amüsanter Kerl! Er scharwenzelte in jeder freien Minute um sie herum und sorgte dafür, dass es ihr an nichts fehlte. Pünktlich zu Mandragors Auftritt brachte er ihr sogar ein Glas Champagner. Auguste beschloss, Jakob gegenüber in diesen Dingen nicht allzu sehr ins Detail zu gehen. Jetzt blies Conradi mit einer Maschine dichte Rauchschwaden auf die Bühne. Es stank nach Paraffin, aber der Effekt war großartig: Während die Musiker die ersten Takte von Tschaikowskys *Dornröschen* intonierten, waberten Nebelschwaden über die Bühne, und wie aus dem Nichts tauchte daraus der Magier Mandragor auf. »Guten Abend, meine Damen und Herren! Ich hoffe, Sie fühlen sich wohl, es geht Ihnen gut, und Sie befinden sich in angenehmer Gesellschaft.«

Auguste war ein wenig enttäuscht: Das war zwar ein höflicher, aber nicht gerade magierhafter Prolog.

»Wir sind, wie Sie wissen, allesamt Teil eines großen Ganzen – oder wenn Sie so wollen: Teil eines göttlichen Planes«, fuhr Mandragor fort, »aber uns wurde mit der Vertreibung aus dem Paradies auch der freie Wille geschenkt. Ich werde Ihnen also nicht die Zukunft wahrsagen, sondern nur die Zeichen nennen, unter denen sie steht. Sie haben es in der Hand, drohendes Unglück abzuwenden oder das auf Sie wartende Glück zu schmieden. Nun, wer will den Anfang machen? Freiwillige vor!«

Nach einigem Geraune im Publikum meldeten sich ein junger Mann und eine ältere Dame. Mandragor holte die beiden auf die Bühne und forderte sie dazu auf, eine Frage an ihr Schicksal auf ein Kärtchen zu schreiben und verdeckt in eine Schale zu legen.

»Wer traut sich? Nur Mut!«

Ein kurzer Blickwechsel der Probanden, dann trat der junge Mann vor, und Mandragor legte ihm seine linke Hand auf die Stirn. Der Magier schloss die Augen, und es wurde totenstill im Saal.

»Ein Mädchen namens … Ein Name mit R … Rosa? Ria …?«

Der junge Mann wollte etwas sagen, aber Mandragor kam ihm zuvor. »Reseda! Wie ungewöhnlich!«

Mandragors Proband zuckte erkennbar zusammen, als der Name fiel.

»Ah, ich verstehe: Man hat die junge Dame nach ihrer Großmutter benannt«, fuhr Mandragor fort. Er lachte leise. »Die alte Dame ist Ihnen sehr gewogen, junger Mann!«

»Aber ... sie ... Resedas Großmutter ist schon seit Jahren tot.«

»Das ändert nichts an ihrer Zuneigung. Allerdings ...«

»Ja?«

»Resedas Vater ist in der Tat ein launischer Herr, aber ...«

Wieder versuchte der junge Mann, etwas zu sagen, und wurde von Mandragor mit einer Geste zum Schweigen gebracht.

»... seine Krankheit ist schuld daran. Auf fremde Hilfe angewiesen zu sein, ist qualvoll. Deshalb lässt er sein einziges Kind nur ungern ziehen.«

Mandragors Proband war mittlerweile aschfahl.

»Nein, nein, bitte seien Sie unbesorgt«, der Magier öffnete die Augen und lächelte, »Resedas Vater wird Ihnen seinen Segen geben, und das junge Fräulein wird Ihnen eine liebevolle und treue Gefährtin sein.«

Im Parkett regte sich Applaus, doch Mandragor hob die Hand und brachte das Publikum zum Schweigen. »Wenn Sie, gnädige Frau, jetzt so gut wären, die Frage des jungen Mannes vorzulesen?«

Die ältere Dame nahm das Kärtchen aus der Schale und las vor: »Soll ich bei R.'s Vater um ihre Hand anhalten?«

Das Publikum hielt buchstäblich den Atem an.

»Und was verbirgt sich hinter dem Buchtstaben R?«

Der junge Mann schluckte und flüsterte: »Reseda ...«

»Ein bisschen lauter, wenn's geht?«

»Reseda!«

Ein paar vorwitzige Damen wünschten Resedas künftigem Gatten alles Gute, andere Zuschauerinnen und Zuschauer lachten, klatschten und riefen: »Bravo!«, bis ein älterer Herr aufsprang und wild mit den Armen wedelte. »Det is doch Schmu!«, brüllte er, »allet abjekartete Sache!«

Mandragor lächelte, schloss einen Moment lang die Augen und schaute dem Störenfried dann direkt ins Gesicht. »Halten Sie es auch für Schmu, wenn ich Ihnen sage, dass Sie nicht weiter Bange haben müssen?«

»Ach ja? Und wat wolln Se damit sagen?«

»Ihre Befürchtungen sind grundlos.«

»Wat soll'n det heißen?« Der Schreihals versuchte vergeblich, seine Unsicherheit zu kaschieren. »Woher wolln *Sie* denn wissen, vor wat *ick* Bange hab?«

»Na, sagen wir mal so: Ihre Schmerzen sind nicht weiter besorgniserregend, aber Sie dürften Ihrer Leber gelegentlich durchaus mal eine Pause gönnen.«

Das Publikum lachte erneut, und der Mann ließ sich mit hochrotem Kopf auf seinen Sessel plumpsen. Wenig später beantwortete Mandragor die geheime Frage der alten Dame zu deren sichtlicher Begeisterung mit: »Gnädige Frau, Ihr Herr Gemahl hat recht, ein Umzug von der Stadt aufs Land wird Ihnen beiden guttun.«

Danach waren die Leute im Saal nicht mehr zu halten; es kamen längst nicht alle, die sich meldeten, in den Genuss von Mandragors Wahrsagekünsten. Er schien in den Gedanken der Zuschauerinnen und Zuschauer zu lesen wie in einem offenen Buch. Auguste war hingegen immer noch nicht überzeugt. Als sie dem Magier auf dem Weg zum Ausgang vor dessen Garderobe begegnete, nickte sie ihm lediglich höflich zu. Doch im Vorbeigehen ergriff er ihre Hand. »Sprechen Sie mit ihm«, flüsterte er, »er liegt in tiefer Ohnmacht, aber er kann Sie hören.«

»Was? Wen meinen Sie?«

»Den Herrn, den man beinah totgefahren hätte.«

Von Barnstedt? Auguste schüttelte Mandragors Hand ab: Das konnte nicht mit rechten Dingen zugehen!

»Woher wissen Sie ...?« Weiter kam sie nicht, denn eine der Tänzerinnen stürmte den Gang herunter und schob sie unsanft vor sich her. »Steh'n Se hier nich inner Gegend rum!«, fauchte das Mädchen, »im Unterschied zu dem, wat Sie hier machen, hat unsereins zu arbeiten!«

Als Auguste sich umdrehte, war Mandragor in seiner Garderobe verschwunden.

# Kapitel 14

Zwei Tage später war von Barnstedt immer noch ohne Bewusstsein, und weder Jakob noch Auguste waren mit ihren Nachforschungen weitergekommen. Am dritten Tag beschloss Auguste, das, was Mandragor ihr geraten hatte, einfach auszuprobieren. Sie vergewisserte sich, dass keiner der Ärzte und niemand vom Pflegepersonal in der Nähe war, schließlich sollte man sie nicht für verrückt halten. Die beiden Patienten links und rechts in den Krankenbetten schliefen tief und fest. »Ich bin's, Auguste«, begann sie leise. Sie nahm von Barnstedts Hand und streichelte sanft darüber. »Der Magier Mandragor hat behauptet, Sie könnten mich hören, auch wenn Sie bewusstlos sind. Also red ich jetzt einfach mal drauflos, ja?«

In von Barnstedts Gesicht bewegte sich nichts; nichts ließ darauf schließen, dass er Augustes Gegenwart wahrnahm.

»Na, egal. Also, dieser Hellseher oder Gedankenleser oder was auch immer das für eine seltsame Figur ist, der hat gesagt, dass das, was Ihnen passiert ist, kein Unfall war. Dass man Sie mit Absicht angefahren hat. Und seitdem muss ich dauernd daran denken, dass man Ihnen was antun wollte. Und deshalb hab ich gedacht, vielleicht hol ich diesen komischen Kauz mal her. Der kann vielleicht auch *Ihre* Gedanken lesen. Das müssen Sie sich mal vorstellen: Der konnte sogar den blödsinnigen Vornamen Reseda raten – ich mein', wer nennt denn seine Tochter nach 'nem Unkraut? Aber egal, der wusste sogar, dass der dicke Glatzkopf Schmerzen in der Lebergegend hatte. Oh, Entschuldigung!« Von Barnstedt trug zwar einen Kopfverband, aber Reginald hatte erzählt, dass man ihm vor der Operation den Schädel kahl geschoren hatte. Wenn er tatsächlich hören konnte, was sie sagte, war »Glatzkopf« im Moment vielleicht nicht gerade angebracht. »Kann sein, das mit diesem Mandragor ist nichts weiter als 'ne dumme Idee. Aber wenn Sie aufwachen, müssen Sie uns unbedingt sagen, was sich da auf der Straße abgespielt hat.«

Von Barnstedt stöhnte leise, und seine Augenlider zuckten. Auguste ließ seine Hand los und sprang auf. »Schwester?« Außer den Patienten war weit und breit niemand im Krankensaal zu sehen. »Kann bitte schnell mal jemand kommen?«

Jakob hatte seinen täglichen »Mullemaus-Dienst« absolviert und leckte diskret das Blut von seinem Handgelenk. Nachdem der Effekt nur von kurzer Dauer war, hielt er vor Radlauer's Kronen-Apotheke an, um Wundpflaster zu besorgen. Von Barnstedts Katze hatte ganze Arbeit geleistet: Er war von Kratzern übersät, Dankbarkeit schien diesem Höllenvieh fremd zu sein. Aber vielleicht war Mullemaus nur ungehalten, weil sie niemanden mehr hatte, der das Bett mit ihr teilte. Oder von Barnstedt weihte sie normalerweise in seine Ermittlungsschritte ein, und ihre wilde Kratzerei war nichts weiter als die nachdrückliche Forderung, sie auf dem Laufenden zu halten.

Im Fuchs'schen Laden stand Julius hinter der Verkaufstheke. »Morgen, Jakob. Wie geht's Kommissar von …? Ich meine: Wie geht's deinem Vorgesetzten?«

»Soweit ich weiß, unverändert. – Auguste ist nicht da?«

Julius schüttelte den Kopf. »Sie hat für heute Vormittag alle Ateliertermine abgesagt, weil …«

Jakob ging wie immer über Julius' Gedächtnislücken hinweg. Augustes Vater erinnerte sich an seinen ersten Schultag und an die Schürze der Bäckersfrau in seiner Heimatstadt, doch das, was sich gerade noch ereignet hatte, vergaß er, wie Jakob wusste, manchmal schon nach wenigen Minuten.

»Besucht sie jemanden im Krankenhaus?«

»Jaja, genau das wollt ich eben sagen!«

»Na gut, dann werd ich später vom Präsidium aus mal mit ihr telefonieren.«

»'n Schlückchen vielleicht? Für 'n Weg? Hulda hat gestern 'ne Flasche Aufgesetzten aufgemacht. Von Brombeeren!«

Julius' Miene zufolge war Hulda das selbst gebraute Schlückchen außerordentlich gut gelungen, aber Jakob hielt sich eisern an die Vorschriften.

»Heut Abend vielleicht. Adieu!« Er war unschlüssig, was er als Erstes unternehmen sollte. Es war allen Beteiligten klar, dass Emil Krause nur dann ein für alle Mal von dem Verdacht, Klingbeil getötet zu haben, entlastet werden konnte, wenn man dessen wahren Mörder überführte. Aber auch Klingbeils seltsam unbenutzt wirkende Wohnung hatte nichts Erhellendes gebracht: Die Nachbarin hatte erklärt, dass sie nicht darauf achte, wer im Hause ein und aus ging; sie war fast taub, und Jakob hatte keinen Anlass, ihre Worte anzuzweifeln. Und der Vermieter hatte Jakobs Fragen rundweg abgewiegelt: »Wer pünktlich zahlt, hat Anspruch auf Diskretion; auch über den Tod hinaus. Herrn Klingbeils Räumlichkeiten sind zudem bereits anderweitig vermietet, und das Mobiliar ist bis auf Weiteres eingelagert.«

Dann war da noch die Frage nach Klingbeils Grabstätte. Ein Rechtsanwalt hatte die Herausgabe der sterblichen Überreste erwirkt und eine Beisetzung auf dem St.-Matthäus-Kirchhof in der Unteren Friedrichsvorstadt arrangiert: Hier überboten die ersten Familien Berlins sich gegenseitig bei der Ausgestaltung ihrer Mausoleen, und kaum ein Grab kam ohne Engel oder steinerne Allegorien aus. Wie kam ein kleiner, nicht einmal besonders talentierter Taschenspieler zu einer letzten Ruhestätte zwischen den Reichen und Berühmten der Stadt? Und wer zahlte dafür? Adele Freese schien mehr zu wissen, als sie preisgab. Es galt, so bald wie möglich nochmals unter vier Augen mit ihr zu sprechen – etwas, das Jakob nur zu gern erneut Auguste überlassen hätte. Doch als er im Präsidium ankam, eröffnete ihm Friedhelm Mielke überraschend, dass »die kleine Suffragette« bereits im Büro auf ihn wartete.

»Gut, dass Sie kommen!« Adele Freese ließ Jakob nicht einmal die Zeit, sie zu begrüßen. »Ich hab in der Zeitung gelesen, was Ihrem Vorgesetzten passiert ist. Sind Sie ganz sicher, dass das einfach nur ein tragischer Unfall war?«

»Sie wissen, dass ich Außenstehenden nicht über solche Dinge Auskunft geben …«

»Jajaja!« Adele winkte ungehalten ab. »Das weiß ich in der Tat! Aber da Sie auf meine Frage nicht mit Ja antworten, ist mir klar, dass Sie – genau wie ich – bezweifeln, dass es bei dem, was da passiert ist, mit rechten Dingen zugegangen ist.«

Jakob stellte nicht zum ersten Mal fest, dass sich hinter Adeles kindlichem Aussehen eine blitzgescheite Frau verbarg, der man so schnell nichts vormachen konnte. »Sie haben recht.« Er rollte seinen Stuhl an ihre Seite, damit der Schreibtisch nicht wie ein Bollwerk zwischen ihnen stand.

»Also, dann sind *Sie* jetzt dran. Was führt Sie zu mir?«

»Sie müssen mir versprechen, dass Sie niemandem erzählen, was ich Ihnen sage.«

»Na jaaa …« Jakob schmunzelte. Was kam jetzt? Das Geständnis einer heimlichen Liebschaft? »Ich hab bereits bemerkt, dass Sie nicht wollen, dass Ihr Mann …«

»Ach was, dem hab ich gleich, nachdem Sie da waren, alles erzählt.«

»Tja, dann …«

»Jetzt hören Sie mir mal gut zu!« Adele ging Jakob buchstäblich an den Kragen und wirkte dabei alles andere als niedlich. »Ihr Vorgesetzter wird von einer Kutsche überfahren, und offensichtlich hat der Staatsanwalt ein höchstpersönliches Interesse daran, dem armen Emil Krause einen Mord anzuhängen! Und einen Selbstmord noch dazu! Keiner von den Kollegen im Theater glaubt auch nur eine Sekunde lang, dass sich der Junge etwas angetan hat!«

»Das glauben wir ja auch nicht, aber es gibt Zeugen …«

»Natürlich gibt es die! Für Geld tun arme Leute alles. Und Reiche tun für Geld erst recht, was man von ihnen will!«

Jakob blies die Backen auf und löste Adeles Hände sanft von seinem Kragen.

»Na gut. Dann halt ich jetzt den Mund und höre Ihnen zu.«

»Versprochen?«

In der »Chirurgischen« klopften die Kollegen Professor von Bergmann anerkennend auf die Schulter. »Na, Ernst, noch Platz an deiner Ordensbrust?«

»Und wieder 'n Schneewittchen wachgeküsst«, scherzte einer der Medizinstudenten.

»Du meinst Dornröschen«, wandte ein Kommilitone ein.

»Nee, Dornröschen hat ja nur gepennt. Schneewittchen war richtig mausetot.«

»Ach? Und dieser Kriminale war auch richtig mausetot?«

Statt einer Antwort schielte der Kommilitone auf seine Nase, ließ die Zunge aus dem Mundwinkel hängen und gab etwas wie »Gläkss« von sich.

»Allerhand!«

»Aber was soll's, wenn man bedenkt, dass der wahrscheinlich sein Leben lang …« Der Kommilitone verlegte sich erneut auf Nonverbales; diesmal in Form einer exzessiven Wischbewegung vor dem Gesicht.

»Du meinst …?«

Der Kommilitone nickte. »Zimt im Kopf.«

Ein paar Hundert Meter weiter im Krankensaal starrte von Barnstedt Auguste an, als habe er sie noch nie gesehen. Er hob die Hand und versuchte, etwas zu sagen. Nach ein paar unartikulierten Lauten gab er stöhnend auf.

»Herr Kommissar, ich bin's, Auguste Fuchs. Bitte machen Sie sich keine Sorgen, Sie sind im Krankenhaus. In Sicherheit. Jemand hat Sie … ähm … Sie hatten 'nen Unfall, und man hat Sie operiert.«

Von Barnstedts Augen weiteten sich, er versuchte, den Kopf zu heben, und sank mit schmerzverzerrtem Gesicht in die Kissen zurück.

»Pscht. Jetzt müssen Sie erst mal gesund werden. Ich soll Ihnen Grüße von Jakob ausrichten und natürlich von Reginald und von meiner ganzen Familie …«

Von Barnstedt reagierte nicht. Er lag bleich und bewegungslos da und atmete flach. Auguste warf der Krankenpflegerin einen fragenden Blick zu, und diese schüttelte fast unmerklich den Kopf.

»Was kann man denn tun?«

»Nix. Abwarten. Det Beste hoffen. Und beten.«

»Ich meine: außer warten, beten und das Beste hoffen.«

»Wissen Se wat? Aber Se dürfen kee'm sagen, det Se det von mir ham, ja?«

»Natürlich. Also?«

Die Schwester zog Auguste ein paar Schritte von den Krankenbetten weg und sprach im Flüsterton weiter. »Wissen Se, ick mach det hier ja nu schon 'ne janze Weile. Und ob Se 't glooben oder nich: Manche von denen, wo se – wie Ihr'n Vatter oder wer det is – die Birne uffjesägt haben, kriejen klippeklar allet mit, wat hier jeredet wird! Ooch wenn se wie doot daliegen und keen Mucks von sich jeben.«

»Davon hab ich auch schon gehört.«

Im Präsidium herrschte nach dem, was Adele erzählt hatte, Stille. Jakob lagen alle möglichen Fragen auf der Zunge, aber er ließ sich und seinem Gegenüber Zeit. Es war so vieles von dem, was Adele erzählt hatte, neu und fremd für ihn; nicht einmal, dass kleinwüchsige Menschen normal große Eltern haben konnten, hatte er gewusst. Oder dass es verschiedene Erscheinungsformen von Kleinwüchsigkeit gab: Bei manchen Betroffenen hatte das Wachstum aufgehört und sie waren – wie Adele – so groß wie ein Kind geblieben, andere hatten einen normal entwickelten Rumpf, aber verkürzte Arme und Beine. Adeles Schwester war, wenn man Adele Glauben schenken durfte, eine Schönheit. »Groß und schlank, mit wundervollen langen, dunklen Locken.«

»Meine Schwester will mich seit Jahren nicht mehr sehen. Aber ich weiß, wo Mia jetzt ist.« Adele nestelte eine Fotografie aus ihrer Handtasche und legte sie auf Jakobs Schreibtisch. »Bitte passen Sie gut darauf auf. Es ist die einzige Aufnahme, die ich von ihr habe.«

Das Bild stammte offenbar aus einem jener Schaukästen, wie sie auch vor dem Eingang des Apollo-Theaters angebracht waren. Das junge Mädchen war tatsächlich ausgesprochen hübsch. Es trug eine Rokoko-Perücke und ein Spitzenkleid mit Krinoline, unter der ein zierliches Füßchen hervorblitzte. *Königin Marie Antoinette* stand darunter.

»Sie ist damals bei Klingbeils Guillotine-Nummer aufgetreten.« Adele verzog ihr Puppengesicht zu einer ironischen Grimasse. »Der Name Klingbeil hätte zwar perfekt zu Guillotine gepasst, aber damals nannte er sich Chevalier Charles-Henri Sanson de Longval, wie der echte Scharfrichter von Paris. Er hat meine Schwester zum Gaudium des Publikums allabendlich geköpft.«

»Das ist ja ekelhaft!«

»Ach was! Die Leute haben es geliebt, sich mal so richtig schön zu gruseln! Zum Beweis für die Schärfe der Klinge hat er vorher immer 'nen präparierten Kohlkopf am Fallbeil entlanggezogen. In Wirklichkeit war die Klinge natürlich stumpf. Der Kohl wurde vorher einfach von 'nem dünnen Faden zusammengehalten. Aber das wusste unten im Publikum ja keiner. Und dann hat er Mia auf dem Richtklotz festgeschnallt. Darunter stand 'n Weidenkorb, beschmiert mit jeder Menge roter Farbe: das Blut vorangegangener Opfer, versteh'n Sie?«

»Makaber.«

»Ja, nicht wahr?« Adeles Gesicht leuchtete auf. Ihr machte es offensichtlich Freude, aus der Zeit zu erzählen, in der sie und ihre Schwester noch als unbeschwerte Anfängerinnen durch die Kleinstadt-Varietés getingelt waren. »Und, seh'n Sie, dieser Korb hat ganz einfach keine Rückwand. Wenn das Beil runtersaust, lässt man sich mit Kopf und Oberkörper in den Korb reinfallen.

Die Klinge wird von zwei Holzpflöcken gehalten, auf der dem Publikum zugewandten Seite klappt 'ne rot beschmierte zweite Klinge runter, und – zack! – fällt 'n täuschend echt aussehender Pappmaché-Kopf mit gruselig blutigem Hals vorn in den Korb rein.«

»Und das ging gut, bis ...?«

»Bis Klingbeil seinen lukrativen Nebenverdienst entdeckt hat.«

»Und Ihre Schwester hat keinerlei Verdacht geschöpft?«

»Wann? Als ihr Arbeitgeber ihr gesagt hat, dass ein gut betuchter Herr aus dem Publikum sie zum Diner eingeladen hat?«

»Ja, ich meine ... Sie hätte sich doch denken können ...«

»Du lieber Himmel! Sie war gerade mal vierzehn! Sie hat sich geschmeichelt gefühlt!«

»Und von dem Abend an war sie verschwunden?«

Adele nickte. »Vier Jahre später hat man sie das erste Mal ›wegen Unehrenhaftigkeit, liederlichen Lebenswandels und moralischer Verwahrlosung‹ ins Gefängnis und anschließend ins Arbeitshaus Rummelsburg gesperrt.«

Jakob griff zu Stift und Kladde. »Sie haben gesagt, Sie wissen, wo Mia jetzt ist.«

»Man hat sie wieder mal wegen Betteln, Stadtstreicherei und so weiter aufgegriffen. Aber in Rummelsburg ist ja kein Platz mehr. Jetzt bringt man die ehemaligen Gefängnisinsassinnen ›zur korrigierenden Nachhaft‹ in einer von den Baracken unter, die sie außerhalb der Stadt gebaut haben. Mia ist draußen in Heinersdorf. Die Frauen arbeiten da auf den Rieselfeldern.«

»Das Foto kann ich einstweilen behalten?«

»Ja. Und vielleicht können Sie Mia überreden, sich bei uns zu melden. Wir würden sie aufnehmen. Und aufpäppeln. Mein Mann weiß ja mittlerweile über unsere Vorgeschichte Bescheid.«

Als Adele gegangen war, notierte Jakob in seiner Kladde:

*Adele Freese. Zitat »unsere« Vergangenheit = »unsere gemeinsame Zeit bei den Vorstadt-Varietés« oder = »unsere Vergangenheit als Klingbeils kindliche Zwangsprostituierte«? A. F. ebenfalls K.'s Opfer (hat Vergangenheit ihrem Mann verschwiegen!)? Zur Erinnerung: A. hat Mord an K. zunächst gestanden und hatte Motiv und Gelegenheit.*

Hinzu kam, dass das elfenhafte Geistwesen auf Augustes Foto tatsächlich nicht größer war als ein Kind. Zumindest wirkte es so. Das passte. Andererseits war schwer zu glauben, dass die reizende Adele Freese zu einem Mord fähig war.

Es fiel Jakob nicht leicht, sich das einzugestehen, aber er vermisste seinen Vorgesetzten. Von Barnstedt hatte zwar jede Menge festgefahrene Ansichten und tat sich mitunter schwer, Höhergestellten die Stirn zu bieten, aber er hatte ein Gedächtnis wie ein Elefant und verbiss sich in seine Fälle wie ein Terrier. Während Jakob den Mantel überzog und den Hut aufsetzte, stellte er sich amüsiert eine Mischung aus beiden Tieren vor. Dann fiel sein Blick auf von Barnstedts verwaisten Arbeitsplatz, und er dachte an die reglose, bleiche Gestalt im Krankensaal und daran, dass aus seinem Vorgesetzten mittlerweile fast so etwas wie ein Freund geworden war. »Ich schwör dir, er wird wieder gesund!«, versicherte er von Barnstedts leerem Schreibtischstuhl. Dann befestigte er die Fahrradklemmen an seinen Hosenbeinen und verließ das Büro. Nach Heinersdorf waren es gerade mal acht Kilometer, und die legte man mit dem Rad vielleicht nicht schneller, aber eindeutig angenehmer zurück als mit der voll besetzten Stettiner Bahn.

Als Auguste nach Hause kam, waren Julius, Hulda, Henrietta und Ida schon fast fertig mit dem Mittagessen. Vom Sonntag war noch reichlich Braten übrig geblieben, und Hulda hatte »Hoppelpoppel« gemacht. Doch als sie ihr eine Portion aufwärmen wollte, winkte Auguste ab. »Ich trink nur schnell 'n Kaffee. Ich will mich nämlich noch rasch umziehen, bevor dieser Mandragor zu den Porträtaufnahmen kommt.«

»Wieso?« Ida musterte Auguste von oben bis unten: graublaues Flanellkostüm, weiße Seidenbluse und eine schwarz-blau gemusterte Weste. »Du siehst doch wunderschön aus!«

»Danke, aber der Hosenrock, den Tante Hattie mir letzten Sommer zum Fahrradfahren geschenkt hat, ist beim Fotografieren viel bequemer als normale Röcke.«

Henrietta grinste. »Versteh ich gut. Wirst sehen: Irgendwann dürfen wir Frauen sogar richtige Hosen tragen, wie die Männer.«

»In Ehrlichkeit?« Ida machte Kulleraugen.

»Bestimmt!« Julius kicherte. »Und meine liebe Schwägerin wird ganz bestimmt die Erste sein, die wie 'n Kerl daherkommt und passend zur neuen Mode flucht wie 'n Kesselflicker.«

»Ach, Julius, ich mach mir da keine Sorgen: Schließlich hab ich das Fluchen bei dir gelernt!« Henrietta tupfte sich den Mund mit der Serviette ab und stand auf. »Und jetzt entschuldigt mich bitte, ich hab mit Guste noch was zu besprechen.« Draußen im Flur galt ihre erste Frage von Barnstedts Befinden. »Ich wollte vor der Kleinen nicht …«

»Schon gut«, unterbrach Auguste sie, »deshalb hab ich auch nichts gesagt.«

»Wie geht es ihm?«

»Keiner weiß, ob er wieder gesund wird.« Auguste hob hilflos die Hände. »Immerhin scheint er die Operation gut überstanden zu haben.«

»Das ist doch schon mal ein Hoffnungsschimmer. Übrigens: Jakob hat mit mir telefoniert, während du unterwegs warst.«

»Ist was passiert?«

»Nein, nein, keine Angst! Ich soll dich grüßen. Und er sagt, er könnte später vielleicht weibliche Unterstützung brauchen.«

»Was? Aber ich kann doch diesen Mandragor nicht einfach versetzen!«

»Musst du auch nicht! Ich hab gesagt, ich spring gerne für dich ein.« Henrietta verschwieg ihrer Nichte wohlweislich, dass Jakob alles andere als begeistert von der Idee war, sie für eine nicht ganz legale Ermittlung einzuspannen.

»Aber hat er denn nicht gesagt, worum es eigentlich geht?«

»Erzähl ich dir später! Ich muss mich nämlich auch noch schnell umziehen. Adjee.«

»Wenn du ihn triffst: Grüß Jakob von mir!«

»Wird gemacht!«

Auguste stellte seufzend fest, dass es für sie und Jakob auf die Dauer keine Lösung war, sich über Dritte grüßen zu lassen, selbst wenn die Dritten zur Familie gehörten. Und ein bisschen eifersüchtig darauf, dass statt ihrer Henrietta bei Jakobs Ermittlungen half, war sie auch.

# Kapitel 15

Alles aussteigen, bitte sehr!« Luis komplimentierte Mandragor mit einer schwungvollen Verbeugung aus dem Lift.

»Danke!« Der Hellseher trug eine Schirmmütze, ausgebeulte Tweedhosen und eine karierte Norfolk-Jacke, die ebenfalls ihre besten Tage hinter sich hatte. Er sah aus, als käme er geradewegs von der Jagd. Der Mozartzopf in seinem Nacken hätte allerdings eher zu einem Maler oder Bildhauer gepasst. Mandragor musste Augustes erstaunten Blick aufgefangen haben, denn er schaute mit einem entschuldigenden Achselzucken an sich herunter. »Bei uns zu Hause in Mecklenburg fällt man damit nicht weiter auf, und für die paar Wochen Berlin werd ich mir nicht extra 'nen feinen Zwirn zulegen.«

»Für die Porträtaufnahmen wär ein feiner Zwirn aber nicht schlecht, besonders wenn die Bilder für die Zeitung oder für sonst irgendeine Veröffentlichung gedacht sind.«

»Ich hab mein Bühnenkostüm hier.« Der Magier hob demonstrativ die mitgebrachte Reisetasche hoch. Jemand hatte mit feinem Gobelinstich eine Rosette aus weißem und violettem Flieder und die Initialen »J.« und »K.« darauf gestickt. Auguste ließ sich dieses Mal ihre Verwunderung nicht anmerken: Der junge Mann war offensichtlich ein Exzentriker.

Während Mandragor hinter dem Paravent verschwand, um sich umzuziehen, richtete Auguste das passende Ambiente ein. »Irgendwas mit Wüste und Pyramiden«, murmelte sie. Nach längerer Suche fand sich lediglich ein römisches Tempelfragment unter den Hintergrundbildern. Um dem Ganzen zumindest ansatzweise etwas Ägyptisches zu geben, stellte sie eine Fächerpalme neben den Hocker, auf dem Mandragor Platz nehmen sollte. »Ach, da fällt mir was ein!« Sie lief nach nebenan in die Requisitenkammer und kam mit einem eleganten Frack über dem Arm zurück. »Der hat früher mal meinem Herrn Papa gehört! Wir haben vor einiger Zeit für Fälle wie Ihre einen kleinen Kleiderfundus angelegt. Schauen Sie mal: Der könnte Ihnen passen!« Sie huschte zur Umkleideecke und lugte unbefangen hinter den Paravent. Im Nachhinein war nicht mehr auszumachen, wer heftiger erschrak: sie oder die junge Frau hinter dem Wandschirm.

Jakob radelte gemächlich bergauf. Er genoss es, die Stadt hinter sich zu lassen. Auch wenn Berlin mittlerweile aus allen Nähten platzte und die Bebauung der umliegenden Dörfer und Gemeinden in atemberaubendem Tempo voranschritt: Die Mühlen an der Prenzlauer Allee drehten sich davon unbeeindruckt im Wind, und die beschauliche Landgemeinde Pankow lockte mit ihrer sauberen Luft am Wochenende nach wie vor nicht nur die Berliner Arbeiterschaft in die Ausflugslokale, auch die Hautevolee wusste die Idylle vor den Toren der Stadt zu schätzen. In Pankow verbrachte man die Sommerfrische – am liebsten in der eigenen Villa.

Jakob machte geduldig halt, als hinter Neu-Weißensee eine Schafherde seinen Weg kreuzte. Ein Schwarm Stare vollführte oberhalb der Baumwipfel eines jener spektakulären Himmelsschauspiele, die die Tiere aufzuführen pflegten, bevor sie sich auf dem Weg in wärmere Gefilde machten; als wollten sie sich vor ihrem Abflug noch einmal für die vielen stibitzten Kirschen und angepickten Äpfel bedanken. Als die Schafherde auf der anderen Straßenseite angekommen war, zeigten die beiden Schäferhunde lautstark und unmissverständlich ihre Abneigung gegen Fahrräder an. Der Schäfer hingegen nickte Jakob freundlich zu. Doch je näher Jakob den Heinersdorfer Rieselfeldern kam, desto deutlicher wurde ihm, dass es sich bei seinem Ausflug um alles andere als eine gemütliche Landpartie handelte: Es stank!

Berlin galt zwar dank seiner hochmodernen unterirdischen Kanäle und Pumpstationen als sauberste Stadt der Welt, aber irgendwo musste man mit dem Abwasser schließlich hin. Also wurde die Fäkalienbrühe auf verschiedene Rieselfelder in der Umgebung gepumpt, und auf den entsprechenden Flächen wurde mit Erfolg Gemüse angebaut. Man durfte beim Essen nur nicht darüber nachdenken.

Jakob verlegte sich darauf, durch den Mund ein- und auszuatmen: Der Geruch wurde mit jedem Meter unerträglicher. Dass es als Besserungsmaßnahme für ehemalige Strafgefangene galt, ausgerechnet in dieser Umgebung zu arbeiten, war geradezu unglaublich. Jakob zweifelte nicht zum ersten Mal an der Weisheit derer, die die Dinge regelten, nachdem Leute wie er und Kommissar von Barnstedt Gesetzesbrecher dingfest gemacht hatten.

Im Fuchs'schen Atelier lag der Frack noch immer am Boden vor dem Paravent. Der Anblick, der sich Auguste geboten hatte, als sie Mandragor für ein paar Aufnahmen den Abendanzug ihres Vaters andienen wollte, hatte ihr im wahrsten Sinne des Wortes die Sprache verschlagen. Mandragor hatte Jackett und Oberhemd ausgezogen. Dass es sich bei ihm keineswegs um einen Mann handelte, war angesichts des mittels einer Leibbinde flach gedrückten Busens nicht zu übersehen.

Es hatte eine ganze Weile gedauert, bis die Frau, die sich Mandragor nannte, hinter dem Paravent hervorkam. Sie hatte das Oberhemd wieder angezogen und nahm auf Augustes stumme Aufforderung hin auf dem geblümten Sofa, das normalerweise für Familienfotos diente, Platz

Auguste hatte schon des Öfteren Männer in Frauen- oder Frauen in Männerkleidern fotografiert. Die meisten pflegten sich aus Jux im Atelier zu verkleiden. Aber womöglich bewegten sich einige von ihnen auch in der Öffentlichkeit als Vertreterinnen und Vertreter des jeweils anderen Geschlechts. Was die Frau auf dem Sofa dazu bewog, als Mann aufzutreten, ging sie nun wirklich nichts an, fand Auguste. Aber neugierig war sie schon. Also wartete sie schweigend ab, bis Mandragor das Wort ergriff. »Ich heiße Jolantha Kruckow.«

»Schöner Vorname«, versicherte Auguste, als sich die anschließende Gesprächspause allzu sehr in die Länge zog.

»Ja. Unser Herr Pastor hat mich so getauft, nachdem meine Eltern sich nicht zwischen Ada und Johanna entscheiden konnten. Jolantha soll aus dem Griechischen kommen und heißt so viel wie ›lila Blume‹.«

»Aha.« Auguste fand, der Pastor hätte keine bessere Wahl treffen können. »Wie Veilchen, Krokusse und Anemonen.«

»Und Flieder – obwohl Flieder streng genommen ja ein Busch und keine Blume ist. Und Kruckow heißt ein Dorf in unserer Nähe. Wahrscheinlich ist unser Familienname zum Ortsnamen geworden, weil da früher mal 'n Einzelgehöft von jemandem namens Kruckow stand. Oder wir heißen Kruckow, weil irgendein Vorfahre in Kruckow auf die Welt gekommen ist. Ist wie die Frage nach der Henne und dem Ei.«

Egal wie, dachte Auguste, immerhin erklärt das das Monogramm »J.K.« auf ihrer Reisetasche. Aber warum sie als Mandragor und nicht als Mandragora auftrat …

»Wenn man nicht leicht geschürzt – oder zumindest irgendwie verführerisch – auftritt, wird man als Frau auf der Bühne nicht für voll genommen«, erklärte Jolantha, als habe sie Augustes Gedanken erraten, »aber sehen Sie, der eigentliche Grund, warum ich mich hier in Berlin als Mann verkleide, ist ein anderer.«

Pause. Auguste stöhnte innerlich auf. Ihr Gegenüber stellte ihre Geduld auf eine harte Probe.

Jakob hatte sein Rad an einen Zaun gelehnt und wartete. Er hatte es bereits geahnt: Ohne ausdrücklichen Befehl von oben – und »oben« hieß in diesem Fall von Koschwitz – war ihm der Zutritt zu den Wohnbaracken der Zwangsarbeiterinnen rundheraus verwehrt worden. Der Cerberus von Oberaufseherin hatte ihn nicht einmal bis zum Inspektor vorgelassen. Von: »Da kann ja jeder kommen«, bis zu: »So was wollen wir hier gar nicht erst einreißen lassen«, hatte sie die ganze Litanei routinemäßiger Abwimmelei herabgebetet. Der Grund war offensichtlich: Dass die Verhältnisse, unter denen die Insassinnen hier lebten und arbeiteten, katastrophal waren, musste ja nicht unbedingt bis nach Berlin kolportiert werden; erst recht nicht durch einen hergelaufenen kleinen Kriminalassistenten. Und da Jakob es nicht offiziell machen wollte, dass er nach Adele Freeses Schwester suchte, war ihm nichts anderes übrig geblieben, als ins Dorf zurückzuradeln und am Pfarrhaus zu klingeln.

»Ja, bitte?«

»Guten Tag, Herr Pastor. Mein Name ist Jakob Wilhelmi. Kriminalassistent aus Berlin.«

»Tag.«

»Dürfte ich wohl in einer dringenden Angelegenheit Ihren Telefonapparat benutzen?«

»Ja.«

Der Pfarrer war ein knorriger kleiner Kerl in Drillichhosen und mit Stallmist an den Schuhen. Vermutlich hielt er für den Hausgebrauch ein Schwein. Auf dem Land zogen viele Leute ihr eigenes Ferkel bis zur Schlachtreife groß; manchmal grenzte dessen Verschlag praktischerweise direkt an die Küche, um die Essensabfälle auf dem kürzesten Weg weiterzuverwerten. Jakob glaubte denn auch, ein schwaches Schweinekobendüftchen im Hausflur wahrzunehmen. Im Vergleich zu dem, was die Rieselfelder ausdünsteten, war das ein geradezu anheimelnder Geruch.

»Da.« Der Pfarrer deutete auf das Wandtelefon in seinem Studierzimmer.

»Danke.« Während Jakob auf den Anschluss wartete, stellte er fest, dass der Hausherr geradezu in Perfektion das Vorurteil bestätigte, dass die Menschen nördlich von Berlin eher den Küstenbewohnern ähnelten; nach der Devise »je nördlicher, desto maulfauler«. Für die acht Kilometer Distanz vom Alexanderplatz war der Pfarrer in dieser Hinsicht allerdings ein bemerkenswertes Exemplar.

»Noch mal danke, Herr Pastor.«

»Da nich für.«

Immerhin: drei Worte.

Jakob war mehr als erleichtert, als endlich eine Droschke den Feldweg heruntergerumpelt kam. Der Kutscher half Henrietta beim Aussteigen. »Pfui Deibel«, fluchte er, »na, da bleib ick aba nich. Da komm ick, wenn et recht is, in 'ner juten Stunde wieder. Un denn jeben Se mir aber ooch 'n orntlichet *Stink*jeld, Madamm.«

»Aber versteht sich doch von selbst!« Henrietta lächelte, sie gab ohnehin mehr als großzügige Trinkgelder. Während der Droschkenkutscher davonzuckelte, träufelte sie 4711 in ihr Spitzentaschentuch und hielt es sich vor die Nase. »Riecht das hier überall so?«

Jakob nickte.

»Na, das kann ja heiter werden.«

»Henrietta, du musst das nicht machen! Ich fahr sofort dem Droschkenkutscher hinterher und bitt ihn umzukehren!« Jakob war bereits im Begriff, sich auf sein Fahrrad zu schwingen, doch Henrietta hielt ihn zurück. »Das ist die erste richtige Spur! Und wenn die Frauen nicht mit dir reden dürfen, muss ich das eben machen. Also geh ich da jetzt rein!«

»Und ich hab dich nicht von irgendwas Wichtigem abgehalten?«

»Jakob, hör auf! Auguste kann schließlich nicht an zwei Orten gleichzeitig sein! Und Ida bastelt heute Nachmittag mit Julius an irgendwas ganz, ganz Geheimem herum. Und anschließend übt sie Blockflöte. Und ich *hasse* Blockflöte! Glaub mir, ich bin heilfroh, wenn ich was zu tun hab und nicht über meine jüngste – oder besser: dümmste – Vergangenheit nachdenken muss.«

»Aber dir ist klar, dass die Frauen, die hier auf den Rieselfeldern arbeiten, ehemalige Gefängnisinsassinnen und vielleicht nicht ungefährlich sind?«

»Ach was! Das sind doch arme Dinger, die irgendwann mal auf die schiefe Bahn geraten sind.«

»Versprich mir, dass du dich nicht in Gefahr begibst!«

»Ja, ich versprech's!« Henrietta ging im Kopf noch einmal die Geschichte durch, die sie dem Inspektor am Telefon aufgetischt hatte, und marschierte entschlossen auf die Verwaltungsbaracke zu.

»Lady Droydon-Jones, wir fühlen uns geehrt!« Die Oberaufseherin knickste tief. »Wenn Sie mir bitte folgen wollen?«

Henrietta hatte im Schrank ein im letzten Herbst zurückgelassenes Wollkostüm gefunden: dunkelgrünes Plaid-Muster, dazu eine Weste aus hellbraunem Samt und eine elfenbeinfarbige Chemisette mit plissiertem Kragen. Ihr Hut erinnerte an einen Damenzylinder, wie man ihn zum Reiten trug. Das Ensemble – bis hin zu Huldas eher rustikalem Regenschirm – verfehlte seine Wirkung nicht: Genau so stellte man sich eine britische Lady vor!

Auf den Inspektor hatte Henriettas Aufzug eine ähnliche Wirkung wie auf seine Oberaufseherin. Er verneigte sich fast bis zum Boden. »Angschangteh, Madame!«

Es dauerte ein paar Sekunden, bis Henrietta »Angschangteh« als »Enchanté« identifizieren konnte, und sie antwortete huldvoll lächelnd mit: »Ganz meinerseits.«

Der Inspektor strahlte übers ganze Gesicht: Damen der Gesellschaft ließen sich gelegentlich gern mal zu einem Besuch bei den Ärmsten der Armen herab. Sie verteilten Erbauungsbüchlein oder Schafwolle zum Sockenstricken, sangen mit den Insassinnen und Insassen *Jesu geh voran* und verschwanden anschließend mit dem beruhigenden Gefühl, ein guter Mensch zu sein. Nicht selten hinterließen sie beim Abschied ein ansehnliches Spendensümmchen. Bis nach Heinersdorf auf die Rieselfelder war allerdings noch keine dieser Wohltäterinnen vorgedrungen. Insofern war dem Inspektor zwar ein wenig mulmig bei der Sache – die Frauen, die zur Besserung hier waren, waren im Umgang miteinander nicht gerade zimperlich –, aber die Aussicht auf ein wenig Extrageld war das Risiko letztendlich wert.

Vorbei an einer Reihe gusseiserner Ventilatoren, die den alles überlagernden Gestank, der von den Feldern ausging, ein wenig milderten, gelangte man durch eine Hintertür des Verwaltungsblocks ins Freie. Jenseits des Innenhofs lag der Eingang zu den Wohnbaracken. Der Direktor ließ den Deckel seiner Taschenuhr aufschnappen und sah die Oberaufseherin fragend an. Die nickte achselzuckend und läutete eine bronzene Glocke, die mitten auf dem Hof an einem Holzgestell hing.

Nach und nach richteten sich die Frauen auf den Feldern aus ihrer gebückten Haltung auf und kamen auf die Baracken zu.

»Ungestört, hatten Sie gesagt, hm?« Die Aufseherin machte keinen Hehl aus der Tatsache, dass sie Henriettas Anliegen für reichlich naiv hielt. Sie scheuchte die Frauen in einen Raum, der offenbar gleichermaßen als Versammlungsort, Kirche und Speisesaal diente: ein grob gezimmerter, langer Tisch mit Stühlen, ein Kanonenofen und an der Rückwand ein gewaltiges Holzkreuz mit einer geschnitzten Christusfigur.

»Na denn, viel Erfolg.« Die Aufseherin wies Henrietta einen Stuhl am Kopfende der Tafel an, gab dem Inspektor einen Wink, und er folgte ihr ins Verwaltungsgebäude. Und somit wäre klar, wer hier das Sagen hat, dachte Henrietta. Als sie am Tisch Platz nahm, klopfte ihr das Herz bis zum Hals.

Im Atelier waren Jolantha Kruckow und Auguste mittlerweile beim zweiten Glas von Huldas köstlichem Brombeer-Aufgesetzten gelandet. An Fotografieren war erst einmal nicht zu denken; Auguste lauschte fasziniert Jolanthas Geschichte.

»Die Frauen in meiner Familie haben bereits seit Generationen das Zweite Gesicht.«

Auguste wusste nicht recht, was sie von alldem halten sollte. Bei Mandragors Auftritt im Apollo-Theater konnten zumindest theoretisch Tricks im Spiel gewesen sein. Andererseits wirkte Jolantha aufrichtig, und Auguste hatte den Eindruck, dass es ihr sogar guttat, sich einmal auszusprechen. »Aber unsere Gabe ist ein zweischneidiges Schwert.«

»Wieso? Immerhin sind die Leute Abend für Abend hellauf begeistert von Ihrem Können.«

»Natürlich!« Jolantha lachte bitter auf. »Weil sie bei meinen Auftritten lächerlich harmlose Fragen stellen! Aber wer seherische Fähigkeiten hat, darf sie eigentlich nicht für billige Jahrmarktsattraktionen einsetzen.«

»Wieso denn billige Jahrmarktsattraktionen? Das ist doch ungerecht!«

»Das mag sein, aber so will es nun mal die Tradition. Wir sind gehalten, unsere Gabe nicht für Geld oder zum bloßen Vergnügen einzusetzen. Meine Brüder und mein Vater würden mich für das, was ich hier mache, niemals nach Berlin lassen.«

»Was glauben die denn, was Sie hier tun?«

»Für meine Familie geh ich in Berlin vorübergehend 'ner gebrechlichen alten Dame zur Hand. Ich find es schrecklich, meinen Vater und meine Brüder zu belügen, aber so kommt wenigstens ein bisschen Geld ins Haus.«

»Ich verstehe.« Das war übertrieben. Was hatten Jolanthas Vater und ihre Brüder sich einzumischen, wenn es um eine Gabe ging, die sie nicht hatten? Und wie es schien, war das Geld, von dem Jolantha gesprochen hatte, den Herren im Hause Kruckow durchaus willkommen. Auguste schenkte die beiden Likörgläser noch einmal voll und versuchte sich vorzustellen, wie es sich wohl anfühlte, als Mann durch die Welt zu gehen. Aber Jolantha das zu fragen, traute sie sich nicht.

»Macht es Ihnen denn nicht auch ein wenig Freude, die Leute zu unterhalten?«, fragte sie stattdessen.

»Doch!« Jolantha seufzte, »Und wenn ich ehrlich bin, ist es sogar eine Erleichterung, zur Abwechslung mal harmlose Fragen zu beantworten. Meine Mutter hat nach dem letzten großen Krieg bei der Suche nach Vermissten geholfen. Die Leute aus den umliegenden Dörfern sind zu ihr gekommen, mit einem Kleidungsstück oder irgendwas, das ihren verschollenen Söhnen, Brüdern oder Ehemännern gehört hat. Und sie hat bei fast allen Soldaten gesehen, wie sie zu Tode gekommen sind. Manchmal konnte sie die Umgebung so genau beschreiben, dass man die Gefallenen finden und zu Hause in ein richtiges Grab umbetten konnte.«

»Aber das ist doch … mehr als verdienstvoll!«

Jolantha schüttelte den Kopf. »Meine Mutter ist daran zugrunde gegangen. Sie hat all das Elend, das Sterben und die vielen sinnlosen Toten irgendwann nicht mehr verkraftet. Hat einfach aufgehört zu leben.«

Auguste legte Jolantha in einem plötzlichen Impuls den Arm um die Schultern. »Meine Mutter ist auch gestorben. Kurz nach meiner Geburt.«

»Dann wissen Sie, wie das ist.«

Auguste nickte. Obwohl es keine bessere Kinderfrau geben konnte als Hulda und sie als Kind nicht selten aus Versehen »Mama« zu ihr gesagt hatte, überkam sie manchmal bei dem Gedanken an ihre tote Mutter tiefe Traurigkeit.

Es begann bereits zu dämmern, und Jolanthas Profil setzte sich scherenschnittartig gegen die weißen Vorhänge ab, mit denen die Atelierfenster abgehängt waren. Seltsam, dachte Auguste, dass ich diese melancholisch-schöne Frau jemals für einen Mann gehalten habe. »Fräulein Kruckow?«

»Gern einfach Jolantha, wenn Sie mögen.«

»Würden Sie mir einen großen Gefallen tun?«

»Natürlich. Sofern es in meiner Macht steht.«

»Der Vorgesetzte meines …«, Auguste korrigierte sich hastig, »ein guter Freund von mir liegt in der Charité.«

Inzwischen waren im Heinersdorfer Arbeitshaus alle Insassinnen um den Tisch versammelt, und Henrietta versuchte, in den abgehärmten Gesichtern der Frauen Mia Freese zu erkennen. Die Fotografie, die Jakob ihr gegeben hatte, zeigte ein auffallend hübsches junges Mädchen mit strahlendem Lächeln, doch nach der Aufnahme waren mehr als zwei Jahrzehnte ins Land gegangen, und keine der Anwesenden hatte auch nur entfernte Ähnlichkeit mit der zauberhaften Marie Antoinette auf dem Schaukastenbild. Henrietta bereute schon nach wenigen Minuten ihre Kleiderwahl. Der Raum war überheizt, und ihr Wollkostüm wirkte, als sei es geschrumpft. Sie schnappte nach Luft und kämpfte bei jedem Atemzug mit der aufsteigenden Übelkeit, die der Geruch von

Fäkalien, Schweiß und ungewaschenen Körpern hervorrief. Passend zum typisch englischen Kostüm hatte sie sich eine Geschichte ausgedacht, denn irgendwie musste sie schließlich ihren merkwürdigen Wunsch begründen: Sie plane, in England eine ähnliche Besserungsanstalt auf ihren Ländereien einzurichten, hatte sie dem Inspektor erklärt, und interessiere sich daher für die Vor- und Nachteile einer solchen Institution. Angesichts des üppigen Spendenschecks versagte er sich jede weitere Nachfrage. Dass sie persönlich mit den Insassinnen reden wollte, wurde – wie Henrietta es erwartet hatte – als ein Zeichen britischer Exzentrik angesehen.

Der alles andere als freundlich dreinblickenden Frauenrunde würde sie diesen Unsinn allerdings nicht auftischen können, und Henrietta überlegte fieberhaft, womit sie ihre Fragerei begründen könnte. Zu ihrer Erleichterung kam die älteste der Arbeitshausinsassinnen ohne Umschweife zur Sache. »Wat willste wissen und wat rückste raus?«

»Ich such jemanden, der mir Auskunft über einen Berliner Zuhälter geben kann …« Der Rest ging im allgemeinen Gelächter unter.

»Na, wir sind doch nich meschugge und verpfeifen unsern Luden!«

»Biste blöde?«

»Wenn de bei mei'm anfangen wills, sag ick dir jleich: Dafür biste zu alt!«

»Danke, das ist mir klar!« Henrietta beschloss, sich weiteres Drumherumgerede zu ersparen. »Niemand hier hat irgendwas zu befürchten. Der Kerl, um den es geht, ist mausetot und kann keiner von Ihnen was tun!«

Die Frauen tuschelten miteinander, und einige machten Anstalten, den Raum zu verlassen.

»Moment! Ich hab ja Ihre zweite Frage noch nicht beantwortet!« Henrietta nahm einen ledernen Tabaksbeutel aus ihrer Handtasche, hielt ihn hoch und ließ die Münzen darin klingeln. »Für jede von Ihnen ein Taler! Und damit das klar ist: Es gibt nicht weniger für die, die nichts wissen, und nicht mehr für die, die mir irgendeine Auskunft geben können!«

Drei Mark – der Wert einer Ein-Taler-Münze – entsprach Jakob zufolge etwa dem Tageslohn eines Hafenarbeiters, und deren Salär lag fraglos weit oberhalb dessen, was man den Frauen im Arbeitshaus zubilligte.

»Na jut.« Die Anführerin der Frauen vergewisserte sich mit einem Blick in die Runde, dass alle einverstanden waren, und Henrietta schickte ein erleichtertes Stoßgebet zum Himmel. Offensichtlich hatte Jakob den hier herrschenden Tarif gut eingeschätzt.

»Also, wir fragen dir jetz nich, wozu de det wissen musst, wa?«, fuhr die Sprecherin fort. »Und unsre Namen wer'n wer dir ooch nich uff de Neese binden, vastanden?«

»In Ordnung.« Henrietta ließ den Sack mit den Münzen wie einen Klingelbeutel in der Kirche herumgehen, und erwartungsgemäß achteten die Frauen untereinander darauf, dass sich keine heimlich zweimal bediente. »Also: Wer kann mir etwas über einen Mann namens Adolf Klingbeil erzählen?«

Geraune, allgemeines Achselzucken, dann Stille. Henrietta war bereits im Begriff, den Klingelbeutel wieder an sich zu nehmen und den Raum unverrichteter Dinge zu verlassen, als sich am anderen Ende des Tisches eine hagere Gestalt erhob. »Ich ...« Der Frau fehlten sämtliche Zähne im Oberkiefer, und sie sprach so undeutlich, dass Henrietta nachfragen musste. »Wie bitte?«

»Ich könnt Ihnen was dazu sagen. Aber nur alleine.«

Nach und nach standen die anderen Frauen auf und verließen den Raum.

»Na, denn viel Verjnüjen.«

»Denn mach'n wer uns mal vom Acker.«

»Adjee, die Dame, und beehr'n Se uns bald wieder!«

Die zahnlose Frau schlurfte näher. Gesicht und Hände waren mit rötlichen Narben übersät, und sie hatte ihre spärlichen Haare zu einem dünnen, schmutzig-grauen Zopf geflochten: Eine offenbar überstandene Franzosenkrankheit hatte ihre Spuren hinterlassen. »Hat Adele Sie geschickt?«

»Mia?«

Je länger Henrietta wegblieb, desto nervöser wurde Jakob. Um sich abzulenken, vertiefte er sich zunächst in sein Notizbuch, doch seine Gedanken schweiften immer wieder ab. Also verlegte er sich auf ein Gespräch mit seinem unsichtbaren zweiten Ich. Von Barnstedt hatte ihm schon zu Beginn ihrer Zusammenarbeit beigebracht, gelegentlich laut Selbstgespräche zu führen. »Glauben Sie mir, Wilhelmi: Der olle Plato war 'n schlaues Kerlchen! Dialoge mit sich selber sind ausgesprochen hilfreich, wenn's darum geht, die Dinge aus 'ner anderen Perspektive zu betrachten.«

Jakob schaute sich um. Da weit und breit niemand zu sehen war, war die Gelegenheit, den Stand der Ermittlungen mit sich selbst – quasi platonisch – durchzudiskutieren, günstig.

Sein zweites Ich fuhr Jakob ohne großes Federlesen wütend an. »Jetzt pass mal auf, du Schlaumeier! Du hast dich die ganze Zeit auf den Mord an Klingbeil und Emils angeblichen Selbstmord konzentriert! Dabei könnte es, wie du weißt, durchaus sein, dass auch Lina Hancke umgebracht worden ist. Und dass da ein Zusammenhang besteht!«

»Ja, und?« Jakob wagte es nicht, seinem aufgebrachten Alter Ego zu widersprechen.

»Und in der Charité werden Papiere gefälscht, und das arme Mädchen wird in aller Eile unter die Erde gebracht! Und die Staatsanwaltschaft wiegelt alles ab und lässt nicht mal 'nen Selbstmord im Präsidiumsgefängnis anständig untersuchen!«

»Weil das vermutlich gar kein Selbstmord war. Jedenfalls spricht eindeutig mehr dagegen als dafür.«

»Jajajajaja!« Das Alter Ego wiegelte ungeduldig ab. »Jetzt überleg doch mal: Wer hatte wohl Interesse, Klingbeil aus dem Weg zu räumen?«

»Eins seiner Opfer. Davon geh ich erst mal aus.«

»Und dann war Klingbeil tot, und es gab – Simsalabim! – umgehend jemanden, dem man den Mord in die Schuhe schieben konnte.«

»Will heißen?«

»Mensch, Wilhelmi, jetzt stell'n Sie sich man nich dümmer, als Se sind!« Jakobs Alter Ego nahm unvermittelt von Barnstedts Stimme an. »Was Besseres kann einem doch als Mörder gar nicht passieren! Da geht ein anderer für das, was man getan hat, in den Knast! Und dann – noch besser – hängt sich der, den man für Klingbeils Mörder hält, auch noch auf!«

»Ich versteh nicht ganz, worauf das hinauslaufen soll.«

»Na, ist doch nich so schwer zu begreifen! Da ist man als Täter doch heilfroh, verhält sich stiekum und lässt alles auf sich beruhen! Da bringt man keine Lina Hanckes um! Vor allen Dingen lässt man Ihren Vorgesetzten nich von 'ner Pferdekutsche über 'n Haufen fahren!«

Jakob fand den Umgangston seines Alter Ego zwar reichlich respektlos, aber er gab ihm unumwunden recht. Wenn Klingbeil nicht von einem Kollegen oder Rivalen umgebracht worden war, dann war es vielleicht jemand, der mit aller Macht verhindern wollte, dass herauskam, welche Geschäfte er mit Klingbeil trieb.

Henrietta wirkte erschöpft, als sie spätabends nach Hause kam. Auguste überfiel sie mit hunderterlei Fragen, aber: »Ich stinke«, war das Einzige, was sie zu hören bekam.

Henrietta verschwand im Grünen Zimmer, zog ihr Wollkostüm aus und hängte es zum Lüften auf den Balkon. Dann schloss sie sich im Badezimmer ein und schrubbte sich von Kopf bis Fuß mit Wolffs herrlich duftender Indischer Blumenseife ab. Als sie schließlich – fast eine Stunde später – in Huldas Küche kam, saßen Auguste und Hulda immer noch erwartungsvoll am Küchentisch. Doch Henrietta lehnte Huldas Angebot, ihr eine Tasse Hühnerbrühe heiß zu machen, ab. Sie setzte sich nicht einmal. »Ich glaub, für einen Menschen wie Adele Freeses Schwester Mia kann es nicht weiter bergab gehen. Was für ein Elend! Aber wenn ihr erlaubt, erzähl ich morgen alles im Detail.«

In der Baracke auf den Rieselfeldern kehrte langsam Ruhe ein; die meisten Frauen schliefen. Mia Freese lag wach und ließ sich wieder und wieder durch den Kopf gehen, was die reiche Dame ihr am Nachmittag erzählt hatte: dass es Adele gut ging und dass sie in einer hübschen Wohnung und in einer guten Gegend lebte. Und dazu noch mit einem netten Mann, der alles über sie und ihr verkorkstes Leben wusste. »Ihre Schwester wäre überglücklich, Sie wiederzusehen«, hatte die reiche Dame gesagt. Bevor sie einschlief, versuchte Mia sich auszumalen, wie es wäre, Adele zu besuchen und nach all den Jahren wieder in die Arme zu schließen. Aber die Bilder verschwammen immer wieder, als ob sich ihr inneres Auge dieser Vorstellung verweigerte. Und sie wusste auch, warum.

Am nächsten Morgen fand die Oberaufseherin Mia Freese tot auf ihrer Pritsche. Man hatte ihr mit einem scharf geschliffenen Löffelstiel die Kehle durchgeschnitten. Verräterinnen waren bei den Frauen in der »Besserungs«-Baracke nicht beliebt.

# Kapitel 16

Im Präsidium machte man sich keine große Hoffnung, den Mord an Mia Freese jemals aufzuklären. Dass jemand anders als eine der Insassinnen für die Tat verantwortlich war, kam angesichts der Umstände – und der verschlossenen Schlafsaaltür – nicht infrage, aber nachdem nur allzu deutlich war, was denen blühte, die Verrat begingen, würde niemand es wagen, mit der Polizei zu reden. Präsident von Windheim entschied, dass nicht Jakob, sondern ein dienstälterer Kollege den Fall übernehmen sollte. Trotzdem bestand Jakob darauf, an dessen Stelle die Familie zu benachrichtigen. Er fühlte sich schuldig. Was wäre gewesen, wenn …? Wenn er Klingbeils Vergangenheit nicht aufgerührt hätte? Wenn er ausschließlich – und wie es von ihm erwartet wurde – den halbseidenen Theorien zu jenem nebulösen Wesen auf Augustes Schnappschuss nachgegangen wäre? Und dass er Henrietta in die Sache hineingezogen hatte, war aus seiner Sicht genauso unverzeihlich.

Adele Freese und ihr Mann hörten ihm schweigend zu. Als er geendet hatte, drückte Adele ihm die Hände. »Wie schön, dass Sie gekommen sind, und nicht irgendein Unbekannter.«

Jakob hatte sich regelrecht gewünscht, dass die beiden ihm Vorwürfe machten, aber nichts dergleichen geschah.

»Es tut mir unendlich leid, dass ich diese schreckliche Tat verursacht habe, ich kann gar nicht in Worte fassen, wie sehr ich …«

»Bitte, Sie haben doch nur Ihre Pflicht getan, Herr Wilhelmi«, unterbrach ihn Friedel Roth.

»Und vielleicht hat Mia sogar geahnt, dass man das Ausplaudern von Dingen, die für andere womöglich eine lukrative Einnahmequelle bedeuten, nicht ungesühnt lassen würde«, setzte Adele hinzu.

Als sie Jakob zur Tür brachte, senkte Jakob die Stimme und sah sie forschend an. »Frau Freese, kann es sein, dass Sie damals den Mord an Klingbeil auf sich nehmen wollten, weil Sie davon ausgegangen sind, dass Ihre Schwester ihn begangen hatte?«

»Ja.« Adele hielt Jakobs Blick stand. »Mia hat sich oft genug geschworen, dass Klingbeil für das, was er ihr angetan hat, eines Tages büßen muss. Ich weiß, es war dumm von mir, ein falsches Schuldbekenntnis abzulegen, und ich hätte das vor allen Dingen Friedel nicht antun dürfen, aber ich dachte, wenn ich Sie erst mal für 'ne Weile auf 'ne falsche Fährte lenke, kann sich Mia vielleicht in Sicherheit bringen.«

»Ich verstehe.« Jakob hätte die tapfere kleine Frau am liebsten in den Arm genommen. Stattdessen gab er ihr mit einer kleinen Verbeugung die Aufnahme jener zauberhaften Marie Antoinette zurück, die ihre Schwester einst gewesen war.

»Danke.« Adele lächelte, als sie das Bild entgegennahm. »Man sagt ja, dass man sich, wenn man im Himmel ist, aussuchen kann, wie man dort rumschwebt; ich mein', wie alt und mit welchem Körper und so. Natürlich alles irgendwie durchsichtig oder nebelförmig oder so«, sie zuckte mit den Achseln, »was weiß ich? Aber bestimmt sucht sich Mia für ihr Leben nach dem Tod ihr Aussehen als Marie Antoinette aus, meinen Sie nicht auch?«

»Ganz bestimmt.« Jakob nickte, obwohl er nicht an so etwas wie einen transparenten Körper, den man sich nach seinem Tod aussuchen konnte, glaubte. Er stellte sich den Tod als traumlosen, langen, tiefen Schlaf vor. Ob man erlöst daraus erwachen würde oder wann das Ganze ein Ende haben würde, war unter diesen Umständen egal. Schließlich wartete man, wenn man schlief, auch nicht voll Ungeduld aufs Aufwachen. Und wenn es kein Erwachen gab – auch gut. Dann würde man das jedenfalls nicht merken.

Im Präsidium wartete Henrietta bereits auf Jakob, um eine offizielle Aussage zu machen. Auch sie war erschüttert von Mias Tod. Und was ihr Mia anvertraut hatte, verschlug ihr immer noch regelrecht die Sprache. Sie hatte auf der Fahrt zurück vom Arbeitshaus kaum ein Wort gesprochen. Jakob hatte sein Fahrrad auf dem Gepäckständer ihrer Droschke festgeschnallt und war mitgefahren, in Erwartung von Henriettas

Bericht. Aber sie hatte ihm nur in groben Zügen ein paar Dinge erzählt, die für die Ermittlungen wichtig waren.

»Ich würde gern so schnell es geht nach Hause und erst einmal wieder zu mir kommen«, hatte sie kurz vor Berlin erklärt, und Jakob hatte sich damit zufrieden gegeben, dass sie am nächsten Morgen ins Präsidium kommen und alles zu Protokoll geben würde.

Jetzt saß sie da, blass und bekümmert, die Hände im Schoß gefaltet und um Haltung ringend. »Sie haben … Das Ganze ist perfekt durchorganisiert … Seit Jahren …« Henrietta unterbrach sich und hob entschuldigend die Hände. »Moment. Ich muss meine Gedanken erst noch mal sortieren. Sonst hat das alles hier ja keinen Sinn.« Sie schloss die Augen und verbarg einen Augenblick lang das Gesicht in ihren Händen.

»Möchten Sie vielleicht ein Glas Wasser?«

Henrietta nickte stumm, und Polizeisekretär Mielke war froh, sich nützlich machen zu können. Mittlerweile war ihm klar, dass er mit dem unseligen Geisterfoto, das er an den hübschen Pressevolontär verscherbelt hatte, mehr Unheil angerichtet hatte als bisher angenommen. Zumindest hatte er damit die laufenden Ermittlungen erschwert. Und vielleicht war es sogar seine Schuld, dass Kommissar von Barnstedt in der Charité gelandet war und niemand wusste, ob er jemals wieder ganz gesund werden würde.

Henrietta nahm das Glas dankend entgegen und trank es in einem Zug aus. Dann straffte sie sich und gab mit fester Stimme das zu Protokoll, was Mia ihr erzählt hatte.

»Sie haben sogenannte ›Beschafferinnen‹. Junge Frauen wie Lina Hancke, die jede Mark, die sie – durch was auch immer – nebenbei verdienen können, brauchen. Vermieterinnen wie diese … Wie heißt die noch mal?«

»Erna Ploddeck«, warf Mielke ohne aufzublicken ein. Er hielt Henriettas Aussage zunächst in Rollerscher Kurzschrift fest, und Jakob machte sich zusätzliche Notizen.

»Frauen wie Erna Ploddeck sind mitunter nichts als verkappte Zuhälterinnen. Aber …«, Henrietta unterbrach sich erneut, »Entschuldigung, das wissen Sie ja längst, und es tut hier auch nichts zur Sache. Also noch mal von vorn: Klingbeil hat irgendwann auf seinen Gastspielreisen mitgekriegt, wie leicht es ist, Halbwüchsige oder sogar Kinder als Bühnenassistentinnen und -assistenten anzuwerben.«

Darüber hatte Jacques Glück bereits gesprochen; Jakob machte eine Randnotiz, dass Glück gegebenenfalls Henriettas Aussage bestätigen könnte.

»Als er immer häufiger von gewissen Herren angesprochen wurde, die ihn baten, ein Diner mit diesen Kindern zu arrangieren, hat Klingbeil das große Geschäft gewittert. Der Kerl wusste natürlich ganz genau, was diese Kundschaft vorhatte. Und er hat sich das mehr als fürstlich bezahlen lassen.«

»Aber die Kinder sind doch irgendwann zurück in ihre Familien, und da müssen sie das alles doch erzählt haben«, warf Jakob ein.

»Sofern sie überhaupt eine Familie hatten! Aber selbst wenn: Es klingt absurd, aber Mia Freese hat mir erzählt, dass sie sich unendlich für das geschämt hat, was ihr angetan wurde. Als sei sie selber schuld daran gewesen. Und überhaupt, hat sie gesagt, reichen die üblichen Drohungen, um die Opfer zum Schweigen zu bringen.«

»Aber in den Waisenhäusern zum Beispiel: Da wird doch schließlich amtlich kontrolliert, was die Kinder tun und lassen.«

»Das hab ich bisher auch gedacht!« Henrietta lachte bitter auf. »Aber wenn da jemand erscheint und behauptet, die Mutter eines der Kinder zu sein, womöglich garniert mit einer gut eingeübten Geschichte: Wer will der Frau das Recht verwehren, ihr eigen Fleisch und Blut zu sich zu nehmen?«

»Aber …«, Mielke unterbrach empört seine Mitschreiberei, »da könnte ja jede kommen!«

»Ganz recht.« Henrietta zuckte resigniert mit den Achseln. »Und nach dem vierzehnten Lebensjahr kümmert sich in den Waisenhäusern ohnehin keiner mehr um die ehemaligen Schutzbefohlenen. Bei Mia und Adele Freese war genau das der Fall. Die waren von heute auf morgen auf sich allein gestellt und sind arglos in Klingbeils Falle geraten.«

Inzwischen hatten die Mittagsausgaben der Zeitungen den Fall Mia Freese bereits aufgegriffen. Je nach politischer Couleur wurde die Tat als tragisches Ergebnis der bekanntlich vollkommen verfehlten Strafvollzugsgesetze gewertet oder als Rache eines verkommenen weiblichen Subjekts an einem anderen, das seiner Mörderin in Sachen Kriminalität und liederlichem Lebenswandel in nichts nachstand.

»Na, ist nicht schade drum«, stellte nach der Lektüre eines Artikels, der zu Letzterem tendierte, auch der Kommerzienrat fest. Er kannte Mia Freese nicht, aber er fand es grundsätzlich begrüßenswert, wenn Kriminelle andere Kriminelle mittels Selbstjustiz aus der anständigen Gesellschaft entfernten. Andererseits hatte er zwar bis dahin nichts von Mia Freeses Existenz gewusst, aber dass sie vor ihrem Tod »Aussagen zur Mordsache Adolphe le Magicien alias Adolf Klingbeil« gemacht haben sollte, war mehr als beunruhigend.

»Ich will den Jungen, Viktor. Das Risiko, dass der was sagt und die den Laden ausheben, ist mittlerweile viel zu groß.«

»Ich kümmere mich drum.« Merthin dienerte, setzte seinen Zylinder wieder auf und verließ mit raschen Schritten den Salon.

Im Präsidium lauschte Jakob stumm Henriettas Ausführungen, die Sache mit den Randnotizen hatte er längst aufgegeben.

»Vor etwa acht Jahren hat Klingbeil damit angefangen, das Ganze im großen Stil geschäftsmäßig auszubauen: Die Beschafferinnen rekrutieren die Kinder in Kneipen, Obdachlosenasylen und Elendsunterkünften. Sie schwärmen den Müttern – meist sind es Mütter unehelicher Kinder – von einem Verein vor, der eine auserwählte kleine Schar von Zöglingen aus schwierigen Verhältnissen aufnimmt und für Schulbildung, Kleidung, gesunde Nahrung und insgesamt für eine goldene Zukunft sorgt. Bedingung: Die Mütter müssen ihre Kinder dem Verein in Pflege geben und dürfen sie nicht wiedersehen.«

»Und darauf lassen sich die Frauen ein?« Mielke unterbrach empört Henriettas Bericht, obwohl ihm das, wie ihm durchaus bewusst war, in keiner Weise zustand.

Henriettas Reaktion ließ ihn regelrecht zusammenfahren. »Nehmen wir an, junger Mann, Sie sind ein Mädchen, vierzehn, fünfzehn Jahre alt, und gehen bei 'ner Familie in Stellung. Und der Sohn des Hauses schwört Ihnen Schleier und Myrtenkranz und ewige Treue. Oder der Hausherr hat den Schlüssel zur Mädchenkammer, und seine Gattin hört nicht hin, wenn da oben jemand schreit. Und schon sind Sie schwanger und werden mittellos auf die Straße gesetzt. Oder Ihr Mann ist arbeitslos und hat sich trotzdem nichts dabei gedacht, ein sechstes Kind zu zeugen. Oder Ihr Pfarrer oder Priester hat erfolgreich drauf bestanden, dass man gefälligst ein Kind nach dem anderen in die Welt zu setzen hat.«

»Ich verstehe«, murmelte Mielke erschrocken von der Vehemenz, mit der Henrietta die Frauen verteidigte. »Bitte entschuldigen Sie, gnädige Frau, ich … ähm … ich kenn mich da ja nicht so aus.« Frauen, die ihre Kinder in die Obhut eines obskuren Vereins gaben, der ihnen angeblich eine bessere Zukunft bieten konnte als sie selber, waren in seinen Augen Verbrecherinnen. Friedhelm Mielke war mit drei Geschwistern in einem beschaulichen Kaff in Brandenburg aufgewachsen, und er konnte sich weder vorstellen, tagelang hungrig ins Bett zu gehen und hungrig wieder aufzuwachen, noch hatte er auch nur die geringste Ahnung, wie es sich anfühlen musste, wenn man in die Schuhe des ältesten Kindes vorn ein Loch schneiden musste, damit die Zehen wieder Platz hatten; ganz einfach, weil es keine größeren Geschwister gab, deren Schuhe es auftragen konnte, und kein Geld für neue Schuhe da war.

»Der Verein gibt sich nach außen hin absolut reputierlich«, fuhr Henrietta fort. »Babette von Koschwitz ist derzeit die Schirmherrin.«

»Was?« Jakob glaubte sich verhört zu haben. »Die Mutter von Staatsanwalt von Koschwitz?«

»Das weiß ich nicht, Herrgott noch mal!« Henrietta stöhnte enerviert auf. »Aber das lässt sich sicher überprüfen!«

»'tschuldigung!« Jakob nahm sich vor, Henrietta nicht weiter zu unterbrechen.

»Die hübschesten Kinder werden, wie ich Mia verstanden habe, regelrecht gedrillt, um für viel Geld das ›liebe Töchterchen‹ oder den ›wohlgeratenen Sohn‹ zu spielen. Manchen gut betuchten Herren bereitet es wohl ganz besonderes Vergnügen, sich an Kindern der – vorgeblich – eigenen Gesellschaftsschicht zu vergehen. Die weniger zahlungskräftigen Kunden haben sich mit den Kindern im Keller zu begnügen, den älteren, den unansehnlicheren und den abgestumpften, die kaum ans Tageslicht kommen. Manchmal wird dabei fotografiert – natürlich unter Wahrung der Anonymität der Täter. Allein mit diesen Bildern, für die Klingbeil reichlich ›Tantiemen‹ kassiert hat, wird ein Vermögen gemacht.«

Aus dem Wenigen, das Henrietta ihr am Morgen erzählt hatte, konnte Auguste sich zumindest ansatzweise zusammenreimen, was für ein monströses Netzwerk Klingbeil im Lauf der Jahre geschaffen hatte. Aber ihre erste Sorge und die des gesamten Fuchs'schen Haushalts galt natürlich Ida. Hulda war am Boden zerstört. »Wie hätte ich denn ahnen sollen, was hinter ihrer Angst, zu fremden Leuten geschickt zu werden, gesteckt hat? Und wie sie zusammengezuckt ist, nur weil ihr ein bisschen Himbeersaft aufs Tischtuch geschwappt ist! Der Kleinen hat man ihre ungewöhnlich ausgefeilten Tischmanieren offensichtlich eingeprügelt.«

»Kein Wunder, dass sie sich nicht traut, irgendwas zu erzählen. Wer weiß, was man ihr angedroht hat? Und wie es scheint, machen die ihre Drohungen sogar wahr.«

Hulda zog fröstelnd ihren Schal fester um ihre Schultern und schaute sich um, als fühle sie sich plötzlich in ihrer eigenen Wohnküche nicht mehr sicher. »Wo ist Ida denn jetzt?«

»Henrietta hat ihr, bevor sie ins Präsidium ist, 'n neues Blockflötenstück zum Üben aufgetragen. Damit hat sie erst mal zu tun, und wir können reden.«

»Das ist gut.«

Auguste hatte alle Ateliertermine abgesagt. Sie hätte nach dem, was Henrietta erzählt hatte, ohnehin nicht den Kopf freigehabt, um vernünftig zu arbeiten. »Jetzt versteh ich, wieso Emil Ida bei seiner Festnahme das Versprechen abgenommen hat, mit niemandem zu reden.« Auguste schluckte, die Erinnerung an Emil tat immer noch weh. »Der Junge hat gewusst, dass sie, wenn sie Klingbeils Machenschaften verrät, nicht mehr lange leben wird. Dabei hätte sie Emil mit ihrer Aussage womöglich das Leben retten können.«

»Vielleicht ist Ida dem Ganzen aus irgendeinem Grund entkommen.« Hulda gab sich alle Mühe, einen kühlen

Kopf zu bewahren. »Denk doch mal drüber nach, Häseken: Sie hat in Julius sofort 'ne Art Großvaterersatz gesehen und nicht die geringste Scheu vor ihm gehabt. Und Dorchens Verehrer oder Luis? Den beiden Männern gegenüber ist sie doch auch völlig unbefangen.«

»Luis ist noch ein Junge.«

»Fast! Dass er sich mittlerweile jeden Tag rasieren muss, fällt dir nur deshalb nicht auf, weil du ihn schon von klein auf kennst.«

»Und was willst du damit sagen?«

»Ich meine, wenn Ida keine Angst vor fremden Männern hat, dann hat man ihr vielleicht ... nichts angetan. Vielleicht ist sie den Kerlen, für die sie die kleine Tochter spielen sollte, entwischt.«

»Auf den Gedanken bin ich noch gar nicht gekommen. Aber dass sie dann zurück zu Klingbeil ist?« Auguste stockte der Atem: War es denkbar, dass Ida diejenige war, die den Käfigmechanismus bedient und Klingbeil getötet hatte? Das Wesen, das an ihrer Kamera vorbeigehuscht war, musste zumindest leichter als ein normaler Erwachsener gewesen sein, sonst hätte sie unter ihrem Dunkeltuch sein Herankommen gehört. Und es musste sich anschließend irgendwo versteckt haben. Für einen erwachsenen Menschen war das da oben auf dem Rollboden kaum möglich, aber für ein Kind? Das hätte sogar unbemerkt zwischen den Mädchen vom Ballett hindurchhuschen und das Haus verlassen können, ohne Aufmerksamkeit zu erregen. Andererseits hatte Ida am Abend für jeden sichtbar vor dem Theater gestanden. »Und wenn Ida Klingbeil getötet hätte, wär sie doch weggelaufen.«

»Was sagst du da?« Hulda starrte Auguste ungläubig an. »Ida soll diesen Schweinehund umgebracht haben? Häseken, das ist nicht dein Ernst!«

»Tante Hulda! Guste! Ich kann's jetzt spielen!« Ida kam in die Küche getanzt und schwenkte übermütig ihre Blockflöte. »Wollt ihr mal hören?«

Den beiden Frauen am Küchentisch verschlug Idas unbefangene Freude für einen Moment die Sprache. Dann antworteten sie wie aus einem Mund: »Aber natürlich!«

Ida stellte sich unübersehbar stolz in Positur, als habe sie einen voll besetzten Konzertsaal vor sich. Dann hob sie feierlich die Flöte an ihren Mund. Nach den ersten Takten war klar, um welches Stück es sich handelte: das Rondo aus Mozarts *Kleiner Nachtmusik*, heiter, beschwingt und unbeschwert.

Ida spielte fehlerfrei und strahlte die beiden Frauen erwartungsvoll an, als sie geendet hatte.

Während Jakob Henrietta eine Droschke besorgte und sich von ihr verabschiedete, begann Mielke damit, das Protokoll ins Reine zu tippen. Er hatte jede Menge Fragen auf dem Herzen, verkniff sie sich aber zugunsten der wichtigsten von allen: »Wie wollen wir denn jetzt weiter vorgehen?«

Jakob nahm das »Wir« mit einiger Verblüffung zur Kenntnis. Überhaupt wirkte der neue Polizeisekretär mit einem Mal wie ausgewechselt.

»Es wird einiger Tricks und Winkelzüge bedürfen, aber als Allerserstes gilt es, die Baronin von Koschwitz zu befragen, bevor jemand davon erfährt. Denn wenn es sich bei der Baronin tatsächlich um die Mutter von

Staatsanwalt von Koschwitz handelt, würde der das natürlich zu verhindern wissen.«

»Glauben Sie …« Mielke unterbrach sich sofort – derlei Fragen standen ihm einfach nicht zu.

»Also, mit Glauben kommt man in unserem Beruf zwar nicht weit, aber fragen dürfen Sie allemal.«

»Na gut. Sie gehen also davon aus, dass der Staatsanwalt tatsächlich mit der Schirmherrin von diesem Verbrecherverein verwandt ist?«

»Hm. Wenn Sie versprechen, das Ihrem jungen Freund von der Presse nicht weiterzutratschen.«

Mielke schrak zusammen und wurde feuerrot. Er kramte hektisch nach einem Taschentuch, und als er es nicht schnell genug fand, schlug er die Hände vors Gesicht.

»Och, Mielke, glauben Sie allen Ernstes, ich hätte das mit der Fotografie, die Sie gemopst haben, auf sich beruhen lassen?«

Mielke schüttelte – die Hände nach wie vor wie ein Kind, das Verstecken spielt, vor die Augen gepresst – den Kopf.

»Na, sehen Sie. Und nachdem einer von unseren Schupos Ihnen ab und zu mal zu Ihrem Stammlokal gefolgt ist, war mit ein bisschen Nachhaken von meiner Seite schnell geklärt, warum Sie wem damit einen Gefallen getan haben.«

»Und … werd ich jetzt entlassen?«

»Nur, wenn Sie so was noch mal tun.«

»Ganz sicher nicht!«

»Na gut, dann können Sie die Hände jetzt gern wieder runternehmen.«

Mielke folge zögerlich Jakobs Aufforderung. »Und wegen … Sie könnten mich doch wegen …«, stammelte er und wagte nicht, Jakob ins Gesicht zu sehen. »Ich meine: Werden Sie mich anzeigen?«

»Wegen dem Hannemanns?« Jakob schmunzelte. »Jaja, ich hab gehört, da geht's manchmal hoch her.«

»Das mein ich nicht. Ich meine …«

»Jetzt hören Sie schon auf, Mielke! Hab ich Sie angezeigt? Nein! Und mal ehrlich: Warum sollte überhaupt jemand auf die Idee kommen, Herren, die – zugegeben: reichlich wüst – miteinander feiern, anzuzeigen? Nach der Devise müssten alle Corpsstudenten hinter Gitter!«

Mielke ging nicht auf Jakobs flapsigen Tonfall ein. »Danke«, murmelte er, und Jakob schwieg, bis sein Gegenüber sich wieder gefangen hatte. Dann klatschte er aufmunternd in die Hände. »So! Und um Ihre Frage, ob der Staatsanwalt tatsächlich mit der Schirmherrin von diesem Verbrecherverein verwandt ist, zu beantworten: Ja, davon geh ich aus. Denn das erklärt ganz nebenbei, warum von Koschwitz die Ermittlungen im Fall Emil Krause so überhastet eingestellt hat.«

»Und kann ich nicht irgendwas tun?«

»Doch, Mielke, das können Sie. Sie könnten sich an Ihren Telefonapparat begeben und sämtliche Berliner Restaurants der gehobenen Klasse anrufen. Allzu häufig haben Väter meiner Ansicht nach nicht ihr Kind dabei, wenn sie sich mit Freunden zum Diner treffen. Vielleicht sind irgendeinem der Kellner ein bis zwei Herren in Begleitung eines auffallend hübschen und wohlerzogenen kleinen Mädchens oder kleinen Jungen aufgefallen.«

»Was? Wieso denn das?«

»Die Herren, die dieses ›Kleine Tochter‹- oder ›Braver Sohn‹-Ritual abhalten, sehen wohl einen besonderen Reiz darin, den Widerwärtigkeiten, die darauf folgen, einen Auftritt in aller Öffentlichkeit vorangehen zu lassen. Eine Art geheime Trophäenschau sozusagen. Wie ein Opfertier, das zuvor geschmückt und dem Publikum vorgeführt wird.«

Mielke schwieg betroffen. Er hatte die Kindheitsidylle, in der er aufgewachsen war, bisher für das Maß aller Dinge gehalten oder zumindest angenommen, dass die Welt im Großen und Ganzen in Ordnung war.

Jakob legte ihm tröstend den Arm um die Schultern. »Wir kriegen diese Leute, Mielke, das versprech ich Ihnen.«

# Kapitel 17

Ich möchte bitte zu Herrn Kriminalkommissar Hubert von Barnstedt.«

Die Diakonisse am Eingang der Neurologischen Abteilung musterte den jungen Mann mit der Schiebermütze und den schäbigen Tweedhosen skeptisch von oben bis unten.

»Und wer sind Sie?«

»Ein … Freund der Familie.«

»Was Sie nicht sagen! Und Sie wünschen?«

»Ich möchte Kommissar von Barnstedt einen Besuch abstatten.«

»Aha. Und wieso das?«

»Ähm …« Jolantha Kruckow brachten die inquisitorischen Fragen der strengen Dame mit dem Spitzenhäubchen einen Moment lang aus der Fassung.

»Alles in Ordnung, Schwester Gretchen, der junge Mann gehört zu mir!«

»Na, dann …«

Jolantha fiel ein Stein vom Herzen, als die Schwester sie gemeinsam mit Auguste durchwinkte. »Gerade rechtzeitig«, wisperte sie, »noch drei Nachfragen, und ich wär vor diesem Zerberus davongelaufen.«

»Reine Vorsichtsmaßnahme. Wir wissen ja immer noch nicht, ob das, was dem Kommissar widerfahren ist, 'n Unfall oder 'n Anschlag gewesen ist. Und die Schwestern sind bis auf Weiteres angewiesen, keine verdächtigen Personen zu ihm zu lassen.«

»Und ich seh aus wie 'ne verdächtige Person?«

»Was willst du hören, Mandragor?« Auguste grinste. »Dass eine ausgesprochen gut aussehende Mischung aus Bohemien, lustigem Landmann und Vorarbeiter eine unauffällige Erscheinung ist?«

»Hast recht«, auch Jolantha musste unwillkürlich grinsen, »aber wenn jemand den Vorgesetzten von deinem Herzensschatz umbringen wollte, würde der doch mit Sicherheit nicht so wie ich daherkommen.«

»Stimmt, aber so weit denkt der fromme Dragoner am Eingang vielleicht nicht.«

Von Barnstedt lag wie zuvor auf dem Rücken, den bandagierten Kopf im Nacken und an beiden Seiten von einem ledernen Sandsack gestützt. Er hatte in der kurzen Zeit deutlich an Gewicht verloren. Seine Augen waren geschlossen, und er atmete tief und gleichmäßig.

»Herr Kommissar?«

Keine Reaktion.

»Jolantha, ich weiß wirklich nicht, ob er uns hören kann.«

»Pssst!« Jolantha Kruckow legte den Finger an den Mund und zog so geräuschlos wie möglich zwei Besucherstühle an von Barnstedts Bettkante. Die beiden Frauen setzten sich. Dann legte Jolantha von Barnstedts rechte Hand in ihre Linke, bedeckte sie mit ihrer Rechten und schloss die Augen.

Auguste fiel jetzt erst auf, wie still es im Krankensaal war. Niemand stöhnte oder schnarchte. Und niemand – außer von Barnstedt – hatte Besuch. Vielleicht, weil man ganz einfach davon ausging, dass Menschen, denen man die Hirnschale geöffnet hatte und die anschließend wie tot in ihren Betten lagen, nicht merken würden, ob jemand bei ihnen war und ihre Hand hielt oder nicht.

»So ist es gut«, flüsterte Jolantha nach einer Weile.

Das kann nicht sein, das bilde ich mir doch bloß ein, dachte Auguste, aber von Barnstedts Züge hatten sich, seitdem Jolantha da war, tatsächlich entspannt. Jolantha sprach weiterhin kein Wort, aber sie lächelte gelegentlich, als ob von Barnstedt ihr auf eine Weise, die nur sie verstand, etwas erzählte.

»Dann schauen Sie uns jetzt doch einfach an«, sagte sie schließlich, und von Barnstedt öffnete im selben Moment wie sie die Augen. Im Unterschied zum letzten Mal war er diesmal vollkommen ruhig und hatte offenbar keine Schmerzen. Und diesmal erkannte er Auguste. »Guuus …«, brachte er mühsam hervor.

»Ja, ich bin's, Herr Kommissar. Und das hier ist …«, Auguste stockte. Mandragor? Jolantha? Fräulein Kruckow?

»Jolantha Kruckow«, kam Jolantha ihr zuvor. »Wir werden mit dem Doktor sprechen, und dann seh'n wir zu, dass wir Sie von hier weg in Sicherheit bringen, ja?«

»Aan-ch … Geeel …«

»Gelb. Ich weiß«, Jolantha lächelte erneut. »Sie werden wieder sprechen lernen, aber dafür brauchen Sie Zeit. Und Ruhe. Sobald die Ärzte es erlauben, fahr ich mit Ihnen nach Mecklenburg, damit Sie sich bei Ihrer Familie erholen können. Ihre Familie lebt übrigens ganz in unserer Nähe.«

»Muu ...«

»Ja, Ihre Katze wird derweil bestens versorgt, da machen Sie sich man keine Sorgen.«

Auguste beschloss, sich endgültig nicht mehr darüber zu wundern, dass Jolantha Dinge wusste, die sie eigentlich nicht wissen konnte. Und Kommissar von Barnstedt in sein Mecklenburger Dorf zu verfrachten, war mit Sicherheit besser, als ihn von einer – wenn auch erfreulich kratzbürstigen – Diakonisse bewachen zu lassen.

»Ich lasse bitten.«

Als Jakob den Salon betrat, lag Babette von Koschwitz auf eine blassrosa Chaiselongue hingegossen und hielt ein weißes Pekinesenhündchen an sich gedrückt. Bei Jakobs Auftauchen machte das Tier vergeblich Anstalten, sich aus dem Klammergriff seiner Herrin zu befreien. Schließlich gab es hechelnd auf.

»Wilhelmi, Kriminalassistent.«

»Bitte nehmen Sie Platz.«

Jakob kam sich vor wie in einem überdimensionalen Bonbonglas: Von den Vorhängen bis zu den chinesischen Seidenteppichen war der Raum in allen Schattierungen von Rosarot gehalten, und selbst die üppige siebenreihige Perlenkette um den Hals der Hausherrin schimmerte in zartem Rosé.

»Was kann ich für Sie tun, junger Mann?«

»Es geht um Ihre Schirmherrschaft für einen Verein zur Rettung von Kindern aus armseligen Verhältnissen.«

»Ach herrje!« Die Gräfin lachte, dass die Perlen auf ihrem Dekolleté tanzten. »Davon gibt es ja nun nicht nur einen.«

»Aber Ihre Schirmherrschaft …«

»Auch die lasse ich nicht nur einem einzigen mildtätigen Verein zukommen. Sehen Sie«, Babette von Koschwitz beugte sich vor, als habe sie etwas besonders Vertrauliches zu berichten, »als unserer Majestät, der Kaiserin, nahestehend halte ich mich geradezu für verpflichtet, ihrem Beispiel zu folgen und die weniger Begüterten in den Genuss meiner Hilfe und Unterstützung kommen zu lassen.«

Schon klar. Noch mehr rosa Schnickschnack geht ja auch fast nicht, dachte Jakob und lächelte höflich. »Genau darum geht es ja! Wir möchten uns gern einen Überblick über alle privaten Einrichtungen verschaffen, die sich um das Wohl Minderjähriger verdient machen. Damit wir Kinder und Heranwachsende, die sich geringfügiger Vergehen schuldig gemacht haben, gegebenenfalls deren Fürsorge anheimstellen können. Die städtischen Einrichtungen sind ja häufig überfüllt und mit Aufgaben dieser Art überfordert.«

»Ach, was für eine reizende Idee!« Babette von Koschwitz klatschte begeistert in die Hände, was das Hündchen auf ihrem Arm schamlos ausnutzte: Der kleine Kerl verschwand umgehend unter einem krachrosa gepolsterten Fauteuil.

»Wenn ich dann vielleicht eine Aufstellung aller entsprechenden Institutionen bekommen könnte?«

»Ach herrje!« Die Baronin legte die Hand aufs Herz und seufzte. »Da hab ich längst den Überblick verloren. In dieser Angelegenheit müssten Sie sich bitte an meinen Sohn wenden. Herrmann von Koschwitz. Der Staatsanwalt – den kennen Sie doch sicher. Herrmann verwaltet unser Vermögen.«

»Ich verstehe.« Jakob stand auf und verbeugte sich höflich. »Dann danke ich hiermit für Ihre Zeit und darf mich verabschieden.«

»Nein, warten Sie!«

»Ja?«

»Eine Adresse liegt mir ganz besonders am Herzen, wissen Sie?«

»Ja?«

»Vorbildlich, wenn Sie mich fragen!«

»Ach?« Jakob hielt den Atem an.

»Adalbertstraße ... Kleinen Augenblick, ich schreib Ihnen alles auf!«

Zu Jakobs Überraschung war das Papier weiß und nicht rosa. Die Adresse stand in auffallend kindlicher Handschrift darauf.

»Twi-Twi!«, rief die Baronin, als Jakob sich dankend zum Gehen wandte. »Twi-Twi! Komm zu Frauchen!«

Doch das Hündchen rührte sich nicht. Vielleicht war das aufdringliche Parfüm, dessen Frauchen sich bediente, zu viel für seine kleine, platt gedrückte Nase.

Als die Droschke vor der angegebenen Adresse hielt und Jakob ausstieg, verließ gerade ein Kutscher in Zylinder und Cutaway das Haus. Er bugsierte einen buckligen kleinen Jungen mit bandagierter Hand in eine herrschaftliche Kutsche. Der Junge starrte ins Leere und wirkte wie betäubt.

»Na komm. Sich wehren nützt ja nichts!« Der Kutscher gab dem Jungen einen Schubs ins Innere des Wagens und fuhr davon. Das Emblem auf der Tür nahm Jakob nur kurz aus dem Augenwinkel wahr; was es darstellte, war nicht zu erkennen. Vielleicht kümmerte sich ein reicher Gönner um die medizinische Versorgung der Kinder und schickte dafür seinen eigenen Kutscher. Dessen Stimme kam Jakob zwar bekannt vor, aber er hatte den Mann lediglich flüchtig im Vorbeigehen gesehen.

Von außen wirkte das Haus in keiner Weise auffällig oder gar verdächtig, und die Straße lag in einem der »anständigeren« Bezirke Berlins. Jakob war fast im Begriff umzukehren: Hätte ihm Babette von Koschwitz so bereitwillig die Anschrift gegeben, wenn mit diesem Verein irgendetwas nicht stimmte?

Der kleine Junge mit dem bandagierten Handrücken kauerte wimmernd in Oehlschlegels geschlossenem Landauer. An Flucht war nicht zu denken; die Kutsche fuhr viel zu schnell. Er rechnete nicht damit, dass er, so wie die hübschen Kinder aus der oberen Etage, zu einem reichen Mann oder zu mehreren gefahren wurde, um ihnen dort Modell zu stehen. Oder um so zu tun, als wäre er der liebe Sohn von einem der Besteller. »Werd ich jetzt totgemacht?«, hatte er Tante Trudi gefragt, als sie ihm die Hand verbunden und saubere Kleider zurechtgelegt hatte. Sie hatte: »Ach was!«, gesagt. Aber sie hatte komisch dabei geguckt.

Als die Kutsche vor dem Haus davonfuhr, stand Gertrud Hessling hinter der Gardine im ersten Stock und versuchte vergeblich, das ungute Gefühl, das sie bei dieser Angelegenheit beschlichen hatte, niederzukämpfen. Sie kannte den Kommerzienrat als skrupellos und unberechenbar, und dass der kleine Paul bei ihm in Lebensgefahr schweben könnte, hielt sie durchaus für denkbar. Es war das zweite Mal, dass dieser Kutscher im Auftrag seines Herrn nach einem Kind aus dem Keller verlangte – und dieses Mal sogar gezielt nach dem kleinen Paul –, aber was wusste sie schon über die Gelüste von Klingbeils Klientel? Vielleicht ging es ihm um Abwechslung: mal ein hübsches kleines Mädchen mit ausgezeichneten Manieren, mal ein Junge aus dem Keller, mit verkrümmter Wirbelsäule und schiefen Zähnen. Dass das Mädchen ihm im Restaurant davongelaufen war, hatte damals zu einem erbitterten Streit geführt. Für entgangene Lustbarkeiten zahle sein Herr nicht, hatte der Kutscher erklärt, daran konnte sich Gertrud Hessling noch gut erinnern. Dass Klingbeil dann zu allem Überfluss die kleine Ida weiter als seine Assistentin eingesetzt hatte, musste der Kommerzienrat als unerhörte Provokation aufgefasst haben. Und dass die Kleine nach Klingbeils Tod nicht mehr aufgetaucht war, war verdächtig. Andererseits konnte ein Kind in einem Moloch wie Berlin leicht auf Nimmerwiedersehen verschwinden, nicht zuletzt darauf beruhte schließlich das Geschäft. Gertrud Hessling seufzte. Vielleicht hätte sie

Paulchen nicht so ohne Weiteres dem gelackten Kutscher übergeben sollen. Aber was geschehen war, war geschehen, und es war schon immer ihre Devise gewesen, sich nicht in Dinge einzumischen, die ihr womöglich Nachteile einbringen konnten. Als sie sich auf den Weg zum Büro machen wollte, klingelte es an der Haustür. Auf diesen Besucher war sie gefasst, und sie war auf der Hut.

Jakobs Eindruck, an der falschen Adresse zu sein, verstärkte sich noch angesichts des gepflegten Treppenhauses und der blitzblanken Klingelschilder im Hochparterre. K. Patzke und W. Scholte. Dass dahinter niemand dieses Namens wohnte, war den makellos lackierten Türen nicht anzusehen. In der ersten Etage begrüßte ihn eine füllige Dame mit strenger Frisur. »Gertrud Hessling. Die Baronin hat mir bereits angekündigt, dass Sie kommen. Ich bin die Aufseherin hier und kümmere mich um die Verwaltung.«

Ein Mittvierziger im Gehrock gesellte sich dazu und stellte sich als »Küppersbusch, Hauslehrer und Korrepetitor« vor. Im Flur roch es nach Schuhcreme, und an der Wand war ein halbes Dutzend frisch geputzte Kinderstiefel aufgereiht.

»Was führt Sie denn zu uns, Herr Kommissar?«

»Kriminalassistent«, korrigierte Jakob mechanisch und verlegte sich auf einen jener Tricks, die ihm von Barnstedt beigebracht hatte: »Ach«, sagte er, »hat die Baronin Ihnen denn nichts von unserem Vorhaben erzählt?«

So zwingt man sein Gegenüber, entweder die Wahrheit zu sagen oder etwas zu erfinden, hatte von Barnstedt erklärt. »Den Unterschied müssen Sie dann schon selber rausfinden, Wilhelmi.«

Prompt geriet die Hausherrin – wie aus dem Lehrbuch – kurz aus dem Konzept. »Nein, sie hat nur gemeint, Sie interessieren sich für unsere … Institution. Vielleicht sind *Sie* so gut und klären mich über das Weitere auf?«

Aha, den Ball perfekt zurückgespielt! Doch Jakob ließ sich davon nicht aus dem Konzept bringen. »Sie wissen doch, wie das ist«, begann er – ebenfalls lehrbuchmäßig. »Da gibt es immer mal kleine bis mittlere Übeltäter, die eigentlich zu klug und zu begabt erscheinen, um, wie es in manchen Milieus so üblich ist, im Kindesalter schon auf eine kriminelle Bahn gebracht zu werden. Und ich hab mir gedacht, dass es im einen oder anderen Fall ein segensreicher Akt wäre, ein solches Kind in Ihre Obhut zu geben.«

»Ganz recht.« Gertrud Hessling atmete hörbar aus. »Wir können in dieser Hinsicht auf eine ganze Reihe schöner Erfolge zurückblicken.«

»Großartig! Dürfte ich dann mal einen Blick in Ihre Einrichtung werfen?«

Ein gewisses Widerstreben war Gertrud Hessling durchaus anzumerken, aber gegen das Anliegen ihres Besuchers war nun mal nichts Nachvollziehbares einzuwenden. »Tja dann …« Sie seufzte und bat Jakob hinein.

»So. Bin gleich fertig.« Jolantha saß über ein Blatt Papier gebeugt in Huldas Küche. Sie hatte Mütze und Jackett abgelegt und sah jetzt nicht mehr wie ein Mann, sondern wie eine Frau in Hosenträgern aus. Hulda hatte lediglich kurz gestutzt und dann getan, was ihrer Ansicht nach in jeder Lage angebracht war: Kaffee zu kochen und ihre unschlagbaren Plätzchen anzubieten.

Auguste kniff die Augen zusammen und versuchte, in Jolanthas Zeichnung ein Tier zu erkennen. Sie hatte kurzerhand Idas Farbstifte ausgeliehen, denn auch wenn das Zustandekommen dieses Bildes reichlich seltsam war: Vielleicht konnte mit dem, was Jolantha vor ihrem inneren Auge gesehen hatte, derjenige, der Kommissar von Barnstedt angefahren hatte, aufgespürt und dingfest gemacht werden. »Ein Reiher?«

Auch Hulda warf einen Blick auf die Zeichnung. »Nee, das ist 'n Kranich.«

»Ach? Und wo ist da der Unterschied?«

»Reiher haben S-förmige Hälse beim Fliegen, Kraniche nicht«, erklärte Jolantha und zeichnete eine rote Rose in das angewinkelte Bein des Vogels.

»Der hier fliegt aber nicht.«

»Nee, aber guck doch mal genau hin!« Hulda tippte nachdrücklich auf das Bild. »Reiher haben abstehende Federn an der Brust und am Hinterkopf.«

»Und Kraniche nicht?«

»Kraniche nicht. Die haben nur manchmal so 'n komischen Puschel auf'm Kopf. Wie 'n Pinsel.«

Jolantha lächelte angesichts des Disputs der beiden still in sich hinein, griff nach einem anderen Stift und zeichnete einen leuchtend gelben Hintergrund.

»In der Luisenstadt, wo man den Kommissar gefunden hat, gibt's garantiert keine Kraniche.« Hulda machte aus ihren Zweifeln an Jolanthas Zweitem Gesicht keinen Hehl. »Und gelb ist da auch nichts.«

»Tja«, Jolantha räumte die Stifte zurück in die Schachtel und zuckte mit den Achseln, »dann weiß ich auch nicht weiter. So hab ich das gesehen, und ich glaub, ›Kranich‹ und ›gelb‹ hat Kommissar von Barnstedt sogar zu sagen versucht.«

»Kann ich die jetzt wiederhaben?« Ida kam in die Küche gehopst und griff nach der Schachtel. »Ich möchte für Opa Fuchs ein Bild …« Beim Anblick der Zeichnung erstarrte sie.

Dann ging sie mit Fäusten auf Jolantha Kruckow los und schrie aus Leibeskräften.

Der Anblick, der sich Jakob bot, als Gertrud Hessling die Tür am Ende des Flurs öffnete, war beeindruckend: Die Mädchen trugen einheitliche, dunkelgraue Kleidchen mit weißen Batistschürzen darüber, die Jungen Kittel in der gleichen grauen Farbe. Die Kinder saßen mit gesenkten Köpfen um einen Tisch herum. Als Gertrud Hessling in die Hände klatschte, sprangen sie auf und stellten sich in Positur; die Mädchen vorne, die Jungen dahinter. »Na, wollt ihr unseren Besuch nicht begrüßen? Er heißt … Wie war der Name noch?«

»Wilhelmi.« Jakob hielt unwillkürlich den Atem an. Die Kinder waren allesamt wunderhübsch anzusehen, in ihren Augen jedoch fehlte jede Neugier, jedes Interesse an dem, was um sie herum vor sich ging.

Gertrud Hessling hob beide Hände wie ein Dirigent, und die Kinder sprachen im Chor den geforderten Willkommensgruß. »Guten Tag, Herr Wilhelmi!«

Der Korrepetitor hatte inzwischen am Klavier Platz genommen und intonierte Mozarts *Üb immer Treu und*

*Redlichkeit,* doch Jakob konnte sich schon bei den ersten Takten denken, dass es die andere Textversion war, die die Kinder zum Besten geben würden. *»Der Kaiser ist ein lieber Mann, er wohnet in Berlin und wär' das nicht so weit von hier, dann ging ich heute hin.«*

Auch der aufgesetzte Frohsinn der Kleinen erreichte ihre Augen nicht. Jakob ließ sich nichts anmerken und hörte geduldig zu. Absurderweise fiel ihm plötzlich auf, dass dieses Liedchen für Berliner Kinder blanker Unsinn war, denn schließlich befanden sie sich ja nicht etwa »weit von hier«, sondern in unmittelbarer Nähe des Kaisers – wenn er denn geruhte, sich in der Reichshauptstadt aufzuhalten.

*»Ich gäb ihm meine Hand und brächt die schönsten Blumen ihm, die ich im Garten fand«*, sangen die Kinder weiter. *»Und sagte dann: Der liebe Gott, der schickt die Blümchen dir. Und dann lief ich geschwinde fort und wär' bald wieder hier.«*

Jakob klatschte Beifall, die Mädchen knicksten, und die Jungen machten einen Diener, setzten sich wieder und falteten die Hände auf der Tischplatte. Dort gab es nichts, mit dem die Kinder sich hätten beschäftigen können: kein Essen, keine Gläser oder Becher, kein Mal- oder Bastelzeug und keine Bücher. Kein Kind der Welt würde stundenlang stumm um einen Tisch sitzen – selbst diese Kinder mit den stumpfen Augen nicht. Es musste eine Art Signal – eine Glocke oder Ähnliches – geben, das sie dazu brachte, sich in diesem Raum einzufinden, sobald Fremde auftauchten. Und wer nicht richtig hinsah, ließ sich bestimmt von diesen Auftritten täuschen.

Jakob überlegte fieberhaft, wie er weiter vorgehen sollte.

Der Angriff auf Jolantha war ebenso schnell vorüber, wie er gekommen war. Auguste wiegte Ida in ihren Armen, während Hulda für sie Milch warm machte und mit reichlich Honig süßte. Das kleine Mädchen weinte leise vor sich hin.

»Ida«, begann Auguste vorsichtig, »ich weiß, du hast Emil geschworen, niemandem was zu sagen. Aber vielleicht kannst du uns wenigstens verraten, was es mit dem Vogel auf dem Bild, der dir solche Angst macht, auf sich hat.«

»Ich hab gedacht, der Mann, der aussieht wie 'ne Frau, gehört zu denen.« Sie schaute unglücklich zu Jolantha hinüber. »Tut mir furchtbar leid.«

»Keine Ursache. Ich hab was gemalt, von dem ich nicht weiß, was es bedeuten soll, weißt du? Mit deinen Stiften. Danke schön.«

»Bitte«, flüsterte Ida und kämpfte erneut mit den Tränen. »Der Vogel mit den langen Beinen ist auf der Kutsche. Der Kutsche von den bösen Männern.«

»Und, siehst du, einer von denen hat, so wie es scheint, dem netten Kommissar, der neulich hier war, ganz schlimm wehgetan. Wenn du uns hilfst, den Mann zu finden, kann der nie wieder jemandem wehtun.«

»Die haben kleine Vögelchen gegessen«, Ida schloss die Augen und sprach so leise, dass sie kaum zu verstehen war. »Man darf doch solche Vögelchen nicht einfach totmachen.«

Auguste, Hulda und Jolantha warfen sich ratlose Blicke zu. Wovon redete die Kleine?

»Fantastisch!« Als Jakob sich im Flur von Gertrud Hessling verabschiedete, versuchte er, so unbefangen wie nur möglich zu wirken. »Ich bin begeistert, und ich werde selbstverständlich im Präsidium berichten, was für großartige Erfolge Sie bei diesen armen Kindern zu verzeichnen haben!«

Jakob versuchte, den eigenartigen Gesichtsausdruck in Gertrud Hesslings teigigem Gesicht zu deuten. Doch noch bevor ihm das gelang, sauste der Linoleumboden auf ihn zu.

Als er wieder zu sich kam, schaute er in acht Augenpaare, die ihn im Halbdunkel mit einer Mischung aus Angst und Neugier musterten.

»Bist du ein Besucher?«

»Was?«

»Wen von uns willst du?«

Jakob gelang es erst nach mehreren vergeblichen Versuchen, sich aufzurichten. Ihm war übel, und in seinen Ohren rauschte es. Irgendwo im hinteren Teil des Raumes brannte eine Kerze. Als er sich an die Dunkelheit gewöhnt hatte, stellte er fest, dass die Augenpaare zu drei Jungen und fünf Mädchen gehörten; die Kleinsten waren vielleicht sechs, sieben Jahre alt, die Größeren etwa dreizehn bis vierzehn. Die Kinder waren blass und dünn, einigen fehlten Zähne, andere hatten Narben im Gesicht, und einer der größeren Jungen hatte wundgekratzte Unterarme.

Ein scharrendes Geräusch an der Decke ließ die Kinder zusammenschrecken. Durch die Ritzen der hölzernen Bodenklappe fielen noch für einen kurzen Moment ein paar Lichtstrahlen. Dann wurde es dunkel.

Als Jakob Wilhelmi auch am späten Abend noch nicht wieder ins Präsidium zurückgekehrt war, schickte man zwei Schupos in die Adalbertstraße. Bei dem wohltätigen Verein in den oberen Etagen klingelten sie vergeblich. Hinter den Fenstern brannte kein Licht; also schien niemand dort zu sein. Die beiden Männer fanden es zwar merkwürdig, dass auch bei Patzke und Scholte im Untergeschoss kein Mensch zu Hause zu sein schien, aber da es keinen Anlass gab, irgendwo gewaltsam einzudringen, zogen sie unverrichteter Dinge wieder ab.

Wenig später klingelte Polizeisekretär Mielke in der Friedrichstraße. Sein Besuch sollte zu Augustes Beruhigung beitragen, doch Mielkes gut gemeintes Unterfangen scheiterte bereits, bevor er den Aufzug betrat.

»Wer sind Se und wat wollnse?« Luis war bei unbekannten Fahrstuhlpassagieren auf der Hut, seitdem klar war, dass Kommissar von Barnstedt einem Anschlag zum Opfer gefallen war.

»Mielke mein Name. Polizeisekretär.«

»Aha. Und?«

»Ich mach mir solche Sorgen!«, platzte Mielke heraus. »Wo kann der Herr Wilhelmi denn nur sein? Ich hab mir schon den Kopf zerbrochen, aber er ist immer korrekt und pünktlich und … und … und … und zu spät kommt er auch nie!« Als sein hilfloses Gestammel in »Hoffentlich hat ihm niemand was angetan!« gipfelte, verdrehte Luis enerviert die Augen. »Nu machense ma 'n Punkt, ja? Wenn Se in dem Zustand bei Guste und Frau Preissing und Guste ihre Tante reinschneien, machense doch allet bloß noch schlimmer!«

»Aber vier Augen sehen vielleicht mehr als zwei!«

»Sagen Se ma, könnse nich zählen? Die Damen da oben sind schon mal sechs Oogen, und wenn Se der Guste ihr'n Vater und mich dazuzählen, sind wer schon zehne!«

»Trotzdem kann ich vielleicht was dazu beitragen ...«

»Denn komm Se erst ma wieder uff'n Teppich!«

Doch daraus wurde nichts, denn Auguste kam, von Mielkes Klingeln aufgescheucht, die Treppe heruntergestürmt. »Luis?«, rief sie schon von Weitem, »ist das Jakob?«

»Da seh'n Se, wat Se anjerichtet haben«, knurrte Luis. »Nee, Guste«, brüllte er nach oben, »det is irjend so'n kleener Pepo von 't Präsidium.«

Auguste war bei »kleener Pepo« sofort klar, um wen es sich handeln musste, und unten angekommen begrüßte sie Mielke – mit einem strafenden Seitenblick auf Luis – besonders herzlich.

»Na denn.« Luis enthielt sich schweren Herzens weiterer Kommentare und fuhr die beiden nach oben. In Huldas Küche gab es ein Glas Aufgesetzten, und Mielke kam langsam zur Ruhe.

»Ich hab mir gedacht: Vielleicht sollten wir mal der Baronin von Koschwitz auf'n Zahn fühlen. Bei der war der Herr Kriminalassistent heute schließlich auch.«

»Und wieso haben Sie das nicht längst gemacht?«

»Na jaaa«, Mielke druckste ein wenig herum, bevor er damit herausrückte, dass es sich bei der Frau Baronin immerhin um die Mutter eines Staatsanwalts und eine Busenfreundin Ihrer Majestät, der Kaiserin, handelte.

Im Keller in der Adalbertstraße war die Kerze inzwischen zu einem winzigen Wachsrest zusammengeschmolzen. Jakob hatte die Räumlichkeiten vergeblich nach einer Tür oder einem anderen Fluchtweg abgesucht und ließ sich resigniert auf eines der Eisenbetten fallen, die an den Wänden entlang aufgereiht waren. »Aber irgendwie muss man sich doch bemerkbar machen können!«

»Nee. Hören tut uns hier keiner.«

»Weil: Unten im Haus wohnt ja in Wirklichkeit niemand.«

»Und mit dem ollen Schrank oben auf der Klappe is auch kein Rauskommen.«

»Seid ihr denn nie draußen an der frischen Luft?«

»Doch. In'n Hof.«

»Aber warum habt ihr da denn nie um Hilfe gerufen?«

»Wennste da schreist, kriegste Dresche.«

»Wenn du hier rumkrakeelst, gibt's Ärger, verstanden?«

Der kleine Paul nickte fast unmerklich und starrte ins Leere. Viktor Merthin stellte eine Schale mit Grießsuppe auf den Tisch und drückte dem Jungen einen Löffel in die unverletzte Hand. »Jetzt iss!«

Merthin hatte niemals Skrupel gehabt, einen Wunsch seines Herrn auszuführen. Er verdankte Oehlschlegel ein gedeihliches Auskommen, eine stets makellose Uniform, mehr Freizeit als die meisten, die wie er in herrschaftlichen Diensten standen, und eine behagliche Wohnung im Kutscherhaus – mehr, als man nach all den Jahren im Zuchthaus vom Leben verlangen konnte. Aber ein Kind?

Er schaute dem kleinen Jungen an seinem Küchentisch dabei zu, wie er das Essen herunterschlang, und dachte unwillkürlich an seine eigene Kindheit: der Vater gefallen, die polnische Mutter als Katholikin und verfemte »Reichsfeindin« nirgendwo gern gesehen, er selbst und seine vier Geschwister – wie es hieß »vorübergehend« – auf entfernte Verwandte verteilt und nie wieder von dort abgeholt.

Als Jugendlicher war ihm sein Talent, mit Pferden umzugehen, zugutegekommen, und er hatte eine Zeit lang als Pferdeknecht gearbeitet. Doch nach dem Tod des Gutsherren hatte man ihn wegen einer Bagatelle vom Hof gejagt, und er fand nie wieder zurück in einen anständigen Beruf. Dass Oehlschlegel ihn gezielt nach seiner Zeit im Zuchthaus Brandenburg eingestellt hatte, weil er jemanden brauchte, der über die nötigen Beziehungen zur Unterwelt verfügte, wurde ihm erst klar, als es zu spät war. Da hatte er sich an das angenehme Leben – und Oehlschlegels schmutzige Geschäfte – schon gewöhnt.

Aber ein Kind?

»Danke schön«, murmelte der kleine Junge und schob den leeren Teller von sich weg. Dann kreuzte er die Arme auf der Tischplatte und war nach wenigen Sekunden eingeschlafen.

Merthin stand auf und schaute aus dem Fenster. In der Villa war nur noch ein Fenster im Obergeschoss erleuchtet. Der Kommerzienrat lag vermutlich im Bett und las. »Erledigt?«, war alles, was er bei seiner Rückkehr gefragt hatte. Und Merthin hatte genickt und »selbstverständlich« gemurmelt. Wie immer war Oehlschlegel an Einzelheiten nicht interessiert.

Der kleine Paul hustete und wischte sich im Schlaf die laufende Nase mit dem Ärmel ab. Nicht einmal als Merthin ihn hochhob und zur Tür trug, wurde er wach.

»Nun macht schon!« Gertrud Hessling trieb die Jungen und Mädchen aus der oberen Etage wie eine Schafherde vor sich her und verteilte sie auf zwei Droschken. Die Kinder waren zu kostbar, um sie zurückzulassen.

»In die Caspar-Theyß-Straße, bitte«, wies sie die beiden Kutscher an. Es war ihr egal, was der Staatsanwalt seiner tumben Mutter als Erklärung auftischte: Sie und die Kinder brauchten für den Rest des Abends einen Unterschlupf, wo man sie mit Sicherheit nicht finden würde. Und niemand würde in von Koschwitz den regelmäßigen Klienten eines Kinderbordells vermuten. Sie eine Nacht lang zu verstecken, war das Mindeste, das er ihr schuldig war.

Bevor sie in die erste Kutsche einstieg, warf Gertrud Hessling noch einen letzten Blick zurück, und einen Moment lang meldete sich so etwas wie ein Gewissen. Doch der Moment ging schnell vorbei. Sie hatte diesen jungen Kommissar nicht gehen lassen können! Das wäre ihr Ende gewesen! Sie hatte es in seinen Augen gesehen: Dieser neugierige Kerl hatte erfasst, dass mit den Kindern irgendwas nicht stimmte und dass es in ihrer vorgeblich reputierlichen Einrichtung nicht mit rechten Dingen zuging. Doch sie hatte alles meisterlich geregelt: Nachdem der Kommissar in den Keller verfrachtet und das Nötigste gepackt war, hatten der Korrepetitor und das Hauspersonal mehr als genug Schweigegeld bekommen, um für alle Zeiten die Ahnungslosen zu spielen. Sie hatten alle ohnehin genügend Dreck am Stecken, um sie nicht zu verraten. Sie würden behaupten, dass sie mit ihren Schutzbefohlenen auf eine Landpartie gefahren war. Und so sah es in diesem Augenblick auch für die beiden Droschkenkutscher aus.

Gertrud Hessling stieg in die Kutsche, richtete ihren Mantel und gab ihrem beim Einsteigen verrutschten Hut einen kleinen Schubs, damit er wieder gerade auf dem Kopf saß. Als sich die Droschke in Bewegung setzte, seufzte sie erleichtert.

Es war zwar kein angenehmer Gedanke, dass der Kommissar zusammen mit den Unglückswürmern im Keller elend verrecken würde, aber wie hieß es so schön? Das Hemd ist einem näher als die Jacke.

Babette von Koschwitz griff nach ihrem seidenen Negligé und tapste barfuß die Treppe hinunter ins Parterre.

»Es tut mir leid, aber die Herrschaften sagen, es handelt sich um eine absolut unaufschiebbare Angelegenheit.« Das Dienstmädchen rang verzweifelt die Hände, es hatte die Haare bereits für die Nacht zu einem Zopf geflochten, und sein Kleid war in der Eile schief geknöpft.

»Lene, ich wüsste nichts, das nicht bis morgen warten könn… Wer sind *Sie* denn?!«

»Mein Name ist Auguste Fuchs. Und das hier ist Herr Mielke von der Polizei.« Auguste ließ den »Sekretär« wohlweislich weg. Sie hatte sich Babette von Koschwitz anders vorgestellt, vornehm und Respekt einflößend und vor allen Dingen souverän. Stattdessen stand eine mollige, rosa gerüschte alte Frau mit wirren weißen Haaren vor ihr, leicht schwankend, ein schläfriges Schoßhündchen an sich gepresst und deutlich angetrunken.

»Es ist doch mitten in der Nacht …«

»Tut mir wirklich außerordentlich leid, aber heute Nachmittag war ein … ähm … Kollege von Herrn Mielke bei Ihnen, und Sie haben ihn anschließend wohl zu einer Adresse in der Adalbertstraße geschickt.«

»Mutter? Du sagst kein Wort, verstanden?« Auf dem Treppenabsatz erschien ein feister, halb nackter Kerl und raffte bei Augustes Anblick hastig seinen aufklaffenden Hausmantel zusammen.

»Herr Staatsanwalt?« Mielke traute seinen Augen nicht. »Bitte verzeihen Sie vielmals die späte Störung! Wir wollen nur kurz in Erfahrung bringen, was mit Herrn Wilhelmi …«

Als Babette von Koschwitz sich anschickte, die Frage zu beantworten, trat sie ins Leere und schlitterte die letzten Stufen zum Vestibül herunter.

»Maman!«, brüllte von Koschwitz und eilte seiner Mutter zu Hilfe. Die Baronin rappelte sich mühsam auf, hatte sich jedoch augenscheinlich nicht ernsthaft verletzt. Ihr Hündchen nutzte die Gelegenheit zur Flucht und verkroch sich hinter dem Garderobenspiegel.

»Herrmann, sag den Leuten einfach, was passiert ist, hörst du?«, lallte die Baronin mit schwerer Zunge, »mach reinen Tisch.«

»Ich denk ja nicht dran!«, schrie von Koschwitz und kam bedrohlich näher, »verschwinden Sie!«

Mielkes Stimme zitterte, aber er wich keinen Millimeter zurück. »Verzeihen Sie, Herr Staatsanwalt, aber Sie werden verstehen, dass es sich um eine Notlage handelt.«

Der Staatsanwalt ging weiter auf Mielke und Auguste zu, doch dann musste er in ihren Gesichtern gelesen haben, dass es zu spät war: Als er sich umdrehte, standen zwei kleine Mädchen und ein Junge auf dem Treppenabsatz und hielten sich bei den Händen. Weitere Kinder lugten über das Geländer nach unten und trauten sich nicht weiter.

»Sind Sie gekommen, um uns zu holen?«

Danach ging alles so schnell, dass Auguste das Gefühl hatte, die Welt drehe sich weiter und sie selbst schwebe wie an einer Nabelschnur über dem Geschehen: Von Koschwitz brüllte wie am Spieß. Dann zog er eine Selbstladepistole aus der Tasche seines Morgenmantels und schoss wie ein Verrückter wahllos um sich. Mielke fiel ihm in den Arm, die Kinder rannten schreiend zurück in den ersten Stock, und die Baronin starrte ungläubig auf das Blut an ihrer Hand, als sie an ihre Schulter griff.

Auguste hatte keine Ahnung, wie man mit einer Waffe umzugehen hatte, aber sie hob sie auf, als sie über den Boden schlitterte. Erst im Nachhinein wurde ihr klar, dass sie sie instinktiv so gehalten haben musste, dass von Koschwitz aufgab. Kurz darauf kam eine streng aussehende Matrone mit erhobenen Händen die Treppe herunter, und Mielke eilte geistesgegenwärtig zum Telefonapparat.

Eine gute Stunde später war alles vorbei: Von Koschwitz und Gertrud Hessling wurden in der Grünen Minna abtransportiert, ein Arzt versorgte den Streifschuss an Babette von Koschwitz' Schulter, und die Kinder wurden in die vorläufige Obhut eines kirchlichen Hilfsvereins für verwahrloste Kinder gegeben.

»Ich hab von alldem doch nichts gewusst«, jammerte die Baronin. »Erst als diese Frau heute mit den kleinen Jungen und Mädchen vor der Tür stand.«

Auguste glaubte ihr sogar.

Während sich von Koschwitz in nicht enden wollenden Verteidigungstiraden erging, schwieg Gertrud Hessling stoisch zu allen ihr gestellten Fragen. Und Jakob blieb verschwunden.

Im Keller in der Adalbertstraße war die Kerze längst erloschen. Man konnte die Hand nicht mehr vor Augen sehen, aber Jakob arbeitete fieberhaft weiter. Das Kopfteil eines der Eisenbetten diente als Brechstange, und die Kinder bildeten eine Kette, um die losgeschlagenen Steine aus dem Weg zu räumen. Die beiden älteren Mädchen halfen mit ihren blechernen Suppenschalen, Sand, Mörtel und Erdreich wegzuschaffen. Man hatte den Kohlenschacht offenbar schon vor Jahren zugemauert, um jede Flucht zu verhindern und keinen Laut aus dem Keller nach oben dringen zu lassen. Es war der einzig mögliche Weg in die Freiheit.

Die ersten Passanten am Morgen staunten nicht schlecht, als ein über und über verdreckter junger Mann mit blutigen Händen bäuchlings auf dem Trottoir liegend ein Kind nach dem anderen aus einem Kellerloch zog.

# Kapitel 18

Obwohl es draußen bereits hell wurde, brannte in der Oehlschlegel'schen Villa immer noch das Schlafzimmerlicht. Der Hausherr war an einen Stuhl gefesselt, und ein zusammengeknülltes Tuch in seinem Mund erstickte jeden Laut. Er musste hilflos mit anhören, wie sein Kutscher das Haus von oben bis unten nach Geld und allem, was sich verscherbeln ließ, durchkämmte.

Auf seinem Nachttisch lag ein unterschriebenes Geständnis.

> *… wurde ich von Adolf Klingbeil aufgrund meiner Weigerung, ihn für die entgangenen Lustbarkeiten zu bezahlen, damit erpresst, öffentlich bloßgestellt zu werden … Es hat mir besonderes Vergnügen bereitet, einen von Klingbeils hässlichen kleinen Jungen ins Theater zu schmuggeln und den präparierten Mechanismus im richtigen Moment bedienen zu lassen …*

Merthin hatte seinem Herrn alles Wort für Wort diktiert und Oehlschlegels rechte Hand erst nach dessen Unterschrift an der Stuhllehne festgebunden.

»Ich hab dem Personal erklärt, dass Sie in Kur gehen. Also, wenn nicht ein Wunder geschieht, werden Sie hier wohl verdursten«, stellte Merthin zum Abschied fest. »Aber vielleicht haben Sie ja Glück. Allerdings wird man das hier wohl oder übel vorher finden.« Er steckte Oehlschlegels Geständnis in ein Kuvert und klemmte es, bevor er das Schlafzimmer von außen abschloss, in den Türspalt.

Als die Jungen und Mädchen aus dem Keller des Hauses in der Adalbertstraße fürs Erste versorgt waren und Jakob im Präsidium zumindest notdürftig Bericht erstattet hatte, ließ er sich – schmutzstarrend, erschöpft und todmüde, wie er war – in die Friedrichstraße bringen.

Als er ankam, musterte Luis ihn kopfschüttelnd von oben bis unten. »Wie seh'n Sie denn aus? Arbeiten Se neuerdings bei 'nem Abrissunternehmen?«

»Nee. Aber keine schlechte Idee.«

»Mal im Ernst: Wolln Se Ihre Liebste tatsächlich in dem Aufzug Ihre Aufwartung machen?«

»Eigentlich nicht, aber sie hat am Telefon drauf bestanden.«

»Na, denn muss ja wat janz Besonderet vorjefallen sein.«

»Davon kannste ausgehen, Luis. Und ich bin sicher, heute Mittag steht's in allen Zeitungen.«

»Im Ernst?« Luis blies beeindruckt die Backen auf. »*So* besonders?«

Als sich die Fahrstuhltür öffnete, stolperte Jakob geradezu in Augustes Arme, und Luis war zum ersten Mal in seinem Leben so diskret, die Tür ganz schnell wieder zu schließen, um die beiden sich selbst zu überlassen.

Hugo Oehlschlegel musste einen ganzen Tag und beinah eine ganze weitere Nacht an seinen Stuhl gefesselt ausharren, und das Glück, von dem sein Kutscher gesprochen hatte, war zweifelhafter Natur: Jolanthas Zeichnung lag bereits auf Huldas Stapel mit dem Anfeuerpapier, und es war reiner Zufall, dass Jakob sie entdeckte, bevor sie zu einem Fidibus zurechtgefaltet wurde. Die Umstände, unter denen das Bild von Kranich, Rose und gelbem Hintergrund entstanden war, passten zwar nicht recht in sein Weltbild, aber das Wappen des Kommerzienrats war eindeutig darin zu erkennen.

Jedoch als Jakob in Begleitung zweier Schupos an der Oehlschlegel'schen Villa ankam und niemand auf sein Klingeln öffnete, zögerte er. War es mit dem, was an Beweisen vorlag, vertretbar, mit Gewalt in das Gebäude einzudringen? Eine aus dem Sonstwo empfangene Kritzelei einer Hellseherin? Ein Kind, das etwas von bösen Männern und kleinen Vögelchen erzählte, die man nicht totmachen durfte? Eine eisern schweigende Gertrud Hessling und ein tobender Staatsanwalt? Und eine endlos jammernde Baronin, die wirre Sätze von sich gab?

»Na, wat nu, Herr Kommissar?« Der ältere der beiden Schupos trat ungeduldig von einem Bein aufs andere.

»An 't Telefon isser jedenfalls nich jejangen«, stellte sein Kollege fest, »und bloß weil die Remise zu und der Kutscher futsch is, heißt det ja nich, det der Mussjöh uff'n Juchhei is.«

Nein, dachte Jakob, das heißt es nicht. Aber das könnte heißen, dass »Mussjöh« mitsamt dem Kutscher und der Kutsche auf der Flucht ist.

»Aufbrechen«, murmelte er.

Das ließen sich die beiden Schupos nicht zweimal sagen! So eine Eichentür aufzubrechen, das hatte was von Burg stürmen im Mittelalter! Und es dauerte auch fast so lange.

Als der Kommerzienrat das »Eeeins, zweeei, dreeei!« der beiden und das anschließende Bummern hörte, brach er in Tränen aus.

Eine gute Stunde später fand man ihn – urin- und kotverschmiert – an seinen umgestürzten Stuhl gefesselt.

Den *An die Polizei* adressierten Umschlag, der im Türspalt steckte, hätte Viktor Merthin sich sparen können: Oehlschlegel war, kaum auf der Wache angekommen, voll geständig.

Zwei Tage später nahmen Jakob und Auguste Abschied von von Barnstedt. Jolantha hatte einen Reisekäfig mit von Barnstedts Mullemaus unterm Arm. Die Katze schnurrte vor sich hin, als gäbe es nichts Schöneres als eine Landpartie.

»Diese Höllenviecher verstehe, wer will«, brummte Jakob eingedenk seiner zerkratzen Unterarme, und Auguste bildete sich ein, dass er sogar ein Lächeln zustande brachte, bevor zwei Sanitäter ihn in eine Reisekutsche hoben.

»Fahren Sie langsam, egal wie lang es dauert«, ermahnte Reginald den Kutscher. »Wir müssen jede unnötige Erschütterung vermeiden!«

»Ich werde weiter mit Herrn von Barnstedt Sprechen üben.« Jolantha trug ihre ausgebeulten alten Tweedhosen und die Schiebermütze, und dass sie rot wurde, während sie weitersprach, wollte nicht recht zu ihrem burschikosen Aussehen passen. »Ich geh vorerst nicht mehr in unser Dorf zurück. Man hat mir auf dem Gutshof der von Barnstedts eine Bleibe angeboten, bis der Kommissar völlig wiederhergestellt ist.«

»Und wenn du mich fragst: Sieht gut aus für dein'n Herrn und Meister«, versicherte Reginald und klopfte Jakob zum Abschied auf die Schulter. Auguste und Jakob winkten der Kutsche hinterher.

»Er wird wieder.«

»Ja. Und dass Jolantha erst mal nicht zu ihrer komischen Familie zurückkehrt, ist wunderbar.«

Am selben Tag erreichte Viktor Merthin den Bezirk Schroda, gut dreißig Kilometer südlich von Posen. Seine Mutter stammte von hier. Er hatte sich erinnert, dass es dort eine ganze Reihe beschaulicher Gutsbezirke gab. Latalice zählte nicht mehr als etwa hundert Einwohner: rundum flaches Land, Felder und Wiesen, so weit das Auge reichte, und freundliche Menschen. Manche sprachen Polnisch, manche Deutsch, und im Ort gab es ein hübsches, weiß getünchtes Gutshaus mit Portikus und eigenem See. Oehlschlegels Geld würde problemlos für ein eigenes Bauernhaus und jede Menge Weideland ausreichen. Und womöglich fand sich hier auf seine alten

Tage sogar eine nette Ehefrau. Den Winter über würde er in Stellung gehen. Und dann, im Frühjahr, könnte er in aller Ruhe mit einer eigenen Pferdezucht beginnen.

»Auch wenn sich diese grässlichen Automobile durchsetzen sollten, Paulchen: Pferde werden *immer* gebraucht.«

Der kleine Junge an seiner Hand nickte. »Pferde sind schön. Und sie riechen gut.«

»Siehst du, das find ich auch. Und wenn du mit der Schule fertig bist, gibt es vielleicht hier in der Nähe einen Sattler, bei dem du in die Lehre gehen kannst.«

»Oder ich werde Kunstreiter. So wie im Zirkus.«

»Wir werden sehen, Paul. Wir werden sehen.«

In ein paar Jahren war es früh genug, dem Jungen klarzumachen, dass die verkrümmte Wirbelsäule solche Kunststücke nicht zuließ. Aber bis dahin sollte Paul so viele Zukunftsträume schmieden, wie es ihm gefiel.

»Wie wär's, wenn ich dich ab jetzt Pawel nenne?«

»Und du? Wie nenn ich dich?«

»Ojciec.«

»Und was bedeutet ›Oitschietz‹?«

»Vater.«

## Kurz vor Heiligabend 1896

»Ich hätte hellhörig werden sollen, als du gesagt hast, wir feiern Weihnachten in den Cotswolds …«, stöhnte Jakob, als er zurück in die Kabine kam. Die Kanalfähre schlingerte und schaukelte im Sturm, und Jakob würgte erneut. Schon nach dem vorletzten Mal war er davon ausgegangen, dass nichts, aber auch gar nichts mehr in seinem Magen übrig war. Aber Henrietta hatte ihn eines Besseren belehrt: »Seekrank ist seekrank«, hatte sie erklärt, »das hört erst auf, wenn du wieder festen Boden unter den Füßen hast.«

Die Idee, »her Ladyship« könne die Feiertage gemeinsam mit ihrer Nichte, deren Zukünftigem und dem »dear little girl« auf dem Droydon-Jones'schen Gut in den Cotswolds verbringen, war erstaunlicherweise von Henriettas Butler Cedric ausgegangen. Was den – laut Henrietta –»unverbesserlichen Miesepeter« dazu bewogen hatte, so einen Vorschlag zu machen, war ihr schleierhaft, denn immerhin bedeutete das jede Menge Mehrarbeit im heimatlichen Haushalt. Neben der Tatsache, dass drei weitere Schlafzimmer herzurichten waren, galt es, gleich mehrere Feiertagsmenüs auf den Tisch zu bringen, Punsch anzusetzen, eine Tanne fällen zu lassen und in der Halle aufzustellen, den ganzen alten Baumschmuck vom Dachboden zu holen und, und, und …

Derlei Umtriebigkeiten waren eigentlich so gar nicht nach Cedrics Geschmack, und Henrietta fragte sich, wie es wohl zu diesem außerordentlichen Sinneswandel gekommen war. Vielleicht, sagte sie sich, vielleicht hat er ein schlechtes Gewissen wegen der Sache mit Ferdinand. Aber an den betrügerischen Filou dachte sie mittlerweile nur noch selten. Und wie auch immer: Das Ganze war eine fabelhafte Idee, zumal es mit Familie oder auch nur gemütlicher Zweisamkeit in Henriettas Ehe nicht weither gewesen war und der Lord kuscheligen deutschen Weihnachtsritualen erst recht nichts hatte abgewinnen können. Als schließlich Julius und Hulda erklärten, durchaus nicht unglücklich darüber zu sein, Weihnachten allein zu zweit zu verbringen, war die Sache perfekt gewesen.

Ida nickte trotz des heftigen Seegangs immer wieder ein und murmelte, wenn sie zwischendurch wach wurde, abwechselnd: »Wie lange fahr'n wir noch?«, oder: »Ist es noch weit?«

Henrietta verriet ihr wohlweislich nicht, dass es von Dover aus immerhin noch gut hundertfünfzig Meilen weiter mit dem Zug landeinwärts ging.

Die Jugendfürsorge hatte erlaubt, dass Ida vorläufig im Fuchs'schen Haushalt betreut wurde. Im neuen Jahr würde man weitersehen.

Als sie nach Idas hundertstem »Sind wir bald da?« am Bahnhof Chipping Norton eintrafen, warteten eine Kutsche und ein blitzblankes Automobil auf sie.

»Cedric! Sagen Sie bloß, Sie haben in meiner Abwesenheit gelernt, meine Dog Cart Car zu chauffieren!«

Cedric dienerte bestätigend. »Wenn Milady gestatten: Ich bin davon ausgegangen, dass es Milady Freude machen könnte, unseren kleinen Gast mit dem Automobil nach Evenlode House zu fahren.«

»Und ob es das tut! Na, was meinst du, Ida?«

»Bringst du mir dann auch bei, wie das Schoffieren damit geht?«

»Natürlich! Aber erst mal: Hopp, rauf auf den Beifahrersitz mit dir!«

Der Kutscher zurrte das Gepäck auf dem Dach der Reisekutsche fest, Auguste und Jakob stiegen ein, und Henrietta band sich den Hut mit ihrem Schal unterm Kinn fest und setzte sich ans Steuer ihrer Dog Cart Car. Bevor er neben dem Kutscher Platz nahm, kurbelte Cedric Henriettas Wagen an und gab dem Gefährt einen kleinen Schubs, als könne er immer noch nicht glauben, dass das Ding von alleine fuhr. Die Reisekutsche bog in die Hauptstraße nach Chadlington ein, während Henrietta sich für den kleinen Umweg über Spelsbury entschied.

Ida war wie erwartet hingerissen von ihrer ersten Fahrt in einem Automobil. Als Henrietta sie auf der Landstraße für einen kurzen Moment ans Steuer ließ, übertönte ihr Jubel sogar das ohrenbetäubende Knattern des Wagens. Letzteres erstarb jedoch, kurz nachdem sie das Dorf hinter sich gelassen hatten. Der Wagen blieb einfach stehen.

»Verdammter Mist noch mal!«, fluchte Henrietta, und Ida kicherte. »Oje. Hast du das von Opa Fuchs gelernt?«

»Ja, und du nimmst dir bitte an mir kein Beispiel!«

»Aber verflixt und zugenäht darf ich sagen, ja?«

»Hier in England sagst du am besten: dear me.«

»Dier mieh«, wiederholte Ida geradezu ehrfürchtig. »Soll ich jetzt vielleicht an dieser Anmachkurbel drehen? So wie Onkel Cedric das gemacht hat?«

Henrietta schmunzelte. »Ida, Cedric ist mein Butler, und den spricht man mit …« Halt, unterbrach sie sich innerlich. Warum soll Ida Cedric nicht so nennen, wie sie möchte? Und überhaupt, wo steht geschrieben, dass alles, was althergebracht ist, automatisch gut sein soll?

Nachdem selbst der gemeinschaftliche Versuch, den Wagen mittels Kurbeldrehen wieder flott zu kriegen, gescheitert war, verlegten sich Henrietta und Ida auf's Schieben, bis ihnen die Puste ausging. Die beiden setzten sich erschöpft an den Feldrain und warteten.

»Dear me«, keuchte Ida, »ist es noch weit?«

»Nein. Guck mal, da hinten kannst du schon unser Dach sehen.«

»Das ist aber ein großes Haus!«

»Ja. Ich bin gespannt, ob's dir gefällt.«

Wenige Minuten später kam Cedric mit dem Einspänner den Feldweg entlanggetrabt, um sie abzuschleppen.

Im Haus kam Ida aus den »Dear me's« gar nicht mehr heraus: Cedric hatte das Zimmer, in dem Auguste als Kind zu wohnen pflegte, wenn sie in Evenlode House zu Gast war, für Ida hergerichtet. Er hatte die mittlerweile unmodernen schweren Samtportieren durch freundliche, hellgelbe Taftvorhänge ersetzen und sogar einen passenden Bettüberwurf dazu nähen lassen, mit einem leuchtend rot aufgestickten *Ida* anstelle eines Monogramms.

»Deutlicher könnte Cedric es kaum ausdrücken«, stellte Auguste fest, als sie am Abend neben Jakob in Lord Droydon-Jones' fürstlichem Vier-Säulen-Bett lag. Selbstverständlich hatten unverheiratete Gäste separate Zimmer, aber ebenso selbstverständlich gab es Gästezimmer mit Verbindungstüren. Cedric mochte erzkonservativ sein, aber auf den Kopf gefallen war er nicht.

»Meinst du, er wird damit Erfolg haben?«

»Dass Ida hierbleibt? Ich würde sagen: Kommt auf Ida an.«

»Und wirst du sie vermissen?«

»Sehr.«

»Aber die beiden kommen doch bestimmt öfter mal wieder nach Berlin, oder?«

»Bestimmt.«

»Und glaubst du ...«

»Jakob?«

»Hm?«

»Könntest du vielleicht einfach mal aufhören, über Dinge nachzudenken, für die es morgen oder übermorgen auch noch Zeit genug ist?«

»Wie meinst du das?«

»Verbindungstür, Vier-Säulen-Bett ...«

»Ähm ...«

»Neues, reinseidenes Nachthemd ...«

»Oh!«

»Frisch gewaschene Haare ...«

»Mmmm!«

Bettwäscherascheln, leichtes Matratzenquietschen.

»Du, Jakob, meinst du, aus Jolantha und von Barnstedt könnte was werden?«

»Auguste?«

»Hm?«

»Heldenbrust!«

»Was?«

»Und ausgeprägter Bizeps!«

Prusten.

»Ja! Ich hab's ja verstanden!«

Intensives Bettwäscherascheln. Kichern. Knarzende Bettsäulen.

Im darüberliegenden Flur stand Cedric und lauschte. Dann schloss er die Tür zum Dienstbotentrakt und schlurfte zufrieden in sein Zimmer.

## Zum geschichtlichen Hintergrund

1896 führte das Bürgerliche Gesetzbuch in Deutschland Strafen für Eltern ein, die ihre Kinder misshandelten oder sich nicht ausreichend um sie kümmerten. In der Realität schlug sich dies jedoch noch lange nicht nieder. 1895 waren im Deutschen Reich statistisch fast vierzigtausend in der Industrie tätige Kinder unter vierzehn Jahren erfasst worden; drei Jahre später hatte sich die Zahl ausgebeuteter Kinder durch die zunehmende Anzahl derer, die gezwungen waren, in Heimarbeit zum Familienunterhalt beizutragen, verzehnfacht. Herumstreunende Ausreißer von zu Hause oder aus staatlichen Institutionen, verwahrloste oder delinquente Minderjährige wurden leichte Beute für Kinderhändler, die sie zur Prostitution zwangen, nicht wenige Kinder wurden zu diesem Zweck von ihren Eltern verkauft.

Sieht man von einzelnen Bestrebungen der Frauenrechtsbewegung und kirchlicher Institutionen ab, spielten Kinderrechte bis zum Ende des Ersten Weltkriegs keine große Rolle in Politik und Gesellschaft.

# Die gab es wirklich

Im Buch kommt eine ganze Reihe historischer Persönlichkeiten vor, und manchen habe ich – der Situation geschuldet – den einen oder anderen Dialog angedichtet. Ich bitte, diese Stellen als Versuch einer Annäherung an die jeweiligen Charaktere anzusehen; im Sinne von: »So war es nicht, aber so hätte es sein können.«

Zur Unterscheidung realer Begebenheiten und authentischer Texte – und als kleine Wiedergutmachung für gelegentliche dichterische Freiheiten – seien alle im Buch erwähnten Persönlichkeiten der Zeit hier nach der Reihenfolge ihres Erscheinens aufgelistet.

Weitere historische Einzelheiten finden Sie auf **www.augustekrimi.de.**

**The Duke of Beaufort** (1824-1899)
Es handelt sich um Henry Somerset, den 8. Duke of Beaufort. Seine Forderung, man solle alle Autofahrer erschießen, ist historisch belegt.

**Friedrich (Frederick) Maharero** (1875-1952)
Der Sohn des obersten Herero sprach 1896 bei Kaiser Wilhelm II. vor und sicherte dem Monarchen Frieden und das Vertrauen seines Volkes zu. 1904 bis 1908 führte Generalleutnant Lothar von Trotha im Namen des Kaisers einen grausamen Vernichtungskrieg gegen die Bewohner der »Deutschen Kolonie Südwestafrika«. Der Völkermord kostete unter anderem 40.000 bis 60.000 Herero das Leben.

**Kaiser Wilhelm II.** (1859-1941)
Letzter deutscher Kaiser. Seine Regierungszeit begann 1888 und endete 1918, nach dem Ende des Ersten Weltkriegs, mit seiner Abdankung. Er ist eine der umstrittensten Persönlichkeiten der Weltgeschichte.

**Gerhart Hauptmann** (1862-1946)
Deutscher (Sozial-)Dramatiker und Schriftsteller. Er galt als Revoluzzer und fiel nach der Uraufführung von *Die Weber* bei Kaiser Wilhelm in Ungnade. 1912 erhielt er den Nobelpreis für Literatur.

**Jacques Glück** (?-1916)
Glück war von 1893 bis 1899 Direktor am Berliner Apollo-Theater, später Direktor des Düsseldorfer Apollo-Theaters. Zeitgenossen zufolge ein freundlicher Mann mit ausgeprägtem sozialem Gewissen.

**La Belle Otéro** (1868-1965)
Die spanische Tänzerin, Sängerin und Kurtisane galt als schönste Frau der Belle Époque.

**Mistinguett** (1875-1956)
Mistinguett war die populärste und bestbezahlte Unterhaltungskünstlerin ihrer Zeit. 1919 ließ sie ihre schönen Beine für die für damalige Verhältnisse unglaubliche Summe von 500.000 Francs versichern.

**La Goulue** (1866-1929)
La Goulue hieß bürgerlich Louise Weber. Die Cancan-Tänzerin und Dompteuse wurde unsterblich durch das Plakat *Moulin Rouge, La Goulue* von Henri de Toulouse-Lautrec.

**Yvette Guilbert** (1865-1944)
Die international gefeierte französische Chansonette trat, wie Jacques Glück es im Roman avisiert, 1897 im Apollo-Theater auf.

**Prof. Fritz Strassmann** (1858-1940)
Fritz Strassmann war ab 1891 kommissarischer Leiter des Berliner Instituts für Gerichtsmedizin und ab 1894 dessen regulärer Direktor.

**Prof. Robert Koch** (1843-1910)
Deutscher Mediziner, Mikrobiologe und Hygieniker. Begründer der modernen Bakteriologie und Mikrobiologie, Entdecker des Tuberkulose-Erregers, Vorreiter der Tropenmedizin und Nobelpreisträger. Der im Buch geschilderte Apparat für medizinische Nahaufnahmen wurde von ihm entwickelt.

**Frederick Scott Archer** (1813-1857)
Archer experimentierte im damals noch jungen Bereich der Fotografie, setzte ab 1848 Kollodium ein und entwickelte die Kollodium-Nassplatte. Ihm zu Ehren heißt ein Gletscher in der Antarktis Archer-Gletscher.

**Ludwig von Windheim** (1857-1935)
Von Windheim war von 1895 bis 1902 Polizeipräsident in Berlin. Seine Dienstwohnung befand sich im Obergeschoss des aufgrund seiner roten Backsteine und der trutzigen Architektur »Rote Burg« genannten damaligen Polizeipräsidiums am Alexanderplatz.

**Gustav Hannemann** (Lebensdaten unbekannt)
Hannemann war von 1892 bis 1912 Besitzer des Hannemanns, einer seinerzeit berühmten Schwulenkneipe in der Alexandrinenstraße 123 im heutigen Kreuzberg. Die Polizei drückte für die Gäste trotz des § 175, der homosexuelle Handlungen unter Männern unter Strafe stellte, ein Auge zu.

**M.R. de Souza** (Lebensdaten unbekannt)
Der Laden des goanesischen Händlers in Mombasa war ein beliebter Treffpunkt für weiße Kolonialisten. De Souza richtete Partys und Empfänge aus, veranstaltete Segel- und Schießwettbewerbe und andere gesellschaftliche Events, bei denen es Zeitgenossen zufolge hoch herging.

**Sultan Hamad ibn Thuwaini** (1857-1896)
Der Sultan regierte Sansibar von 1893 bis zu seiner Ermordung 1896. Hamad wurde 1894 zum Knight Grand Commander des Order of the Star of India ernannt und 1895 mit dem preußischen Roten Adlerorden ausgezeichnet.

**Kaiserin Auguste Viktoria** (1858-1921)
Auguste Viktoria Friederike Luise Feodora Jenny von Schleswig-Holstein-Sonderburg-Augustenburg war die Gemahlin Kaiser Wilhelms II. und als solche von 1888 bis 1918 Deutsche Kaiserin und Königin von Preußen. Ihre Leidenschaft für das Einweihen evangelischer Kirchenneubauten trug ihr den Spitznamen »Kirchen-Juste« ein. Beim Volk war sie aufgrund ihres sozialen Engagements beliebter als ihr Gatte.

**Ernst Günther Herzog zu Schleswig-Holstein** (1863-1921)
Bruder von Kaiserin Auguste, Tunichtgut, Bonvivant und schwarzes Schaf der Familie.

**Daisy von Pless** (1873-1943)
Mary Theresa Olivia Cornwallis-West, genannt Daisy, wurde durch Heirat Fürstin von Pless, Gräfin von Hochberg und Freifrau zu Fürstenstein. Ihr Zitat, die Kaiserin sei »eine Kuh, die kalbt, langsam Gras frisst und wiederkäut«, ist möglicherweise nur ein Produkt übler Nachrede, aber man kann ja nie wissen …

**Familie Bouché**
Die Gärtnerfamilie hugenottischer Herkunft war ab 1685 in Berlin ansässig. David Bouché (1669–1727) gründete in Berlin eine Blumenzucht und eine Baumschule. Die von Johann Peter Paul Bouché begründete »geregelte Anpflanzung von Gehölzen bei Treptow« war der Vorläufer des heutigen Treptower Parks.

**Fritz Thurm-Silvaré** (1860-1926)
Den Begriff Travestie gab es noch nicht, daher nannte man um die vorletzte Jahrhundertwende Männer, die zum Gaudium des Publikums in Frauenkleider schlüpften, Damendarsteller. Thurm-Silvaré trat tatsächlich im Apollo-Theater auf. »Der Damendarsteller Fritz Sylvaré ist zweifellos einer der besten Interpreten in seinem Fach und brilliert durch prächtige, kostbare Toilette«, hieß es in einer Zeitungskritik.

Jenseits der Bühne jedoch machte man als Frauen verkleideten Männern aufgrund des § 175 des Reichsstrafgesetzbuchs (RStGB) den Prozess.

**Joseph Pujol** (1857-1945)
Der beliebte Kunstfurzer entdeckte bereits in seiner Jugend die Fähigkeit, durch Kontrolle seines Darmschließmuskels Luft anzusaugen und in Form geruchsfreier Darmgeräusche wieder auszustoßen. Es gelang ihm sogar, dabei die Tonhöhe zu modulieren oder Kerzen auszublasen. Pujols Bühnenrepertoire umfasste unter anderem die *Marseillaise*, die Imitation verschiedener Musikinstrumente und nach 1909 eine Improvisation zur Geräuschkulisse des Erdbebens in San Francisco.

Auch er war einer der Künstler, die im Apollo-Theater auftraten.

**Otto Reutter** (1870-1931)
Sänger, Komiker und Liedertexter. Reuter, der sich damals noch mit einem T schrieb, verdiente sich am Apollo-Theater in Berlin seine Sporen als Bühnenkünstler und wurde später – mit Doppel-T – zu einem der gefragtesten Coupletsänger Deutschlands.

**Sebastián de Yradier** (1809-1865)
Yradier war ein spanischer Komponist. Seine Habanera *La Paloma* hat Weltruhm erlangt. Sie hält einen Spitzenplatz unter den am meisten gesungenen, interpretierten, arrangierten und auf Tonträgern festgehaltenen Musikstücken der Welt.

**Émile Mayade** (1853-1898)
Der französische Autopionier und Rennfahrer startete bei den allerersten Autorennen der Geschichte. Seinen größten Erfolg feierte er 1896 mit dem Sieg beim Rennen Paris–Marseille–Paris. Im Herbst 1898 starb er unverschuldet bei einem der ersten tödlichen Verkehrsunfälle mit einem Automobil.

**Auguste Groner** (1850-1929)
Kriminalschriftstellerin und Erfinderin des Serienkommissars. Nach Auguste Groner ist die *Goldene Auguste* benannt, ein vom »Mörderische Schwestern e. V.« verliehener Preis für Verdienste um von Frauen verfasste Kriminalliteratur.

**»Wurstmaxe«**
Ein mit Zivilnamen leider nicht bekanntes Berliner Original. Der bei Groß und Klein beliebte Wurstmaxe bot auf dem Potsdamer Platz aus einer Art Bauchladen heiße Würstchen mit Mostrich (Senf) und Schrippe (Brötchen) feil.

**Karolina Olsson** (1861-1950)
Die junge Schwedin war zweiunddreißig Jahre lang – von 1876 bis zu ihrem Erwachen 1908 – bewusstlos. Allerdings bestehen Zweifel an ihrer Legende: Ihre geschäftstüchtige Mutter täuschte offenbar über Jahre hinweg die Öffentlichkeit hinsichtlich Karolinas gelegentlichen Erwachens.

**Dr. Rudolf Steiner** (1861-1925)
Goetheforscher, Philosoph und Begründer der Anthroposophie, deren wesentliche Inhalte auf Einblicken in sogenannte »höhere Welten« beruhen.

**Prof. Ernst von Bergmann** (1836-1907)
Von Bergmann war Professor für Chirurgie an den Universitäten Dorpat, Würzburg und Berlin. Er gilt als Mitbegründer der Hirnchirurgie und »Vater der Asepsis«. Seine Ordensbrust glich einem reich geschmückten Weihnachtsbaum.

**Chevalier Charles-Henri Sanson de Longval** (1739-1806)
Der Chevalier war der offizielle Henker von Paris und ist als Scharfrichter der Französischen Revolution bekannt.

Und nicht zuletzt:

**Twi-Twi**

Twi-Twi war das Lieblingshündchen der Autorin und Stiefgroßmutter von Lady Di, **Barbara Cartland** (1901-2000). Weder an die Herrin noch an das Hündchen war 1896 schon zu denken, aber Dame Mary Barbara Hamilton Cartland diente – zumindest optisch – als willkommene Vorlage für die fiktive Baronin Babette von Koschnitz.

## DANKESCHÖN

So ein Romanvorhaben ist ohne die Hilfe versierter Fachleute nicht umzusetzen. Daher möchte ich mich zunächst einmal herzlich bei allen Freundinnen, Freunden, Kolleginnen und Kollegen bedanken, die mir auf eine schnelle Mail hin Fragen beantwortet haben, wie: »Könnte es die 1897 hochmodernen Doppelpuffärmel wohl schon ein Jahr früher gegeben haben?«, oder: »Seit wann war eigentlich den Ausdruck ›doof‹ allgemein gebräuchlich?«

Eine wertvolle Hilfe in Fragen zum damaligen Berliner Polizeialltag war mir der Historiker und Leiter des Berliner Polizeihistorischen Museums, Dr. Jens Dobler.

Das Wissen um die erstaunliche Tatsache, dass es 1896 zwar bereits Barbitursäure gab, aber noch keinen Abkömmling, der betäubend wirkte, verdanke ich der promovierten Apothekerin und »Mörderischen Schwester« Dr. Sibyl Quinke.

In Sachen Norddeutsch stand mir wie schon im ersten »Auguste«-Band meine Kollegin und »Mörderische

Schwester« Anja Marschall zur Seite, und ohne die Hilfe eines ungenannt bleiben wollenden Freundeskreises Hamburger Ärztinnen und Ärzte wäre ich in medizinischen Fragen aufgeschmissen gewesen.

Kann man »aufgeschmissen« steigern? Hm. Leider nicht. Sonst würde ich sagen: Noch aufgeschmissener wäre ich ohne meine wunderbare Lektorin Nicola Härms gewesen. Die spürt nämlich alles auf, was nur in meinem Kopf existiert und nicht zu Papier gebracht wurde. Und da meine Leserinnen und Leser nun mal nicht in meinen Kopf gucken können, heißt es gemäß Nicola hinsichtlich der entsprechenden Sequenzen gnadenlos: »Nachsitzen!«

KBV KRIMINALROMAN

Ulrike Bliefert

**DER TOD DER SCHLANGENFRAU**

Taschenbuch, 296 Seiten
ISBN 978-3-95441-542-7
13,00 EURO

**Mörderjagd in der Kaiserzeit**

Berlin 1896. Auguste Fuchs ist Mitinhaberin des väterlichen Fotoateliers in der Friedrichstraße. Die temperamentvolle junge Frau liebt ihren Beruf mit der ganzen Leidenschaft einer Zwanzigjährigen.

Als Samirah, die schöne Schlangenbeschwörerin aus dem »Wintergarten-Varieté«, während der Aufnahmen zu »Szenen aus einem ägyptischen Harem« unter ungeklärten Umständen ums Leben kommt, ist auf einer der Fotografien ein mysteriöser Gegenstand zu erkennen. Ist das womöglich die Mordwaffe? Doch die Tatortfotografie ist in Deutschland noch nicht als Beweismittel anerkannt, und der ermittelnde Kommissar schenkt Augustes Hinweis keinerlei Beachtung.

Unterstützt von ihrer jung verwitweten Tante - Lady Henrietta Droydon Jones - und dem Kriminalassistenten Jakob Wilhelmi versucht Auguste, Samirahs Mörder zu finden und gerät dabei tief in den Sumpf wilhelminischer Kolonialpolitik.

*»Ulrike Bliefert lässt vor unseren Augen ein prachtvolles Kopfkino aus Kaisers Zeiten ablaufen. Sie entfaltet inmitten glänzend recherchierter Historie eine hochspannende Geschichte mit überraschend aktuellen Bezügen.« (Monika Salchert, Kölner Stadt-Anzeiger)*

KBV KRIMINALROMAN

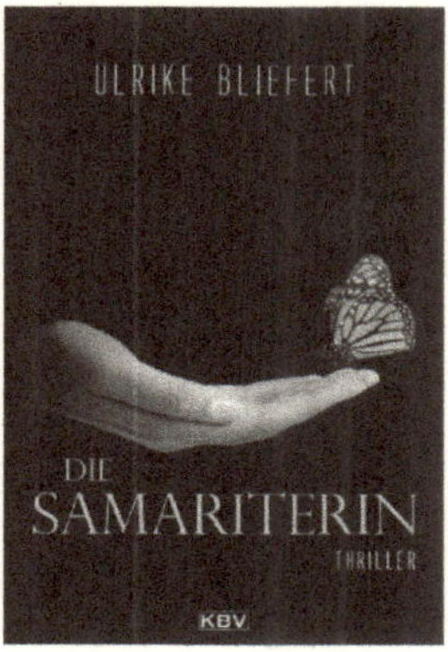


Ulrike Bliefert

**DIE SAMARITERIN**

Klappenbroschur,
296 Seiten
ISBN 978-3-95441-435-2
15,00 EURO

**Sie pflegt. Sie hilft. Doch sie kann auch anders ...**

In einem alten Forsthaus am Rande der Eifel verzichtet die Krankenschwester Susanne Kleinschmitt auf ein eigenes Leben. Sie pflegt ihre Mutter – eine bösartige Frau, unter deren Tyrannei sie seit ihrer Kindheit leidet. Susanne ist die sprichwörtliche Samariterin, selbstlos, still, unsicher.

Doch dann, ebenfalls aus dem Wunsch heraus zu helfen, beginnt sie einen Briefwechsel mit dem Häftling Andreas Vogel, der in der JVA Diez einsitzt. Den Briefen folgen schon bald Besuche, aus Zuneigung wird schließlich Liebe. Vogel könnte bei günstiger psychologischer Beurteilung vielleicht schon bald die Freiheit wiedererlangen.

Es hat den Anschein, dass sich Susannes Leben ganz unerwartet zum Positiven verändert. Ist dies die Chance auf das Glück, das Menschen wie sie niemals für sich zu beanspruchen wagen? Doch dann tut sich plötzlich ein Abgrund auf, als sie etwas herausfindet, das sie niemals hätte entdecken dürfen ...

Ein äußerst raffiniert gewobener Thriller um Manipulation, Selbstzweifel und die Suche nach der Schuld.

KBV KRIMINALROMAN

Franziska Franke

**SHERLOCK HOLMES UND DAS ORAKEL DER RUNEN**

Taschenbuch, ca. 300 Seiten

ISBN 978-3-95441-579-3

13,00 EURO

**Undercover im Land der Fjorde**

Nach dem gefährlichen Kampf mit seinem Erzfeind Professor Moriarty und dem Sturz in die Schweizer Reichenbachfälle gilt der berühmte Meisterdetektiv Sherlock Holmes offiziell als tot und reist nun schon eine ganze Weile unerkannt umher, stets begleitet von seinem Assistenten und Biografen David Tristram. Er nennt sich Sven Sigerson und gibt vor, Norweger zu sein. Und das obwohl er kein Wort norwegisch spricht. Kann das gutgehen?

Die Feuerprobe wartet auf ihn, als ihn ein äußerst bizarrer Fall ausgerechnet nach Norwegen lockt: Dort ist die Stabkirche von Storavik spurlos verschwunden, und die Kirchenleitung bittet ihn darum, sie wiederzufinden. Anders Rasmussen, der zuständige Pfarrer, scheint hingegen nicht besonders bekümmert zu sein, da ihm eine Runeninschrift im Inneren des Gotteshauses und die heidnischen Motive der Schnitzerei des Portals ein Dorn im Auge waren. Als der Pfarrer vom Turm der Kirche von Bjørnfjelden in den Tod stürzt, ist Holmes nicht geneigt, an einen Selbstmord des streitbaren Geistlichen zu glauben.

KBV KRIMINALROMAN

Andrea Revers

**KOMM GUT HEIM**

Taschenbuch, 312 Seiten
ISBN 978-3-95441-578-6
13,00 EURO

**Der Tod geht durchs Dorf –**
**Ein neuer Fall für die Eifeler Miss Marple**

»Ich fresse einen Besen, wenn das ein natürlicher Tod ist!« – Während Doktor Hoffmann bei der toten Martha Bethmann auf Herzinfarkt tippt, ist sich Frederike Suttner sofort sicher: Hier hat irgendjemand nachgeholfen.

Mit ihrem Mordverdacht sorgt die pensionierte Kriminalkommissarin in dem beschaulichen Eifeldorf für erhebliche Aufregung. Eigentlich wollte sie gemeinsam mit Kater Hannelore in Ruhe ihre Rente genießen, doch plötzlich stolpert sie über mehrere »natürliche« Todesfälle. Ihr Misstrauen ist geweckt.

Geht es hier wirklich mit rechten Dingen zu? Wer hat Martha auf dem Gewissen? Und was ist mit den anderen Toten? Unterstützt von ihrer Freundin Klara versucht Frederike, dem Mörder auf die Spur zu kommen. Und das hat für sie fatale Folgen ...

*»… dass das Lesen von ›Schlaf schön‹ den ein oder anderen Einblick in die Psychologie verschafft, für spannende Unterhaltung sorgt und gute Laune macht (…) Garantiert!«*
*(Trierischer Volksfreund zu »Schlaf schön«)*